k(l)ein Verlag

GREGOR
HAAS

Liebe & Tod in Paris

Eine Komödie

(AUCH WENN ES FÜR DEN TOD BITTERER ERNST IST)

BESUCHEN SIE MICH IM INTERNET!

www.gregorhaas.at

 www.instagram/autor_gregorhaas

 www.facebook.com/Sories4life

1. Auflage

Taschenbuchausgabe
Copyright © 2023 Gregor Haas
www.gregorhaas.at

Covergestaltung, Layout & Satz:
GH Production
Bildquelle: pixabay
Originalsprache: Deutsch

ISBN 978-3-9519967-0-7

Für alle Menschen, die mit ihrer
Freude und Liebe
Tag für Tag
die Welt zu einem besseren Ort verändern.

Kapitel 1

Der Tod befindet sich inmitten eines wütenden Flammeninfernos. Um ihn herum herrscht absolutes Chaos, und die göttlichen Flammen der Apokalypse verschlingen jede Materie, mit der sie in Berührung kommen.

Im Mittelpunkt des Orkans aus Feuer und Glut steht Jesus mit hoch erhobenem Haupt und ausgebreiteten Armen. Dunkelrote Flammen züngeln in einem wilden Wirbel um ihn herum und bilden das Zentrum der mächtigsten Urgewalt im Universum – die Apokalypse.

Die gesamte Menschheit soll seine Wut, Enttäuschung, Hass und Leid mit ihm teilen. Doch das geteilte Leid bringt wie üblich keine Linderung, sondern im Gegenteil.

All seine Trauer und Unglückseligkeit reißen den vermeintlichen Erlöser in einem unaufhaltsamen Sog hinab, hinein in eine endlose Spirale aus finsteren Gefühlen, aus der es kein Entrinnen gibt.

Seine ausdruckslosen Augen strahlen dabei wie zwei gleißende Sterne in den Weiten des dunklen Alls. Er ruft mit einer tiefen, verzerrten Stimme, die aus einer anderen Welt zu stammen scheint:

»Ich werde euch erlösen! Das Leiden hat ein Ende!«

Zur Bestätigung seiner Worte entfacht er aus seinen Händen eine gewaltige Fontäne aus Feuer und Glut, die alles um sich mitreißt.

Der Tod blickt verzweifelt um sich. Er sieht seine göttlichen Freunde, wie sie sich mit letzter Kraft dem Bringer der Apokalypse entgegenstellen.

Hermes, der Götterbote, und das Amor-Baby fliegen als erstes entschlossen durch das Inferno auf Jesus zu. Justitia, mit hoch erhobenem Schwert, läuft stampfend neben der grazilen Aletheia, gefolgt vom kleinen Teufelchen Hades mit seinem Dreizack.

Jesus wischt mit den Armen durch die Luft, und ein Schwall aus Feuer und Glut wird von ihm weggeschleudert. Hermes und das Amor-Baby werden von der zerstörerischen Welle in der Luft zuerst erfasst. Trotz ihrer göttlichen Macht werden sie wie Puppen durch die Luft geschleudert.

Die verbliebenen Götter stemmen sich verbissen gegen die Feuerwand, doch auch sie erleiden dasselbe Schicksal wie ihre beiden Gefährten zuvor.

Das letzte Aufbegehren der Götter bleibt vergeblich, und selbst ihre übermenschlichen Fähigkeiten können der Feuermasse nichts mehr entgegensetzen.

Nach und nach werden die mächtigen Götter von der gewaltigen Feuerfontäne eingehüllt und auch noch die letzte Hoffnung auf Erfolg wird endgültig zerstört.

Der Tod muss hilflos mitansehen, wie seine Freunde einer nach dem anderen von der Apokalypse verschlungen wird. Die heiligen Flammen sind dabei so mächtig, dass selbst die unsterblichen Götter ihrer Macht beugen müssen.

Unaufhörlich zehren die heiligen Flammen weiter an den unsterblichen Hüllen der Götter und lassen sie langsam, aber unaufhaltsam zu steinernen Statuen erstarren.

Ausdruckslos und mit verhärteter Miene bleiben sie regungslos in der Einöde zurück und sind nur noch Relikte, die stumm von einer vergangenen Zeit zeugen.

Wie die Wellen, verursacht durch einen Stein, der in einen glatten Bergsee geworfen wird, breitet sich die Flammen immer weiter über die gesamte Erde aus.

Tödliche Wogen, deren vernichtende Kraft immer weitere Kreise ziehen, genährt vom dem Leben, dass sie sich nehmen. Das göttliche Inferno, heißer wie es sich jemals ein Mensch vorstellen könnte, reißt dabei alles erbarmungslos mit, was sich ihm in den Weg stellt.

Wie ein hungriges Tier weiten sich die tobenden Flammen immer weiter aus und lassen den Bewohnern der Erde keine Hoffnung auf ein Überleben.

Ohne Gnade wütet die Bestie unter den überraschten Lebenden, die erst im letzten Moment das Ausmaß des Unheils begreifen.

Bereits die kleinste Berührung ist ausreichend, und gierige Flammenzungen brennen sich durch Gewebe und Knochen, um kurz darauf von der enormen Hitze verdampft zu werden, ohne eine weitere Spur der armen Seelen zu hinterlassen.

Die Körper werden ausgelöscht aus dem Hier und Jetzt, als hätten sie niemals davor existiert.

Das einst lebensspendende Wasser, das durch die Adern der Bäume floss, wird zu deren Verhängnis. Als würde das Leben selbst fliehen wollen, lässt der Druck des Wassers die mächtigsten Baumriesen auf dem Planeten explosionsartig bersten.

Noch bevor ein Splitter der einst prächtigen Waldbewohner den Boden berühren kann, verglüht dieser in einem sprühenden Funkenmeer.

Ein dichter Regen aus Feuer und Glut umhüllt jedes Lebewesen in den Wäldern und Steppen gleichermaßen, während die verbliebenen Überreste als schwarze Asche vom Sturm fortgetragen werden.

Jeder Mensch, jedes Tier und jede Pflanze erliegen dieser furchtbaren Kraft, die kein Erbarmen und Mitgefühl kennt und dessen einzige Aufgabe darin besteht, das ewige Gleichgewicht auf Erden wiederherzustellen.

Meere verdampfen in Sekundenschnelle, so schnell, dass selbst ihr Dampf zur Lebensgrundlage des Feuers wird. Wolken aus Flammen und Asche bilden sich und steigen wie gigantische, rot gefärbte Pilze in die Atmosphäre auf.

Die Hitze ist so gewaltig, dass der Sand in den Wüsten zu einer glatten Glasfläche verschmilzt, die den dunkelroten Himmel mit seinen todbringenden Feuersträngen reflektiert.

Die Städte auf der ganzen Welt, mit ihren Wolkenkratzern aus Stahl und Glas, schmelzen wie Wachs in der heißen Sonne und es gibt keinen Ort und kein Versteck auf dem gesamten Planeten, das nicht von der reinigenden Kraft des Feuers verschlungen wird.

Kaum berühren die Flammen der Apokalypse den fruchtbaren Boden der Erde, verwandelt sich diese augenblicklich in eine harte, schwarze Kruste, die jedes Leben darauf unmöglich macht.

Dort wo einst grüne Wiesen und fruchtbares Land existierten, erstreckt sich nur noch eine schwarze, verbrannte Ebene.

Die apokalyptischen Flammen, genährt von Jesu jahrtausendelangem Schmerz, pulsieren wild um ihn herum. Er versinkt immer tiefer in die Abgründe seiner Seele, in der nur noch absolute Leere existiert.

Wie ein Lichtstrahl, der vergeblich versucht, einem schwarzen Loch zu entrinnen, wird jede Hoffnung in ihm erstickt und er versinkt immer weiter in das Negative seiner selbst, das ihm Ruhe und Frieden bringen soll.

An diesem Ort, der von Chaos und dunkler Energie geprägt ist, herrscht nur noch eine friedliche Stille und Ruhe.

Eingekapselt und beschützt wie ein Embryo im liebenden Mutterleib findet er dort den Sinn im Kern seines überdrüssigen Lebens.

Und mit ihm erlischt auch die gesamte lebendige Existenz auf dem Planeten.

Die Erde selbst scheint sich auf den ewigen Schlaf vorzubereiten. Wie ein großes Auge, dessen Augenlider die friedliche Dunkelheit bringen, schließen sich die Feuerringe des Infernos über den gesamten Planeten, zurück zu ihrem Ausgangspunkt.

Die gewaltigen Flammenringe hinterlassen nur noch eine schwarze, versteinerte Welt, die mit dem dunklen Hintergrund des Weltraums verschmilzt.

Der einst blaue, fruchtbare und lebendige Planet verwandelt sich in einen von vielen leblosen, schwarzen Brocken, die einsam durch die Galaxie ziehen.

Ein greller Blitz erstrahlt so hell, dass der Tod sich schützend die Hand vor die Augen halten muss, bevor im nächsten Moment alles in vollkommener Dunkelheit versinkt.

Kapitel 2

Fieps, die niedliche Albino-Ratte des Todes, rennt tapsend über einen weißen Marmorboden in einem edlen Penthouse. Vorbei an schweren Vorhängen aus feinstem Stoff und unter einem extravaganten Sofa hindurch, zwängt sie sich durch einen schmalen Spalt in einer Tür zu einem dunklen Raum dahinter.

Elegant hüpft sie auf ein breites Bett, dessen Verzierungen und Schnitzereien einzigartig sind. Ihre kleinen Füßchen hinterlassen dabei auf ihrem Weg niedliche Abdrücke, die sich auf dem seidenen Betttuch abzeichnen.

Mit ihren kleinen roten Knopfaugen findet sie zielsicher eine Öffnung unter der flauschigen Bettdecke, um nach einem kurzen Moment wieder am Kopfende herauszuschauen.

Behutsam und liebevoll berührt sie die Nase des schlafenden Todes vor sich. Sie liebt es, ihn so friedlich daliegen zu sehen. Endlich hat er nach all den miserablen Jahren seine Ruhe und seinen Frieden gefunden.

»Guten Morgen!«, schallt es laut durch das Zimmer, und Lea, die erste Schicksalsschwester, reißt die Vorhänge weit auf.

Strahlendes Sonnenlicht erhellt blitzartig den gesamten Raum. Die niedliche Ratte Fieps wird abrupt aus ihren friedvollen Gedanken gerissen und hüpft verschreckt vom Tod herunter.

Auch der Hüter des Jenseits wird aus seiner Vision gerissen und abrupt in die Gegenwart zurückgeholt. Im Schock murmelt er reflexartig vor sich hin:

»Ist es schon Zeit?«

Voller Elan tänzelt Lea leichtfüßig durch den Raum und ruft gutgelaunt:

»Ein weiterer schöner Tag in Paris!«

Mit einer grazilen Handbewegung deutet sie auf einen schwarzen Anzug, den sie für ihn vorbereitet hat.

»Ich habe bereits deine Kleidung herausgelegt. Deine alte Kleidung hat in keiner Weise deinen wahren Wert widerspiegelt.«

Um ihre Worte zu unterstreichen, streicht sie sanftmütig über seine Wange.

Noch benommen vom Schlaf richtet sich der Tod schwerfällig im Bett auf und bleibt bereits erschöpft auf der Kante sitzen.

Er sieht nur verschwommen, wie im nächsten Moment Gloria, die zweite Schicksalsschwester, die rothaarige Schönheit mit einer Haut wie Porzellan, ins Schlafzimmer hinein rauscht.

Dicht gefolgt von der dritten Schwester Alexa, deren schwarze Lockenmähne im Takt ihres eleganten Schrittes mit wippt.

»Sag guten Morgen zu deinen Liebsten!«, trällern die drei, wie aus einer Kehle.

Im nächsten Moment halten sie dem frisch gebackenen Vater seine drei wunderhübschen Babys vor das Gesicht, um sich den täglichen Gutenmorgenkuss abzuholen.

Die erste Tochter, so temperamentvoll wie ihre Mutter, kneift den Tod erstmals fest in die Nase, dass es ihn schmerzverzerrt zusammenzucken lässt.

Das zweite Baby, ein Ebenbild von Gloria, mir ihren langen roten Haaren, lässt ihren Vater mit einer eleganten Bewegung ihrer ausgestreckten Hand abblitzen.

Als drittes holt sich das Baby von Alexa ihren Liebesbedarf, indem sie ihm unbedarft ihren Finger ins Auge piekt und dabei laut auflacht.

So schnell wie seine Töchter gekommen sind, sind sie auch schon wieder, in den Armen ihrer gutgelaunten Mütter, auf und davon.

Erst jetzt kann der überforderte Tod grummelnd antworten:

»Guten Morgen.«

Noch völlig überwältigt von dem Tsunami in Form seiner Familie, der ihn am frühen Morgen überrascht hat, steht er auf und schlurft über den weichen Teppichboden zum Spiegel. Er betrachtet seine tiefen Augenringe und murmelt enttäuscht vor sich hin:

»Wie konnte das alles nur passieren?«

»Schau mich nicht so an«, erwidert sein Spiegelbild mitleidlos.

»Endlich kümmert sich jemand um dich, so wie du es immer wolltest.«

Der Tod betrachtet den eleganten Anzug, der für ihn bereitgelegt wurde.

»Manchmal kümmern sie sich zu gut.«

Das Spiegelbild versucht weiterhin, sein niedergeschlagenes Gegenüber zu motivieren.

»Dir könnte es nicht besser gehen! Du hast drei wunderhübsche Töchter, deine bezaubernden Frauen lieben dich, und noch wichtiger, endlich hast du die Aufmerksamkeit, die du immer so sehnlichst gewünscht hast.«

»Das habe ich mir aber anders vorgestellt«, erwidert der Tod trocken und entlässt einen lauten Seufzer des Bedauerns.

»Wenn alles so gut ist, warum fühle ich mich dann nicht so? Obwohl alles perfekt ist, habe ich das Gefühl, dass etwas mit mir nicht stimmt.«

Traurig lässt er seine Schultern hängen, bevor seine ganze Verzweiflung ausbricht.

»Was soll ich bloß machen? Warum schaffe ich es einfach nicht, glücklich zu sein, so wie alle anderen auch?«

Das Spiegelbild setzt zur Antwort an, wird aber von einem lauten Klirren im Wohnzimmer unterbrochen. Das bessere Selbst ballt seine Fäuste und ist offensichtlich erfreut über den Zwischenfall, der sofortige Aufmerksamkeit erfordert.

»Ich muss los, Papa-Zeit!«

Im nächsten Augenblick huscht das Ebenbild des Todes bereits seitlich aus dem Spiegel davon und lässt seinen Gegenüber allein zurück.

Der Tod lässt deprimiert den Kopf hängen. Selbst sein eigenes Spiegelbild hat keine Zeit mehr für ihn.

Kapitel 3

Der Hüter des Jenseits betritt das Wohnzimmer, das einem Palast entsprungen zu sein scheint. Goldene Verzierungen und prächtige Deckenmalereien erstrecken sich, wohin das Auge reicht.

Kostbarste Antiquitäten und Möbel aus den feinsten Materialien bilden ein harmonisches Gesamtkunstwerk, dessen Stil die Zeit überdauert.

Hohe Fenster, die bis zum Boden reichen, lassen den Raum hell erleuchten und bieten gleichzeitig eine wunderbare Aussicht auf die Skyline von Paris - und es herrscht absolutes Chaos!

Ein Baby schwingt wild und laut lachend an einem Kronleuchter. Ein anderes Baby malträtiert mit hingebungsvollen Hammerschlägen eine antike Statue, während das dritte Baby mit Fieps durch den Raum tobt und dabei eine Spur der Verwüstung hinterlässt.

Das Spiegelbild des Todes fiebert vom goldverzierten Spiegel an der Wand dem chaotischen Treiben mit.

»Vorsicht vor dir!«, versucht es, das eine Baby zu warnen, das auf Kollisionskurs mit einer alten Vase ist.

Doch es ist zu spät. Das laute Klirren der zerbrechenden Vase lässt das Spiegelbild nur kurz schuldbewusst zusammenzucken, bevor es sich wieder konzentriert und die nächste mögliche Katastrophe im Auge behält, auf die das agile Baby bereits zusteuert.

Der Tod schaut traurig auf den Scherbenhaufen vor sich, der einen Abbild seines eigenen Lebens gleicht. Diese Vase war sein Lieblingsstück, das nun in tausend Trümmern vor ihm liegt.

Schon aus beruflichen Gründen trauert er nicht um die Vergänglichkeit der Vase, sondern darüber, dass damit auch eine Erinnerung aus seinem früheren Leben verloren gegangen ist.

Auch die drei Schwestern haben alle Hände voll zu tun. Alexa, die technikbegabte unter den dreien, hat sich in den hinteren Bereich des Raumes zurückgezogen, der durch schmale Marmorsäulen abgegrenzt ist.

Sie sitzt im Schneidersitz auf einem großen Sofa und verfolgt konzentriert die Bilder, die im Raum projiziert werden. Mit den neuesten High-Tech-Geräten ausgestattet, die jeden Nerd neidisch machen würden, hat sie Zugriff auf jeden Winkel des Universums.

Eine interaktive Weltkugel wird in den Raum projiziert, auf der Milliarden von goldenen Punkten zu sehen sind, die jeden einzelnen Menschen auf dem Planeten repräsentieren.

Kontinuierlich werden Bilder und Daten von Überwachungskameras, Mobiltelefonen und Satelliten eingeblendet. Gelangweilt spricht sie in ihr Headset:

»Wirtschaftsflüsse und Kapital umleiten zu Sektor fünf. Aufstand in Sektor drei veranlassen.«

Lea ruft beschwingt von der Küche aus durch den Raum:

»Und es sind wieder Überschwemmungen in Sektor sieben angesagt!«

Gekleidet in einem weißen Laborkittel über ihrem gestreiften Hosenanzug gießt Lea eine blubbernde Flüssigkeit in kleine Reagenzgläser und notiert dabei chemische Formeln in ihrem Notizblock.

Gloria, die rothaarige Schönheit, dreht sich inzwischen mit ausgestreckten Armen vergnügt in der Mitte des Raumes und frohlockt:

»Das Schicksal hat gesprochen!«

Währenddessen wirft sie Blütenblätter über die spielenden Kinder und trällert dabei verzückt in das Chaos hinein:

»Lebt und prosperiert, meine kleinen Engel!«

Der Tod bekommt das Ganze nur am Rande mit und sein Blick starrt nur motivationslos ins Leere vor sich. Mit schlurfenden Schritten durchkreuzt er das hektische Treiben in Richtung des rettenden Ausgangs.

Im Vorbeigehen fängt er beiläufig das Baby auf, das sich mit einem Kampfruf todesmutig vom Kronleuchter abstößt, hoch in die Luft fliegt und anschließend wild jauchzend in seinen Armen landet.

Ohne eine Miene zu verziehen, lässt er seine Tochter mit einer Hand auf den Boden nieder. Kaum ist sie dort angelangt, ist sie im nächsten Augenblick schon wieder auf und davon, auf der Suche nach einem neuen Abenteuer.

Die erste Schicksalsschwester unterbricht ihre Forschungen in der Küche und legt einen Bunsenbrenner zur Seite, mit dem sie noch kurz zuvor ihre Elixiere erhitzt hat.

Sie betrachtet den Tod in seinem neuen Anzug prüfend von unten nach oben.

Der Hüter des Jenseits, mit hängenden Schultern und gekrümmter Haltung, ist der Gegenbeweis dafür, dass Kleider Leute machen. Lea gibt ihm Anweisungen, um noch das Beste aus dem Anzug herauszuholen.

»Kopf nach oben, Brust raus!«

Der Tod gehorcht widerstandslos und strafft seine Statur, zu ihrem sichtlichen Wohlwollen.

»Geht doch!«, sagt sie fröhlich.

Zum Schluss richtet sie ihm noch liebevoll den Kragen seines Hemdes und ist sichtlich erfreut über ihr vollendetes Werk. Nach einem letzten prüfenden Blick lächelt sie zufrieden.

»Perfekt!«

Der Tod, dankbar und gleichzeitig mit dem Gefühl der Bevormundung, grummelt missmutig vor sich hin.

»Danke.«

Fürsorglich begleitet sie ihn die letzten Schritte zum Ausgang.

»Da war übrigens noch etwas«, sagt sie.

Plötzlich dreht sie sich mit versteinerter Miene ruckartig zum Tod um. Mit blau leuchtenden Augen und einer dunkel verzerrten Stimme bricht es aus ihr heraus:

»Die Apokalypse wird kommen! Das heilige Feuer wird den Ausgleich bringen!«

Der Tod ist sichtlich überrascht über den unvorhergesehenen Ausbruch seiner Frau und schaut verwundert zu den anderen. Doch diese scheinen nichts davon mitbekommen zu haben und sind weiterhin in ihre Arbeiten vertieft, als wäre nichts geschehen.

Alexa ist in ihrer Cyberwelt eingetaucht, während Gloria mit einem Megaphon auf den Balkon steht und ihre Freude in die Welt ruft.

Nur eine der Töchter schaut kurz auf, um gleich darauf die Statue zum Einsturz zu bringen, an der sie zuvor eifrig gehämmert hat.

»Was war es doch gleich?«, sagt Lea wieder mit normaler Stimme. Sie reibt nachdenklich ihr Kinn, bevor es ihr kurz darauf wieder einfällt.

»Ich habe es! Wir brauchen Windeln, Unmengen davon.«

Der Tod nickt im automatischen Reflex und versucht mehr über die Prophezeiung herauszufinden.

»Und wie war das andere?«

Lea öffnet ihm hilfsbereit die Tür und säuselt ihm beim Hinausgehen noch liebevoll zu:

»Danke, das war alles. Schöhönen Tag!«, ruft sie fröhlich und lässt die Tür hinter dem noch verdutzten Tod ins Schloss fallen.

Kapitel 4

Der Tod geht in Gedanken versunken durch Paris, entlang einer prunkvollen Häuserallee. Auf den Straßen herrscht hektisches Treiben, während die strahlende Frühlingssonne Natur und Mensch gleichermaßen zu neuem Leben erweckt.

Egal in welches Gesicht er auch blickt, strahlende Augen voller Tatendrang und Lebensenergie blicken ihm entgegen, und nicht selten tragen die Menschen ein Lächeln auf den Lippen.

Es scheint, als würden sie ihn absichtlich damit verhöhnen wollen, mit ihrer Freude am Leben, die für ihn selbst so unerreichbar erscheint.

Es scheint, als ob die Menschen seine unsichtbare Gegenwart und nicht zuletzt seine trübseligen Gedanken spüren würden. Instinktiv weichen sie ihm aus, wenn er seinen Weg durch das Meer der glückseligen Menschen bahnt und umspülen ihn dabei wie Wasser einen Felsen in der Brandung.

Schritt für Schritt pflügt er sich in seiner Trübseligkeit weiter durch die Menge. Er vermisst die Tage, an denen er ohne schlechtes Gewissen seinem unaufgeregten, aber dafür geordneten Leben nachgehen konnte.

In Gedanken versunken grummelt er entmutigt vor sich hin: »Wie schön war doch die Zeit, als noch alles einfach war.«

Der Tod ist es leid, sich ständig zu fühlen, als wäre er auf der Flucht, getrieben von dem Gedanken, es allen Recht machen zu müssen.

In sich gekehrt beschleunigt er seinen Gang, vorbei an einem prunkvollen Museum und über eine Brücke, die von zwei Löwenskulpturen bewacht wird.

Er ist es überdrüssig, sich nach außen hin anders geben zu müssen, als er sich im Inneren fühlt. Überall, wo er auch hinschaut, sieht er Menschen, die zufrieden ihren Tätigkeiten nachgehen und das Leben im Hier und Jetzt leben.

Selbstzweifel plagen den Tod, warum ausgerechnet er es nicht schafft, glücklich zu sein. Es fühlt sich an, als ob das Verderben hinter einem Schleier lauert und jeden Moment darauf wartet, Angst und Ungewissheit über ihn hereinbrechen zu lassen. Und dann ist da noch seine Vision von der Apokalypse und die Prophezeiung seiner Frau, die ihm keine Ruhe lassen.

Der Tod durchquert einen Park mit perfekt ausgerichteten Bäumen, die vom Gesang der Vögel erfüllt sind.

Die Worte seines menschlichen Freundes Maché kommen ihm in den Sinn, der ihn immer so akzeptierte, wie er wirklich ist.

»Alles wird gut!«, pflegte er zu sagen.

Der Tod atmet tief ein und entlässt einen tiefen Seufzer.

Unbemerkt zwischen den Massen von Touristen, die den ehemaligen Königspalast im Herzen von Paris bewundern, bahnt er sich seinen Weg zu einem unauffälligen Seiteneingang.

Wenn sich ein einfacher Sterblicher wie Maché ändern kann, sollte es doch für einen Gott wie ihn selbst umso leichter fallen.

Bei diesem Gedanken schöpft er neuen Mut und steigt eine alte Wendeltreppe hinunter. Selbst sein eigenes Spiegelbild sagte ihm auch, dass es ihm nicht besser gehen könnte. Und ja, es stimmt, er hat alles, was er sich je erträumt hat. Er selbst war es doch, der sein früheres, unaufgeregtes Leben bedauerte und nach Abwechslung strebte.

Der Tod geht entlang eines dunklen, schmalen Ganges, öffnet eine unscheinbare Tür am Ende und tritt hindurch.

Vor ihm offenbart sich eine große, prunkvolle Halle mit mächtigen weißen Säulen, die einen langen Spalier bilden. Goldene Verzierungen an der Decke umranden eine gewaltige Deckenmalerei, die den gesamten Raum mit ihrer Herrlichkeit umspannt.

Warum sollte es ihm nicht auch gelingen, sein Leben zu ändern und zu lernen, es zu genießen? Es macht ohnehin keinen Sinn, sich den Kopf über etwas zu zerbrechen, auf das er ohnehin keinen Einfluss hat. Doch was zählt, ist das Hier und Jetzt.

Nachdenklich geht er mit schlurfenden Schritten den weißen Marmorgang entlang, der sich weit vor ihm erstreckt.

Obwohl er immer noch nicht ganz versteht, wie es genau zur göttlichen Empfängnis kam, hat er es geschafft, Vater von drei wunderbaren Töchtern zu werden.

Dazu hat er drei im wahrsten Sinne des Wortes Superfrauen an seiner Seite, die ihn lieben, unterstützen und alles schaffen, was sie sich in ihren entzückenden Köpfen vornehmen.

Und nicht zuletzt befinden sie sich in der Stadt der Liebe. Und ist es nicht letztendlich die Liebe, die zählt?

Ein angedeutetes Lächeln ist an seinem Mundwinkel zu erkennen, und er spricht laut und voller Zuversicht zu sich selbst:

»Alles ist gut!«

Erleichtert über die Last, die von seinen Schultern genommen wurde, lässt er sich in seinen Sessel an seinem Arbeitsplatz fallen.

Auf der anderen Seite des Schreibtisches, der die Grenze bildet, warten bereits verstorbene Seelen von Frauen und Männern auf den Durchlass.

Voller wiedergefundener Freude für seine wichtige Arbeit ruft der Tod wieder gut gelaunt:

»Hereinspaziert, hereinspaziert! Wir haben für alle geöffnet!«

Kapitel 5

Der Tod ist wieder vollen Mutes und bereit, die ersten Seelen im Innendienst zu empfangen. Eine Gruppe von Soldaten in Militärbekleidung macht den Anfang.

Angeführt von ihrem Kommandanten treten sie im Gleichschritt und mit stampfenden Schritten vor den Hüter des Jenseits.

Der Kommandant salutiert hingebungsvoll vor dem Tod und ruft gut gedrillt:

»Sergeant Wilson und Einheit, anwesend!«

Der Tod wirft einen Blick auf sein Tablet, überprüft den Namen und ruft gut gelaunt zurück:

»Einheit darf durchtreten!«

»Zu Befehl, Sir!«, erwidert der Kommandant den Befehl.

Wohlwollend nimmt der Tod diese Ehrerweisung entgegen, denn endlich wird ihm der Respekt zuteil, der ihm als Hüter des Jenseits gebührt.

Der Kommandant wendet sich zackig auf seiner Ferse um und brüllt lautstark seiner Truppe zu:

»Ihr habt es gehört, Männer. Vorwärtsrücken!«

Die Männer straffen sich und nehmen Haltung an, bereit für ihre letzte Mission.

Nur der Letzte in der Gruppe, ein noch junger Bursche, hadert mit dem Umstand seines Todes und meldet sich zweifelnd zu Wort:

»Wofür das Ganze?«

Der Sergeant, der es nicht gewohnt ist, Widerworte aus den eigenen Reihen zu hören, tritt zu dem niedergeschlagenen Kameraden.

»Nehmen Sie Haltung an, Soldat!«, befiehlt er.

Doch anstatt Haltung anzunehmen, bricht die blanke Verzweiflung aus dem jungen Soldaten heraus:

»Was wurde aus Frieden und Freiheit? Stattdessen brachten wir Tod und Leid!«

Der Sergeant, erhaben über jeden Zweifel, antwortet voller Bestimmtheit:

»Wer, wenn nicht wir? Wir sind die Speerspitze der Zivilisation, und es wurde getan, was getan werden musste.«

Der junge Soldat schluchzt laut auf und lässt resignierend seinen Kopf hängen. Unüblich für eine Person seines Ranges, legt der Kommandant bedächtig seine Hand auf die Schulter des verunsicherten Jungen.

»Sohn, dein Leben diente etwas Größerem als du selbst. Du hast deinem Land gut gedient, und das ist alles, was zählt. Du kannst stolz auf dich sein.«

Der Sergeant nimmt Haltung an und spricht mit lauter Stimme zum Rest der Truppe:

»Das gilt für alle von euch! Ihr könnt stolz sein auf das, was ihr erreicht habt.«

Die Soldaten um ihn herum nicken zustimmend.

Der Sergeant bestärkt seine Kameraden mit geballter Faust weiter:

»Wir können alle unserer Bestimmung mit erhobenem Haupt entgegentreten, in dem Wissen, dass wir unsere Pflicht erfüllt haben.«

Der Kommandant deutet mit ausgestreckter Hand auf eine weiße Tür im Hintergrund:

»Auf der anderen Seite wartet unsere Freiheit und unser Frieden!«

Ein bekräftigendes Kampfgebrüll, wie aus einer Kehle, hallt durch die Reihen.

»Ahuuh, Ahuuh, Ahuuh!«

In stampfendem Gleichschritt und in Reih und Glied laufen die Soldaten durch die weiße Tür im Hintergrund.

Der junge Soldat, der als einziger Zweifel an seinen Taten hegt, dreht sich ein letztes Mal wehmütig um, bevor auch er hindurchtritt.

Noch bevor sich die Tür hinter den letzten Soldaten schließt, dringen Schreie von Qualen und Schrecken heraus, die einem das Blut in den Adern gefrieren lassen.

Der Tod blickt verträumt den Soldaten hinterher.

»Was für ein netter Bursche.«

Es ist wahrlich nicht seine Aufgabe, das Leben der Verstorbenen zu verurteilen, sondern nur zu beenden. Er blickt auf sein Tablet für die nächste Gruppenabfertigung.

Noch sichtlich verwirrte Seelen von Frauen, Männern und Kindern vom Stamm der Uiguren treten vor den Empfangstisch. Mit staunenden Blicken und voller Bewunderung über die prächtige Empfangshalle sind sie bereit, ihr Schicksal anzutreten.

Mit ausgebreiteten Armen empfängt der Tod die Verstorbenen.

»Willkommen im Jenseits!«

In der Gruppe geht ein erstauntes Murmeln hindurch, und erste Stimmen der Verwunderung ertönen.

»Es stimmt also doch! Wir wurden erlöst.«

Nach einem kurzen Moment der Realisation bricht die Gruppe in einen begeisterten Freudentaumel aus und fällt sich gegenseitig erleichtert in die Arme.

Der Erste in der Gruppe tritt jubelnd vor den Tod. Voller Freude kann er sich nicht zurückhalten und beugt sich über den Schreibtisch. Voller Bewunderung für seinen Erlöser gibt er dem Tod eine herzliche Umarmung.

»Vielen, vielen Dank! Wir stehen tief in deiner Schuld.«

Der Tod, ohne recht zu wissen, wie er zu dieser Ehre kommt, antwortet verwundert:

»Gern geschehen – schätze ich zumindest?«

Eine noch junge Frau aus der Gruppe ruft laut zur Bestätigung:

»Endlich wurden wir von unseren Qualen befreit!«

Ein anderer aus der Gruppe ruft erfreut:

»Wir haben es hinter uns!«

Alle geben voller Begeisterung ihre Zustimmung. Beim Vorbeigehen verbeugt sich jeder Einzelne mehrmals ehrfürchtig und voller Dankbarkeit.

Zufrieden und voller Stolz, dass er ihnen helfen konnte, blickt der Tod der befreiten Gruppe hinterher. Mit einem Freudentanz und lautem Jubel durchschreiten die Erlösten die weiße Tür, hinein in eine Welt der Glückseligkeit und Zufriedenheit.

Endlich wird seine Arbeit von den Menschen dankbar entgegengenommen, und sie schätzen seine bedeutungsvolle Aufgabe.

Zugegeben, die meisten Menschen denken anders über den Tod, aber für diese Handvoll von armen Schicksalen bedeutete er die Freiheit.

Eigentlich ist sein Leben doch nicht so schlecht. Er erhält den Respekt in seiner Arbeit, den er verdient und der ihm zusteht. Er hat eine wunderbare Familie, die ihn schätzt und braucht, selbst wenn es nur für die Windeln ist. Endlich geht es ihm so, wie er es sich immer erträumt und erhofft hat. Sein Leben könnte nicht besser sein.

Voller Selbstbewusstsein und Freude für sein neues Leben beschließt er, seine Ängste und Zweifel beiseitezuschieben und stattdessen mit Mut und Optimismus in die Zukunft zu blicken. Der Tod entlässt seit langem wieder einen erleichterten Seufzer der Genugtuung.

Während er in Gedanken versunken eine Welle von Corona-Verstorbenen durchwinkt, genießt er den Augenblick des absoluten Friedens.

Endlich ist er nach all der langen Zeit an einem Moment angekommen, in dem er nicht nur Zufriedenheit gefunden hat, sondern auch sich selbst. Seit Jahrtausenden ist jetzt schlussendlich dieser Moment der absoluten Perfektion gekommen.

Kapitel 6

»Ping!« ertönt das Tablet und reißt den Tod aus seinen seligen Gedanken. Dem Tod entweicht laut seine Überraschung darüber.

»Eine Nachricht von Gott!«

Kann es sein? Nach all dieser Ewigkeit bekommt auch er endlich eine persönliche Nachricht von Gott. Er frohlockt innerlich und kann seine Freude kaum zurückhalten.

Er hat es geschafft, den lang ersehnten Respekt und die Aufmerksamkeit des Allmächtigen zu erhalten. Mit stolz geschwellter Brust blickt er hoch erhobenen Hauptes in die Ferne.

Er ist gerade vom Niemand zum Jemand geworden!

Dieser für ihn epische Moment wird jedoch von einem einschleichenden Gedanken getrübt.

Hin- und hergerissen zwischen Freude und Misstrauen murmelt er verunsichert vor sich hin:

»Eine Nachricht von Gott?«.

Hektisch steht er auf, um sich gleich darauf wieder nervös hinzusetzen. Er bemüht sich, seine Schnappatmung unter Kontrolle zu bringen, und spricht sich selbst Mut zu:

»Nur die Ruhe. Ich bin bereit für diesen Moment.«

Verunsichert macht er sich daran, die Nachricht zu lesen.

FYI
Audienz wurde freigegeben.
Herzlichst, Sekretariat
Diese Nachricht wurde automatisch erstellt, Antworten

auf diese Email-Adresse können nicht beantwortet werden.

Die vorangegangenen Gefühle des Todes über die lang ersehnte Nachricht von Gott sind von einem Moment auf den anderen wie weggefegt. Die noch zuvor freudvolle Miene des Todes weicht einem ausdruckslosen Blick der Enttäuschung.

Sein Gefühl, dass das Verderben hinter einem Schleier lauert und jeden Moment Angst und Ungewissheit über ihn hereinbrechen lässt, ist Wirklichkeit geworden.

Mit ausdrucksloser Miene und hängenden Schultern fühlt er nur noch eine ernüchternde Leere, in der er missmutig vor sich hin grummelt:

»Das bedeutet nichts Gutes.«

Der Tod steht vor einem prächtigen, goldenen Tor, umgeben von einem weißen Wolkenmeer. Die Spitzen des Tores ragen so hoch empor, dass sie erst weit oben im dichten Nebelschleier verschwinden.

Die Vorahnung des Todes hat sich bewahrheitet. Die Audienz hat nicht wie erhofft, sondern wie erwartet stattgefunden.

Niedergeschlagen und mit hängenden Schultern steht er in der weiten Leere und blickt trübselig vor sich hin.

Neben ihm steht niemand Geringerer als Jesus, der Sohn Gottes, der Messias, der König der Könige und nicht zuletzt der Erlöser der Menschheit.

Jesus betrachtet gelangweilt seine Fingernägel und fragt beiläufig:

»Und was jetzt? Sollen wir hier nur herumstehen, oder passiert heute noch etwas?«

Der Tod wiederholt die Frage:

»Was jetzt?«

Er hat keinerlei Vorstellung davon, wie er jemals den Auftrag Gottes erfüllen soll.

Nachdenklich kratzt er sich seinen Dreitagebart, während seine Augen sich plötzlich in einem Moment der Erleuchtung weiten.

»Komm mit«, sagt er monoton.

Ohne weitere Umschweife geht er mit entschlossenen Schritten voran.

Jesus zuckt nur gleichgültig mit den Schultern und folgt ihm hinaus aus dem Wolkenmeer.

Kapitel 7

Der Tod und Jesus stehen vor einer alten Holztür in einem Kellergewölbe eines Pariser Wohnhauses. Im schwachen Licht einer einzelnen Lampe, die von der Decke hängt, dreht sich der Tod zu seinem Begleiter um.

»Warte hier. Es ist besser, wenn ich alleine vorgehe«, sagt der Tod.

Jesus fragt neugierig:

»Was soll denn die Geheimniskrämerei?«

»Die Gruppe soll erst vorher Bescheid bekommen«, antwortet der Tod kurz angebunden und dreht sich wieder um, bereit die Tür zu öffnen.

»Ist das so etwas wie ein Geheimtreffen?«, hakt Jesus nach.

Der Tod seufzt ungeduldig auf.

»Wir sind eine kleine eingeschworene Gruppe, die speziellen Bedürfnissen nachgeht.«

Jesus verzieht angewidert das Gesicht bei dem Gedanken an den Hüter des Jenseits und seine speziellen Bedürfnisse.

»Aha, verstehe.«

Der Tod schüttelt vehement den Kopf, als er den Gedanken von Jesus erahnt.

»Warte einfach hier«, sagt der Tod schon völlig fertig mit seinen Nerven und öffnet die Tür.

Der Tod betritt den Raum hinter der Tür, wo alle seine Freunde bereits aus der Gruppentherapie im Kreis sitzen. Unter der Obhut des einfühlsamen Sigmund Freud hat er hier immer Verständnis und Toleranz gefunden.

Sie sind alle da. Das wütende Amor-Baby, der einfältige Götterbote Hermes, die notorische Lügnerin Aletheia, die maskuline Göttin der Gerechtigkeit Justitia und nicht zuletzt das kleine Teufelchen Hades.

Der Tod ist sich sicher, dass er hier die Lösung für sein Problem finden wird. Alle Blicke sind auf ihn gerichtet. Nach einem kurzen Moment der Stille jubeln die Götter in der Runde laut auf.

Hades reißt freudig die Hände in die Höhe.

»Party in the house!«

Das Amor-Baby zerbricht vor Aufregung einen Pfeil zwischen seinen Händen und jauchzt vergnügt:

»Ich fasse es nicht, er ist wieder da!«

Aletheia, die Göttin der Wahrheit, schmilzt dahin und seufzt hingerissen.

»Mein Albtraum!«, belügt sie sich selbst.

Hermes kann sein Glück kaum glauben und lässt beim schnellen Tippen über diese Neuigkeit, die sich gerade ereignet, fast sein Handy fallen.

Justitia lächelt wohlwollend und hat großen Respekt für diese Person, die so viel mehr ist als nur ein Gott.

Auch der sonst stille Professor Freud klatscht freudig und kichert.

»Ich bin entzückt!«, ruft er begeistert.

Die Götter springen von ihren Stühlen auf und stürmen mit strahlenden Gesichtern auf den Tod zu. Dieser ist sichtlich überrascht über diesen euphorischen Empfang, aber gleichzeitig rührt es ihn, wie sehr er ihnen ans Herz gewachsen ist. Und ja, auch der Tod muss sich eingestehen, dass er seine Freunde genauso sehr vermisst hat, wie sie ihn.

Er akzeptiert ihre Wertschätzung und ist bereit, ihre Liebe anzunehmen. Mit einem Lächeln streckt er seine Arme für eine Umarmung aus.

Plötzlich ertönt die Stimme von Jesus hinter ihm:

»Hey Leute, alles klar!«

Der Tod bemerkt erst jetzt, dass der Erlöser die ganze Zeit hinter ihm gestanden hat.

Die Erkenntnis, dass die Freude seiner Freunde nicht ihm galt, sondern dem Sohn Gottes lässt ihn abrupt von seinem Hochgefühl auf den Boden der Tatsachen zurückkehren.

Er bereut sofort die zuvor aufkommenden Gefühle der Freude und grummelt missmutig vor sich hin:

»Ich hätte es mir ja denken können. Als wäre ich jemals gut genug.«

Nachdem sich die erste Aufregung über den prominenten Gast gelegt hat, ist Professor Freud bereit, die Sitzung zu eröffnen. Er zückt Stift und Notizblock und fragt in die Runde:

»Wer von euch möchte beginnen?«

Alle Blicke der Götter richten sich voller stummer Erwartung auf Jesus. Dieser lehnt sich auf dem Holzstuhl zurück und hebt die Hände in Verteidigung.

»Schaut mich nicht so an«, sagt er mit vorgehaltener Hand und einem Augenzwinkern.

»Ich bin nicht derjenige, der Probleme hat«, fügt er scherzhaft hinzu und deutet auf seinen Sitznachbarn, den Tod.

Alle Augen richten sich augenblicklich auf den trostlosen Tod, und die Gruppe erwartet gespannt, dass er zu erzählen beginnt.

Der Tod entlässt einen lauten Seufzer, in dem Wissen, dass er ohnehin keine andere Wahl hat, als seine Misere der Gruppe zu erläutern.

Er strafft seine Schultern und beginnt zu erzählen.

»Alles begann damit, dass mein Leben keinen Sinn mehr ergibt. Alles scheint unerreichbar für mich zu sein, und die schrecklichen Qualen, die mich verfolgen, lassen mich...«

»Schätzchen, kannst du bitte zum uninteressanten Teil vorspulen?«, unterbricht ihn höflich Aletheia mit einem Lächeln.

Die anderen in der Gruppe nicken zustimmend. Das Amor-Baby ruft aufgeregt in die Runde:

»Ja, wir wollen von Jesus hören!«

»Na gut«, murmelt der Tod gereizt vor sich hin.

Er räuspert sich und beginnt von Neuem.

»Alles begann mit einer Nachricht von Gott.«

Das Amor-Baby reibt sich voller Vorfreude die Hände.

»Na endlich, jetzt wird es spannend!«

»Jetzt geht es ans Eingemachte!«, ruft Hades begeistert und nickt zustimmend.

Professor Freud hält seinen Stift bereit, in großer Erwartung, die ersten Notizen machen zu können. Gemeinsam warten sie gespannt auf die nächsten Worte des Todes.

Der Tod räuspert sich, um die neu gewonnene Aufmerksamkeit noch einen kurzen Augenblick auszukosten.

Er hebt vielsagend seine Augenbrauen und offenbart der Gruppe seine Bürde:

»Ich habe einen Auftrag von Gott erhalten, dessen Erfolg über das Schicksal der gesamten Menschheit entscheidet.«

Als wäre alles damit gesagt, verfällt er zurück in ein Schweigen.

Justitia runzelt die Stirn und richtet ihre Augenbinde zurecht, die ihr gerade ins Gesicht gerutscht ist.

»Das war es? Das klingt nicht besonders beeindruckend«, durchbricht sie die quälende Stille.

Hermes, der einfältige Götterbote, fragt verwirrt seine Sitznachbarin Aletheia:

»Wie war das im Mittelteil?«

Aletheia kann kaum fassen, mit welchen Leuten sie es zu tun hat, und vergräbt ihr Gesicht ungläubig in ihren Händen.

Währenddessen brüllt das Amor-Baby hochrot vor Wut:
»Ich möchte endlich wissen, was es für ein Auftrag ist!«

Die aufgewühlte Gruppe richtet hilfesuchend ihre Blicke auf Professor Freud, der beschwichtigend mit den Händen gestikuliert.

Der Professor richtet seine Brille zurecht und beugt sich in Richtung des Todes. Mit sanfter Stimme spricht er behutsam auf ihn ein:

»Mein lieber Tod, um welchen Auftrag handelt es sich denn?«

Das Amor-Baby, dem das Ganze schon viel zu lange dauert, zerbricht voller Anspannung einen weiteren Pfeil.

Der Tod deutet auf Jesus neben sich und erklärt mit nüchternen Blick und monotoner Stimme:

»Das ist mein Auftrag.«

Gleich darauf verfällt er wieder in sein trostloses Schweigen zurück.

Alle Anwesenden holen bei dieser Offenbarung ungläubig tief Luft und werden zurück in ihre Sessel gedrückt.

Sogar Professor Freud entgleitet überrascht sein Stift.

»Aber heißt das, du sollst Jesus -«, lässt Aletheia den Satz unvollendet und macht eine abschneidende Geste an ihrem Hals.

Das Amor-Baby sitzt schockiert da, mit weit aufgerissenem Mund, und kann nicht glauben, was es gerade gehört hat.

Justitia zieht ihre Augenbinde herunter und kommentiert energisch:

»Davon will ich nichts wissen!«

Hades betrachtet misstrauisch den Hüter des Jenseits neben sich.

»Das geht sogar mir zu weit!«, sagt er empört.

Hermes schaut neugierig zu seinen Sitznachbarn und möchte einbezogen werden.

»Wie war das nochmal im Mittelteil?«

Der Tod seufzt laut und ergänzt seine Erklärung:

»Wenn es so einfach wäre, aber es ist noch viel schlimmer. Ich soll ihm helfen, seine Aufgabe zu erfüllen«, sagt er und schweigt erneut.

Die anderen Götter können nicht fassen, dass sie nichts erfahren, und blicken verzweifelt und hilfesuchend zu Professor Freud. Dieser nickt den Göttern beschwichtigend zu und wendet sich dem Tod zu.

»Nimm dir Zeit und sag uns doch, um welche Aufgabe es sich handelt.«

Der Tod schüttelt betrübt den Kopf und versinkt in seinen kummervollen Gedanken.

»Ich verstehe nicht, warum gerade ich. Alles war so gut. Warum muss mir so etwas immer passieren? Als wäre mein Leben ohnehin nicht schon kompliziert genug.«

Ein empörtes Raunen geht durch die Gruppe und die Götter beschweren sich lauthals.

Das Amor-Baby springt wild auf seinem Sessel herum und zerbricht einen Pfeil nach dem anderen. Mit hochrotem Kopf und schriller Stimme schreit es in den Raum:

»Ich will verdammt nochmal wissen, was hier los ist!«

Jesus klatscht amüsiert in die Hände und lacht laut auf.

»Ihr solltet eure eigene Show bekommen!«

Er breitet beschwichtigend die Arme aus.

»Meine lieben Freunde, lasst mich euch erleuchten!«

Ein erleichtertes Aufatmen geht durch die gesamte Gruppe.

»Der freundliche Tod hat den Auftrag erhalten, mir dabei zu helfen, mein Schicksal zu erfüllen. Ich soll mich wie immer opfern, damit die Menschheit weiter gedeihen kann. Aber Leute, ich sage euch, ich habe einfach keine Lust mehr.«

Jesus schaut zum Tod neben sich.

»Glaubt es oder nicht, aber dieser Kerl soll mich motivieren, wieder Freude am Tod zu finden. Könnt ihr das glauben?«

Er zwinkert dem Tod lässig zu.

»Nichts für ungut, es ist nichts Persönliches.«

Der Tod sitzt regungslos da und scheint durch Jesu hindurch zu schauen. Wie könnte man so etwas nicht persönlich nehmen, denkt er sich und antwortet beleidigt:

»Es ist nicht so, als ob mich jemand gefragt hätte.«

Professor Freud, der als erstes wieder seine Fassung gefunden hat, rückt sich seine Brille zurecht.

»Mein Junge, was betrübt dich wirklich tief im Inneren? Erzähle uns von deinen Problemen.«

Nun ist es Jesus, der einen seufzenden Laut des Wehmuts von sich gibt. Er fasst Mut und beginnt, sein Innerstes zu offenbaren.

»Immer werde ich von oben herumkommandiert. Jesus, tu dies, Jesus, tu das. Jesus, stirb für die Menschheit. Niemand fragt, was ich möchte.«

Professor Freud macht eifrig Notizen, während die anderen Götter gespannt weiter zuhören.

»Ich möchte einfach ich selbst sein. Nur einmal in meinem Leben möchte ich alt und grau werden, um eines Tages in den Armen meiner Familie friedlich mein Leben auf Erden hinter mir zu lassen.«

Bei diesen Worten gibt es ein verständnisvolles Nicken in der Runde.

Jesus schaut wehmütig in die Gesichter der Götter.

»Ich bin sicher, ihr versteht, was ich meine. Endlich einmal wirklich glücklich sein.«

Professor Freud übernimmt das Wort.

»Vielen Dank für deine wertvollen Einblicke, und ich möchte diese Frage gerne an die Gruppe weitergeben.«

Aletheia rollt die Augen und kommentiert sarkastisch:

»Da war wohl jemand zu kurz unter den Menschen.«

Justitia verschränkt ihre muskulösen Arme vor der Brust und verkündet selbstbewusst:

»Keine Zweifel an der Gerechtigkeit.«

Das Amor-Baby zuckt gleichgültig mit den Schultern.

»Kann mich nicht beklagen. Ich treffe besser als je zuvor, und die Liebe prosperiert.«

Hermes zeigt ein breites Lächeln und zwei nach oben gestreckte Daumen, um zu signalisieren, dass es keine Einwände von seiner Seite gibt.

Hades lehnt sich entspannt zurück und schüttelt den Kopf.

»Ich kann mich nicht beklagen. Alles in Ordnung in der Unterwelt.«

Mit einem Lächeln dreht sich das kleine Teufelchen zum Tod.

»Übrigens, vielen Dank, Mann, für den guten Nachschub. Obwohl ich einen jungen Soldaten mit Reue nochmals für einen Durchgang zurückschicken musste, sind die restlichen wirklich beste Qualität und topfit. Mit denen werde ich noch lange Spaß haben.«

Er streckt ihm erfreut seine Faust für einen Fist-Bump entgegen. Der stoische Hüter des Jenseits erwidert den Gruß geistesabwesend.

»Gern gemacht.«

Professor Freud richtet seine Brille zurecht und analysiert zufrieden das Gesagte.

»Gut, gut. Dann ist ja alles in Ordnung!«

Jesus springt empört von seinem Stuhl auf.

»Ich glaube euch das nicht. Dieses perfekte Welt- und Glücklichsein-Gehabe existiert nur in eurer Vorstellung! In Wirklichkeit geht es euch genauso wie mir.«

»Du!«, ruft er und zeigt auf das verdutzte Amor-Baby.

»Du bringst die Liebe zu den Menschen und alle sind glücklich - oder etwa nicht?«

Das überraschte Amor-Baby schaut auf und nickt unsicher. Jesus geht langsam auf ihn zu.

»Aber was ist mit dir selbst?«, fragt er mit sanfter Stimme.

»Du bist voller Wut und Zorn, der dich von innen her auffrisst. Du beneidest das, was du den Menschen jeden Tag schenkst, während es dir selbst immer verwehrt bleiben wird.«

Jesus beugt sich herunter und kommt auf Augenhöhe mit dem kleinen Geschöpf. Mit einem mitleidvollen Lächeln beendet er seinen Gedanken.

»Die Liebe. Sie wird für dich immer unerreichbar bleiben.«

Das Amor-Baby bricht nach einem kurzen Moment des Realisierens in lautes Weinen aus, und dicke Tränen beginnen über seine geröteten Pausbäckchen hinunter zu rollen.

»Ich darf immer nur geben, ohne etwas zurückzubekommen! Für mich selbst gibt es keine Liebe«, ruft es herzzerreißend.

Der Erlöser legt mitfühlend seine Hand auf den Kopf des Babys vor ihm und lächelt barmherzig.

»Ich verstehe dich. Mir wurde die Liebe genauso verwehrt wie dir«, antwortet er einfühlsam.

Jesus wendet sich abrupt vom am Boden zerstörten Amor-Baby ab und blickt direkt auf Aletheia. Seine ernste Miene weicht einem breiten Lächeln.

»Die wunderschöne Göttin der Wahrheit!«

Aletheia fühlt sich sichtlich geschmeichelt und strafft ihre Haltung.

»Versuche es erst gar nicht«, sagt sie mit einem misstrauischen, aber neugierigen Blick.

Jesus nimmt ihre Hand in seine und tätschelt sie gutherzig, während er vor sich hin sinniert.

»Die Wahrheit, die immer das Beste im Sinn hat. Aber bist du es nicht leid, dass die Menschen die Wahrheit so verdrehen, wie es ihnen gerade passt? Die Wahrheit ist für sie nichts weiter als ein Mittel zum Zweck.«

Jesus blickt ihr tief in die Augen, bevor er weiterredet.

»Du weißt es selbst nur zu gut. Tief in dir weißt du, dass die Wahrheit längst nicht mehr existiert.«

Aletheia bricht bei diesen Worten niedergeschlagen zusammen und gesteht sich zum ersten Mal die Realität ein.

»Es ist alles nur eine große Lüge.«

Mit einem sanften Lächeln bezeugt Jesus seine Anteilnahme.

»Ich fühle mit dir, Schwester.«

Er wendet sich wieder abrupt ab und ruft laut in die gesamte Gruppe.

»Wir alle haben Sorgen und Ängste, die uns ständig verfolgen und keine Ruhe geben, und wozu das alles?!«

Jesus blickt Hermes an, der verträumt vor sich hinlächelt.

»Hermes, der Götterbote!«

Hermes lächelt offenherzig und ist glücklich, mit einbezogen zu werden.

»Ohne dich wäre das Wort des Einzelnen nur ein leises Rauschen im Wald. Durch dich würden unzählige Stimmen ungehört bleiben und in der Bedeutungslosigkeit untergehen. Du gibst diesen Stimmen die Kraft, gehört zu werden und ihre Bedeutung voll auszuschöpfen.«

Hermes nickt stolz.

»Aber was ist mit deiner Stimme?«, fragt Jesus.

Der Götterbote schaut verdutzt um sich und muss die Frage erst verarbeiten, bevor er das Offensichtliche bestätigt.

»Ich habe eine Stimme.«

Doch dann dämmert es ihm langsam. Seine Miene verdüstert sich und die Erkenntnis bricht aus ihm heraus.

»Ich habe eine Stimme - meine!«

Jesus schaut Hermes verständnisvoll an und teilt seinen Kummer.

»So wie bei mir wird deine Stimme nicht gehört. Du bist nur ein einfaches Werkzeug zum Wohl der anderen.«

Das Lächeln verschwindet augenblicklich von Hermes' Gesicht, und er senkt betrübt seinen Kopf.

Die maskuline Justitia murmelt spöttisch vor sich hin:

»Alles Memmen!«

Jesus wendet sich vom niedergeschlagenen Hermes ab und geht auf Justitia zu, die ihre herabgerutschte Augenbinde wieder zurechtrückt. Mit erhobenen Armen beginnt der Erlöser feierlich:

»Gerade die Göttin der Gerechtigkeit sollte es besser wissen als alle anderen!«

Justitia verschränkt selbstsicher ihre muskulösen Arme vor ihrer breiten Brust und antwortet voller Überzeugung:

»Die Gerechtigkeit siegt immer.«

Jesus' intensiver Blick weicht einem sanften Ausdruck.

»Wo bleibt die Gerechtigkeit, wenn üble Machenschaften nicht bestraft, sondern im Gegenteil belohnt werden? Was ist das für eine Welt, in der das Recht über der Gerechtigkeit steht und nur den Interessen Einzelner dient?«

Er legt behutsam seine Hand auf ihre starke Schulter.

»Gib es zu. Die Gerechtigkeit hat sich schon lange verabschiedet, und ihr Blick für Ungerechtigkeiten ist für immer verschlossen.«

Justitia senkt beschämt ihr Haupt und zieht ihre Augenbinde ins Gesicht herunter. Mit einem Murren muss sie sich ihre Niederlage eingestehen.

»Recht ist nicht gleich Gerechtigkeit.«

Nach einem kurzen andächtigen Moment richtet Jesus seine Aufmerksamkeit auf Hades. Dieser kann es kaum erwarten und reibt sich voller Vorfreude die Hände.

»Jetzt bin ich dran! Erwarte dir aber nicht zu viel. Ich bin wie ein unzerbrechliches Gefäß der Sorglosigkeit, das nicht zerstört werden kann«, sagt er gutgelaunt.

Jesus hebt seine Hände in gespielter Verteidigung und lächelt ihn herzlich an.

»Mein alter Freund, ich weiß, du findest Erfüllung in deiner Arbeit. Dein heiteres Gemüt ist unbezwingbar, und deine PlayStation-Sessions in der Unterwelt sind legendär.«

Das kleine Teufelchen nickt selbstsicher und sucht anerkennende Blicke in der Runde.

»Das kannst du laut sagen!«

Jesus lächelt ihn ermutigend zu und fährt fort, weitere Lobeshymnen auszusprechen.

»Dir macht niemand etwas vor im Bestrafen der bösen Seelen, und gleichzeitig sprühst du vor guter Laune und Humor. Keine Gräueltat ist dir zu schlecht, um deine Arbeit voller Eifer zu erfüllen.«

Die Miene des Erlösers verhärtet sich, und er blickt seinem alten Freund durchdringend in die Augen.

»Aber ist es nicht so, dass dein Zynismus und Humor nur von deinem wahren Befinden ablenken sollen? Du flüchtest dich in künstliche Welten der Videospiele, weil du die Realität nicht erträgst. Ist es nicht so, dass du dich in Wahrheit nur nach Ruhe und Frieden sehnst?«

Hades wirkt plötzlich gar nicht mehr so selbstsicher wie zuvor. Er schüttelt missmutig seinen Kopf und lässt seinem Kummer freien Lauf.

»Immer dieses Leiden! Einmal im Leben möchte ich ohne diese Schreie der Verzweiflung aufwachen. Stattdessen möchte ich nicht nur schrecklichen Schmerz über die Verstorbenen bringen, sondern Freude und Unterhaltung!«

Mit seiner Hand am Kinn richtet Jesus sanft seinen Kopf wieder auf.

»Mein Freund, auch ich sehne mich nach Ruhe und Frieden, mit dem Wissen, dass ich es niemals erreichen kann. Ich leide mit dir«, teilt er mitfühlend seinen Schmerz.

Hades lächelt wehmütig und nickt stumm zur Bestätigung.

Der Tod, der alles still mitverfolgt hat, empfindet bei den Worten des göttlichen Kindes Verständnis und eine gewisse Verbundenheit mit ihm. Er kennt nur zu gut das Gefühl, nicht respektiert und nicht ernst genommen zu werden, obwohl er nur über sein eigenes Leben selbst bestimmen möchte.

Jesus dreht sich mit ausgebreiteten Armen im Kreis.

»Wie viele Strapazen und Beschwerlichkeiten müssen wir ständig ertragen? Wir erhalten weder Wertschätzung noch Dankbarkeit für unsere täglichen Opfer. Ich sage euch, ich habe genug davon, dieses Spiel mitzuspielen, ohne jemals eine Aussicht auf Gewinn zu haben. Ich habe genug von all dem, und ihr solltet es auch haben!«

Er atmet tief durch und entlässt einen zufriedenen Seufzer der Erleichterung.

»Ich muss sagen, das hat wirklich geholfen, alles von der Seele zu sprechen. Ich fühle mich gleich besser!«

Professor Freud, der alles konzentriert mitverfolgt hat, blickt von seinen Notizen auf und konkludiert zufrieden:

»Gut, gut. Dann ist ja alles bestens.«

Er schaut in die Runde der Götter, die alle völlig am Boden zerstört sind.

Das Amor-Baby wimmert leise vor sich hin, während Hermes geistesabwesend vor sich hinmurmelt:

»Ich bin Hermes. Ich habe eine Stimme.«

Aletheia hält schluchzend ihr Gesicht in ihren Händen, während Justitia mit herabgezogener Augenbinde unentwegt den Kopf schüttelt und vor sich hin flüstert:

»Es gibt keine Gerechtigkeit mehr. Es ist alles sinnlos.«

Auch Hades hat seinen Sinn im Dasein verloren und starrt nur deprimiert ins Leere.

Jesus schenkt den Göttern ein herzliches Lächeln, hebt theatralisch die Hand und ruft beschwingt in die Gruppe:

»Adieu, meine Freunde!«

Ohne ein weiteres Wort zu verlieren, dreht er sich um und verlässt ohne Umschweife den Raum.

Auch der Tod erhebt sich schweren Herzens, um seinem Auftrag nachzugehen. Er dreht sich noch einmal um und wirft einen letzten Blick auf die traurigen Gesichter seiner Freunde.

Er fühlt sich schuldig, dass er sie in diese unangenehme Position gebracht hat. Wie gerne würde er ihnen ermunternde Worte schenken. Doch woher sollten diese Worte kommen, wenn in ihm selbst nur Leere und Niedergeschlagenheit existieren?

Er setzt an, um einige tröstende Worte zu finden, erkennt jedoch die Sinnlosigkeit dessen und dass alles, was er sagen würde, letztendlich nur einer Illusion und Lüge entspringen würde.

Stattdessen entweicht ihm nur ein unbestimmtes Grummeln, bevor auch er sich umdreht und die anderen niedergeschlagen zurücklässt.

Kapitel 8

Jesus sitzt entspannt mit einem Eis auf einer Parkbank und beobachtet das geschäftige Treiben vor sich. Eine Gruppe Kinder läuft hinter einem Drachen her, den ein bereits außer Atem geratener Vater ehrgeizig am Boden hinter sich herzieht.

Verliebte Paare liegen im Gras und genießen die warmen Sonnenstrahlen des Frühlings, während andere sich ihren sportlichen Aktivitäten hingeben.

Es ist ein Bild voller Zufriedenheit und Harmonie.

Der Tod kommt zu Jesus und setzt sich wortlos neben ihn.

»Einmal im Leben nur ein einfacher Mensch sein«, seufzt Jesus wehmütig.

»Einmal ein Ende von all den sinnlosen Wiederholungen und Widersprüchen«, stimmt der Tod niedergeschlagen zu, bevor er seinen Gedanken vollendet.

»Die Hoffnung habe ich schon lange aufgegeben.«

Jesus dreht sich zum Tod und blickt ihn ernst an.

»Vielleicht ist das dein Problem. Du solltest versuchen, mehr wie ein Mensch zu sein, anstatt dich hinter deiner Unsterblichkeit zu verstecken.«

Der Sohn Gottes wendet wieder seinen Blick ab und zeigt auf die Landschaft vor sich.

»Du solltest die Freuden des Lebens am eigenen Leib erfahren und fühlen, was es heißt, am Leben zu sein.«

»Das ist ja das Problem - am Leben zu sein«, kommentiert der Tod emotionslos seinen metaphysischen Zustand im Jenseits und setzt seine Beschwerde fort.

»Es ist, als würde die Welt einfach an mir vorübergehen.«

Der Erlöser nickt verständnisvoll.

»Ich weiß, wovon du redest.«

Jesus lässt sinnierend seinen Blick über die Menschen im Park vor sich wandern.

»Schau sie dir an, wie sie ihren alltäglichen Freuden nachgehen, ohne nur im Geringsten erahnen zu können, wie gut es ihnen wirklich geht.«

Ohne eine Antwort seines Sitznachbarn abzuwarten, der ohnehin nur ins Leere vor sich starrt und nichts mit den Freuden der Menschen anfangen kann, redet er weiter.

»Erschaffen für Glückseligkeit und Liebe, hineingesetzt in das Paradies auf Erden. Und was machen sie daraus? Sie zerstören den Planeten, der ihnen zu Füßen gelegt wurde, und bringen Krieg und Zerstörung über sich selbst und das Land. Dabei verraten sie sich selbst von Tag zu Tag aufs Neue.«

»Die Menschheit war schon immer ein seltsames Völkchen«, pflichtet der Tod bei.

Bei diesem Kommentar lacht Jesus verbittert auf.

»Das kannst du laut sagen!«

Jesus wendet sich vom Geschehen im Park ab und dem Tod zu.

»Und weißt du, was dabei das Schlimmste ist?«, fragt er andachtsvoll.

»Der Stress?«, rät der Tod ins Leere.

Jesus schüttelt belehrend den Kopf und blickt ihn mitleidig an.

»Der Verrat, mein Freund. Der Verrat in der Geschichte ist das Schlimmste.«

Er schleckt nachdenklich an seinem Eis und blickt auf die Menschen im Park vor sich. Schon so viele Male hat er den Menschen vertraut und wurde von ihnen hintergangen.

»Die Menschheit ist es nicht wert, gerettet zu werden«, sagt Jesus enttäuscht.

Der Tod runzelt verständnislos die Stirn.

»Aber bist nicht auch du einer von ihnen?«

Bei der Frage lacht Jesus frustriert auf.

»Das ist ja das Problem! Ich kann weder mit ihnen noch ohne sie. Ich meine, schau sie dir an. Sie sind so zerbrechlich und zart. Jeder von ihnen ein Gefäß voller Potenzial, Gutes zu verrichten. Auf der anderen Seite sind sie egoistisch, leiden an Selbstüberschätzung und kommen am Ende auch noch damit durch.«

Der Tod, der den feinen Unterschieden der Menschen schon immer gleichgültig gegenüberstand, zuckt nur uninteressiert mit den Schultern. Mit einem Funken der Hoffnung, dass er seinen Auftrag doch noch schnellstmöglich erledigen kann, fragt er Jesus:

»Heißt das, du wirst dich doch für sie opfern?«

Jesus schüttelt vehement den Kopf.

»Ich glaube, du hast mir nicht zugehört. Das kannst du ein für alle Mal vergessen!«

»Aber es ist Zeit«, hakt der Tod verzweifelt nach.

Jesus schenkt dem Tod ein breites Lächeln und antwortet voller Überzeugung:

»Es ist höchstens Zeit, einen Abflug zu machen und das Leben zu genießen!«

Er schlägt dem Hüter des Jenseits zum Abschied so fest auf den Oberschenkel, dass dieser schmerzhaft zusammenzuckt.

»Apropos Leben genießen, ich habe heute ohnehin noch einen Auftritt im Club eines Freundes«, verkündet der Erlöser und erhebt sich gut gelaunt von seinem Platz.

Der Tod will aufstehen, um ihm zu folgen, doch Jesus gibt ihm mit einer Geste zu verstehen, sitzen zu bleiben.

»Ich glaube, deine Arbeit ist hier getan. Falls sich etwas ändert, melde ich mich bei dir.«

Beim Weggehen ruft er noch über die Schulter hinweg:

»Aber darauf würde ich nicht warten!«

Der Tod lässt enttäuscht den Kopf hängen. Er wartet noch einen Augenblick, bevor er sich beschwerlich erhebt und seinen eigenen Weg geht.

Warum wurde gerade er von Gott dafür auserwählt, sich um Jesus und das drohende Schicksal der Menschheit zu kümmern? Wie kann er der Richtige sein, wenn er sein eigenes Leben kaum im Griff hat?

Es fühlt sich fast so an, als würde Gott es persönlich meinen. Dabei hat er seit Anbeginn des Lebens versucht, seine Arbeit gewissenhaft und sorgfältig auszuführen.

Der Tod geht in Gedanken versunken an einem geschlossenen Theater vorbei, das den heutigen Auftritt seines menschlichen Freundes Maché anpreist.

»Was würde er wohl dazu sagen?«, seufzt der Tod.

»Moment mal, Maché in Paris?!«, schießt es dem Tod durch den Kopf und reißt ihn sofort aus seinen trübseligen Gedanken.

Das kann kein Zufall sein, denkt er sich und schöpft sogleich neuen Mut.

Kapitel 9

Maché steht Backstage in einem Theater und bereitet sich auf seinen bevorstehenden Auftritt vor. Eine Nachricht von seinem Freund Bernhardt reißt ihn aus seiner Konzentration und zaubert ein Lächeln auf sein Gesicht.

»I love u 2 - 4 ever!«, antwortet er verliebt auf die Nachricht und hängt noch ein Herzsmiley daran.

Maya, seine Assistentin, kommt zu ihm und tippt auf ihre Uhr, um ihn an seinen Auftritt zu erinnern. Er packt sie überschwänglich an den Schultern und lächelt sie freudig an.

»Ist die Liebe nicht wunderbar?«

Maya mit ihren schwarzen, eckigen Brillen und schwarzen Haaren zuckt unmotiviert mit den Schultern und befreit sich umständlich aus der Umklammerung.

»Die Liebe wird überschätzt«, antwortet sie trocken und ohne eine Miene zu verziehen.

Maché lächelt sie traurig an und streicht ihr bemitleidend über die Wange.

»Auch du wirst irgendwann das Wunder der Liebe erleben. Es ist nie zu spät dafür.«

Sie verzieht misstrauisch den Blick.

»Wer es glaubt, wird selig. Ich kaufe dir deinen Wandel nicht ab.«

Mit einem Schulterzucken fügt sie gleichgültig hinzu:

»Aber hey, solange das Geschäft läuft, bin ich die Letzte, die etwas dagegen sagt.«

»Aber es stimmt, die Liebe hat mich verändert. Egoismus und Selbstzentrierung gehören der Vergangenheit an. Was zählt, ist Vertrauen und der Glaube an bedingungslose Liebe«, beteuert er.

Maya verdreht ungläubig die Augen.

»Oh, wie pathetisch! Früher mochte ich dich lieber.«

Der Tod sitzt in der hintersten Reihe des alten Theaters, auf einem alten, mit rotem Samt bezogenen Holzklappstuhl und versucht verzweifelt, eine bequeme Sitzposition zu finden.

Nach einer gefühlten Ewigkeit gelingt es ihm endlich, eine halbwegs angenehme Position einzunehmen, und er wartet gespannt auf den Auftritt seines menschlichen Freundes.

Der Saal ist bis auf wenige Plätze voll gefüllt, und es herrscht eine ausgelassene Festtagsstimmung. Männer und Frauen in bunten Kostümen und extravaganten Kleidern lassen Luftballons durch die Luft fliegen und toben laut herum. Andere halten selbstgemalte Schilder hoch und zeigen ihre Liebesbekundungen.

Ein sanfter Gong erklingt, und das Licht im Saal wird langsam gedimmt. Die letzten Gespräche verwandeln sich in ein leises Flüstern, bis absolute Stille herrscht. Ein Scheinwerferlicht geht an und beleuchtet einen kleinen Teil der Bühne, auf der ein roter Samtvorhang bis hoch nach hoben zur Decke reicht.

Das Publikum erwartet gespannt den Auftritt des Motivationscoaches. Sogar der Tod kann sich der allgemeinen Stimmung nicht ganz entziehen und spürt eine gewisse Vorfreude in sich aufkommen.

Endlich ist es soweit. Der Vorhang öffnet sich, und Maché tritt mit gesenktem Haupt hindurch. Das Publikum verfolgt gebannt jede seiner Bewegungen. Ohne ein Wort zu sagen, geht er langsam zum Bühnenrand und bleibt regungslos stehen.

Nach einem Moment angespannter Stille reißt er plötzlich die Arme in die Höhe und ruft laut in den Saal:

»Die Liebe ist der Weg!«

Gleichzeitig schießen hinter ihm zwei Konfettifontänen in die Luft, begleitet von lauter Musik, die aus den Lautsprechern dröhnt. Der gesamte Saal wird von Scheinwerferlicht in ein buntes Lichtermeer getaucht, in das Maché offenbarend hineinruft:

»Die Liebe ist das Großartigste!«

Die Teilnehmer springen jubelnd von ihren Sitzen auf und applaudieren begeistert.

Begleitet von tiefen Bässen, läuft der Motivationscoach energisch auf der Bühne auf und ab und ruft voller Überzeugung in die Menge:

»Es stimmt! Liebe kann die Welt verändern! Öffnet euch euren Mitmenschen und sagt Ja! Sagt Ja zu euch selbst und eurem Leben!«

Mit geballter Faust spornt er das Publikum weiter an.

»Wir haben nur ein Leben, und es könnte schon morgen vorbei sein. Deshalb sagt Ja!«

Er reißt energisch beide Arme in die Höhe und brüllt laut in den Saal:

»Sagt Ja zur Liebe!«

Die Menschen im Saal folgen seinem Beispiel und erreichen in ihrer Freude eine neue Lautstärke.

»Wir lieben dich!«, rufen einige vereinzelt aus den Reihen der ausgelassenen Menschen.

Der Motivationscoach streckt seine Hand aus und bringt das Publikum wieder zur Ruhe. Die Musik klingt ab, und das Licht normalisiert sich. Mit gedämpfter Stimme und andächtigem Ton spricht Maché weiter.

»Auch ich war verloren und gefangen im monotonen Trott des Alltags und des Zweifels. Wie lange bin ich dem

Leben hinterhergerannt und habe Sorgen und Kummer ertragen für eine Vorstellung des Lebens, die nur in meinem Kopf existierte?«

Die Menschen im Saal nicken ehrfürchtig.

»Ich war blind für die wahren und wichtigen Dinge im Leben. Meine Augen und mein Verstand haben mich das Offensichtliche nicht erkennen lassen, und die Dunkelheit zog mich immer tiefer in den Abgrund meiner Selbst. Doch ich wurde befreit...«

Maché senkt demütig sein Haupt, um im nächsten Moment seine Faust in die Höhe zu reißen und laut in den Saal zu rufen:

»Von der Liebe!«

Das Publikum bricht erneut in ekstatischen Jubel aus.

Der Tod, der alles emotionslos mitverfolgt, kratzt sich nachdenklich sein Kinn und murmelt leise vor sich hin:

»Kann die Liebe tatsächlich die Antwort sein?«

Der Hüter des Jenseits, der Liebe nur als einen weiteren emotionalen Zustand der Menschen betrachtet und für ihn ein ewiges Rätsel bleiben wird, fasst einen Entschluss.

Entschlossen␣strafft␣er␣seine␣Statur␣und␣erhebt␣sich␣von seinem Platz.

Unsichtbar für die Sterblichen im Saal, die jedes Wort des Motivationscoaches gespannt mitverfolgen, geht der Tod mit schlurfenden Schritten durch den Saal.

Er steigt auf die Bühne und nähert sich langsam Maché, der das Unheil von hinten nicht erwartet und gerade euphorisch in die Menge ruft:

»Wäre heute das Leben zu Ende, würde ich als glücklicher Mensch sterben. Denn ich weiß, dass ich geliebt habe und noch wichtiger - dass ich geliebt wurde!«

Das Publikum applaudiert begeistert und rufen ihre Zustimmung laut heraus.

Der Hüter des Jenseits legt sanft seine Hand auf die Schulter seines menschlichen Freundes, bereit, ihn zu sich zu holen. Kurz darauf erstarrt Machés Blick, seine Miene wird ausdruckslos, und er schließt langsam seine Augen.

Unterstützt von den behutsamen Händen des Todes bricht der einfache Sterbliche auf der Bühne zusammen und bleibt dort regungslos liegen.

Das Publikum ist geschockt, und es herrscht absolute Stille im Saal.

Maya, die alles hinter der Bühne beobachtet hat, greift geistesgegenwärtig nach ihrem Handy und ruft sofort die Rettung.

Die Menschen murmeln aufgeregt untereinander und können nicht fassen, was gerade passiert ist.

Maya betritt die Bühne und versucht, die aufgebrachte Menge zu beruhigen.

»Hilfe ist unterwegs!«

Sie kniet sich neben den bewegungslosen Körper und überprüft seine Atmung, jedoch ohne Erfolg. Verzweifelt versucht sie seinen Puls zu finden, aber auch dieser ist erloschen.

»Halte durch, du wirst es schaffen!«, spricht sie ihm gut zu. Doch die Worte dringen nicht zu Maché hindurch und er bleibt nur regungslos vor ihr liegen.

Kapitel 10

Maché springt bestürzt vom Boden auf und blickt sich verwirrt um. Alles um ihn herum erstrahlt in prachtvollen Farben und nie zuvor gesehener Klarheit.

Er staunt über die unzähligen bunten Energiestränge, die durch alles und jeden fließen. Die lebenspendende Energie durchzieht selbst scheinbar leblose Gegenstände wie Adern.

Maché betrachtet erstaunt seine eigene Existenz und seine Umgebung, die als Teil eines größeren Energieflusses erscheint, in dem alles und jeder in der Strömung der Zeit verschwimmt, als wären sie Luft.

Zu seinem eigenen Erstaunen nimmt er jede einzelne Zelle seines Körpers wahr und spürt die kosmische Energie, die alles miteinander verbindet. Er empfindet die allumfassende Liebe und Glückseligkeit, die das Universum durchströmt.

Sein Geist klärt sich von Ängsten und Zweifeln, und plötzlich ergibt alles einen Sinn.

Er erkennt die Ordnung im Chaos und die Perfektion des großen Ganzen, in dem er selbst nur ein kleiner Bestandteil davon ist.

Fasziniert betrachtet er das überwältigte und verblüffte Publikum, das fassungslos auf die Bühne starrt. Er beobachtet die gedämpften Auren, die wie flackernde Kerzenflammen um die Körper der verstörten Menschen schimmern.

Er sieht Maya, wie sie aufgeregt versucht, seinen leblosen Körper am Boden wiederzubeleben. Alles scheint so klar und doch nicht wirklich für ihn zu sein.

Der Anblick der farbigen Energieströme und das Gefühl absoluter Glückseligkeit lassen Freudentränen in seine Augen steigen.

Doch ein dunkler Gedanke schleicht sich in das helle Licht der Offenbarung. Wie ein schwarzes Loch breitet er sich aus und lässt die Farben um ihn herum verblassen.

Suchend dreht er sich im Kreis und findet sich plötzlich Auge in Auge mit dem grinsenden Tod vor sich.

»Willkommen im Jenseits, mein alter Freund!«, begrüßt der Tod ihn herzlich.

Maché weicht hektisch zurück und zeigt mit ausgestrecktem Finger vorwurfsvoll auf den Hüter des Jenseits.

»Das warst du!«

Enttäuscht darüber, dass die Wiedersehensfreude nicht geteilt wird, antwortet der Tod mit steinerner Miene:

»Wer denn sonst?«

Panik steigt in Maché auf.

»Nein, das darf nicht sein! Ich hatte noch so viel vor, mein Leben hat gerade erst begonnen.«

Der Tod wischt den Einwand einfach zur Seite.

»Du hast es selbst gesagt. Du bist glücklich gestorben, so wie du es wolltest. Das kann nicht jeder von sich behaupten.«

Maché, noch immer überrascht von der unerwarteten Begegnung mit dem Tod, stammelt verunsichert:

»Dann ist meine Zeit wirklich gekommen?«

Der Tod legt seine Hand andächtig auf die Schulter seines Freundes und drückt sein tiefes Bedauern aus.

»Für jeden kommt irgendwann einmal die Zeit.«

Traurig senkt Maché den Kopf und tiefe Resignation breitet sich in ihm aus.

»Dann ist es also wahr und die Zeit ist schlussendlich gekommen.«

Der Tod klopft ihm auf die Schulter und verkündet gutgelaunt:

»Deine Zeit für deine Hilfe ist gekommen!«

Maché weicht verdutzt zurück und langsam breitet sich eine freudige Erkenntnis auf seinem Gesicht aus.

Mit einem verschmitzten Lächeln wedelt er tadelnd mit dem Finger in der Luft.

»Dann bin ich also gar nicht tot und das war so etwas wie ein krankhafter Scherz von dir?«

»Oh doch, du bist tot«, kommt es augenblicklich vom Tod emotionslos und sachlich zurück.

Die Freude aus Machés Gesicht verschwindet so schnell, wie sie gekommen ist. Nach einem kurzen Moment des Schockes dämmert es ihm langsam und seine Augen verengen sich zu misstrauischen Schlitzen.

»Sag bloß, du steckst wieder in Schwierigkeiten!?«

Der Tod zögert und windet sich unbehaglich herum. Mit betrübter Miene offenbart er schlussendlich die Last, die auf seine Schultern geladen wurde:

»Es geht hier nicht um mich, sondern um jemanden deiner Art. Es ist ein äußerst dringlicher Auftrag.«

Ein tiefer Seufzer des Schmaches entweicht dem Tod. Trotz seiner göttlichen Macht ist er nun auf die Hilfe eines einfachen Sterblichen angewiesen, der anscheinend auch noch keine Freude daran hat, ihn zu sehen.

»Ich wünschte, es wäre nicht so, aber ich fürchte, ich schaffe es nicht ohne dich«, gesteht der Tod.

Genervt greift sich der Motivationscoach ins Gesicht und Frustrationsfalten erscheinen auf seiner Stirn.

»Das hatten wir doch schon einmal«, stöhnt er auf.

Maché blickt sich im Saal um und sieht die verstörten Menschen unter ihm, die hilflos das Drama auf der Bühne mitverfolgen.

Er beobachtet seine besorgte Assistentin, wie sie seine schlaffe Hand hält und leise vor sich hin schluchzt. Dann wendet er sich wieder dem Tod zu.

»Musste es gerade jetzt sein? Dein Timing war schon immer miserabel.«

Die Eingangstüren des Saals werden aufgestoßen und zwei Rettungssanitäter stürmen herein. Zielgerichtet laufen sie auf die Bühne zu dem Verunglückten.

Maya tritt hastig zur Seite und stammelt nur verunsichert vor sich hin:

»Er ist einfach umgekippt.«

Sofort beginnen die beiden Sanitäter mit den Wiederbelebungsmaßnahmen. Der Erste führt rhythmische Herzdruckmassagen durch, gefolgt von der gleichmäßigen Beatmung durch den Zweiten.

Maya steht mit Tränen neben ihnen und beobachtet angespannt jeden Handgriff der Helfer.

Maché im Jenseits ist von ihrer Anteilnahme über seinen plötzlichen Tod tief gerührt. Bei dem traurigen Gedanken, einmal wirklich nicht mehr zu existieren und dass seine einzigartige Persönlichkeit eines Tages nicht mehr unter den Lebenden sein wird, lassen ihm Tränen des Selbstmitleids emporsteigen.

Ergriffen sinniert er vor sich hin:

»Es ist einfach nur wunderschön.«

»Immer dieses Drama«, kommentiert der Tod genervt.

Nach einer erfolglosen Reanimation bereitet einer der Sanitäter mit geübten Bewegungen den Defibrillator vor, während der andere den Oberkörper freimacht und die Elektroden anbringt.

Die beiden treten zur Seite und ein heftiger Stromschlag lässt den Körper am Boden zusammenkrampfen. Doch ohne Erfolg. Auch zwei weitere Stromschläge bleiben erfolglos, ebenso wie drei weitere Durchgänge.

Im Saal herrscht eine Totenstille, nur unterbrochen vom monotonen Ton des Defibrillators.

Die beiden Sanitäter blicken mit enttäuschter Miene zu Maya und schütteln bedauernd den Kopf. Maya kann nicht glauben, was sich gerade vor ihren Augen abspielt, und weicht fassungslos zurück.

Maché im Jenseits atmet entmutigt aus.

Er weiß ohnehin, dass der Tod nicht so schnell aufgibt, bevor er ihm hilft.

»Also gut, ich mache es«, sagt er resignierend.

Die Erleichterung des Todes ist ihm deutlich anzusehen.

»Ich wusste, auf dich ist Verlass!«

»Aber nur unter einer Bedingung«, fordert Maché entschlossen.

Misstrauisch blickt der Tod sein Gegenüber an, denn es kommt nicht oft vor, dass dem Hüter des Jenseits Forderungen gestellt werden.

»Und welche Bedingung wäre das?«

»Du bringst mich sofort zurück auf die menschliche Ebene. Mir reicht es endgültig im Jenseits.«

Der Tod zuckt gleichgültig mit den Schultern und lächelt über diese einfache Aufgabe.

»Wenn das alles ist.«

Maya kann immer noch nicht akzeptieren, dass ihr langjähriger Arbeitgeber verstorben ist.

»Noch einmal!«, fordert sie die Sanitäter auf.

Der erste Sanitäter schüttelt niedergeschlagen den Kopf.

»Es hat keinen Sinn mehr, er ist von uns gegangen. Es tut mir leid für den Verlust.«

Doch Maya kann diese Antwort nicht akzeptieren.

»Dann mache ich es selbst!«, ruft sie laut aus.

Selbstbewusst stürzt sie sich auf das Gerät, stellt den Regler auf die höchste Stufe und betätigt den Auslöser.

In dem Moment erwacht der vermeintlich Tote. Seine Augen füllen sich mit lebensprühender Kraft und er erblickt erneut das Licht der Welt.

Doch es ist zu spät, oder besser gesagt, zu früh.

Ein heftiger Stromschlag durchfährt seinen Körper bei vollem Bewusstsein und lässt ihn lange schmerzvolle Momente am Boden herum zucken.

Nach dem Schock kann Maché nur noch leise vor sich hin wimmern:

»Es ist schön, wieder am Leben zu sein.«

Wieder bei vollem Bewusstsein, springt er plötzlich wie von einer Tarantel gestochen vom Boden auf und streckt beide Hände beschwichtigend in die Höhe.

»Alles gut, alles gut. Nur ein falscher Alarm!«, ruft er erklärend in den Saal.

Er schaut sich auf der Bühne nach dem Tod um, kann jedoch kein Anzeichen von ihm entdecken.

Erstauntes Raunen geht durch das Publikum. Maya und die zwei Sanitäter starren ihn mit offenen Mündern und großen Augen an.

»Keine Sorge, alles nur ein großes Missverständnis!«, beschwichtigt Maché die Anwesenden weiter.

Seine Assistentin überwindet als Erste ihre Schockstarre und eilt zu ihm. Verblüfft packt sie seinen Arm, um sich selbst von seinem Wohlbefinden zu überzeugen.

»Dir geht es gut!«

Mit einem gezwungenen Lächeln schiebt er ihre Sorge einfach beiseite.

»Alles bestens. Wie gesagt, alles nur ein gewaltiger Irrtum.«

Er winkt dem noch perplexen Publikum zu.

»Vielen Dank für euer Kommen. Kauft mein Buch!«

Einige wenige im Publikum klatschen verhalten, jedoch nicht aus Begeisterung, sondern mehr um sich selbst von der eben stattgefundenen Situation abzulenken.

Ohne Umschweife verlässt Maché die Bühne und lässt alle verwundert zurück, einschließlich seiner Assistentin und der beiden Sanitäter, die zuvor noch nie etwas Ähnliches erlebt haben.

Maya betritt den Backstage-Bereich und sieht Maché nervös hin und her gehen. Der Tod steht unsichtbar für beide im Hintergrund und beobachtet alles teilnahmslos mit.

»Warum ausgerechnet jetzt? Alles lief gerade so gut«, murmelt Maché laut vor sich hin.

Er blickt sich verzweifelt nach dem Tod um.

»Wo bist du überhaupt?«

»Ich bin hier«, antwortet Maya stattdessen hinter ihm und erschreckt ihn dabei.

»Dich meine ich nicht!«, erwidert er genervt.

Maya schaut sich im Raum um, kann jedoch niemand anderen entdecken.

»Ist noch jemand hier?«, fragt sie besorgt.

Währenddessen sucht Maché nervös nach dem Hüter des Jenseits, doch von diesem fehlt weiterhin jegliche Spur - zumindest auf dieser Ebene.

Maya spricht beruhigend auf ihn ein:

»Vielleicht solltest du einen Arzt aufsuchen.«

Maché seufzt laut auf und erkennt, wie merkwürdig sein Verhalten nach außen wirken muss. Er dreht sich zu ihr um und versucht, sie zu beruhigen:

»Es liegt wahrscheinlich nur am Stress der letzten Tage. Mir geht es gut.«

Maya zieht kritisch eine Augenbraue hoch.

»Am Stress oder daran, dass du tot warst?«, fragt sie skeptisch.

Doch ihr Gegenüber ist schon einen Gedanken weiter.

»Ich brauche jetzt erstmal einen Drink. Der Rest kann warten. Wir sehen uns morgen«, verabschiedet er sich kurz angebunden und verlässt eilig den Raum.

Seine Assistentin bleibt verstört zurück und schüttelt nur ungläubig den Kopf.

Kapitel 11

Maché steigt in ein Taxi und lässt sich erschöpft auf der Rückbank nieder. Noch immer weit und breit keine Spur vom Tod.

»Guten Abend, Monsieur«, grüßt ihn der farbige Fahrer mit Dreadlocks freundlich.

Ohne die Begrüßung zu erwidern, gibt Maché knapp die Anweisung:

»Zum besten Club der Stadt.«

Unsichtbar für die beiden hat sich der Tod währenddessen gemütlich neben seinen Freund auf der Rückbank niedergelassen.

»Kommt sofort«, antwortet der Taxifahrer pflichtbewusst und reiht sich in den dichten Abendverkehr ein.

Es herrscht eine angenehme Stille im Auto, während die Lichter der beleuchteten Stadt beruhigend an Maché vorbeiziehen, der in Gedanken versunken aus dem Fenster blickt.

Der Tod hebt bedächtig seine Hand und berührt mit dem Zeigefinger Machés Stirn. Plötzlich verschwindet für ihn der Schleier des unsichtbaren Jenseits.

»IHHH!«, erschrickt Maché lauthals und blickt geschockt in das ausdruckslose Gesicht des Todes.

Machés hoher, schriller Schrei wiederum erschreckt den entspannten Taxifahrer derart, dass er das Lenkrad ruckartig verreißt.

Das Auto gerät ins Schleudern und kommt auf die gegenüberliegende Fahrbahn, wo das entgegenkommende Fahrzeug bereits wild mit der Lichthupe aufleuchtet.

Maché, der Taxifahrer und der Fahrer des anderen Autos schreien alle gleichzeitig panisch auf. Nur dem Tod entfährt nur ein beschämtes:

»Ups!«

Im letzten Moment reißt der Taxifahrer das Lenkrad herum und bringt das Auto mit quietschenden Reifen zurück auf die richtige Fahrbahn. Ein erleichtertes Ausatmen geht durch den gesamten Wagen.

Ohne ein Wort zu sagen, wirft der Taxifahrer einen wütenden Blick durch den Rückspiegel auf den unerwünschten Fahrgast, der beinahe ihr beider Ende bedeutet hätte.

Er fährt zur Beruhigung drei Extrarunden um den Arc de Triomphe, bevor er rechts ranfährt und anhält. Mit ausgestreckter Hand fordert der Taxifahrer seine Bezahlung.

»Fünfzig Euro«, verlangt er.

»Das ist Wucher!«, ruft Maché empört und holt sein Geld aus der Hosentasche.

Der Taxifahrer zuckt gleichgültig mit den Schultern und unterstreicht seinen Unmut mit einem zornigen Blick und seiner auffordernden Hand.

Maché drückt dem Fahrer das Geld in die Hand und zwängt sich umständlich am Tod vorbei zur Tür.

Kaum ist er ausgestiegen und hat die Tür noch nicht einmal hinter sich geschlossen, fährt das Taxi mit durchdrehenden Reifen davon und zwingt ihn dazu, zur Seite in Sicherheit zu springen.

Verärgert blickt er dem Taxi hinterher, in dem er beinahe ums Leben gekommen wäre.

Auf dem Platz vor Maché erfüllt lauter Bass aus einem hell erleuchteten Club die Luft, während eine Menge attraktiver und gut gekleideter Menschen bereits ungeduldig auf den Einlass hoffen. Neben ihm steht der Tod, der bereits gelangweilt wartet.

»An deinem Timing müssen wir wirklich noch arbeiten«, wirft ihm Maché ein weiteres Mal vor.

Der Tod, dem Einfühlungsvermögen ein Fremdwort ist, nimmt es als Lektion für Menschlichkeit und nickt stumm zur Bestätigung.

»Warum kann ich dich überhaupt plötzlich sehen und dennoch am Leben sein?«, fragt Maché verwundert.

»Ich habe einfach die Blockade zwischen deinem Bewusstsein des irdischen Lebens und des Jenseits aufgehoben. Angesichts der Bedeutung meiner Mission halte ich es zudem für notwendig, selbst unter den Menschen zu wandeln«, erklärt der Tod, als wäre es das Selbstverständlichste auf der Welt.

»Und das fällt dir erst jetzt ein! Warum hast du das nicht gleich bei unserem ersten Treffen getan?«, beschwert sich Maché lauthals.

Der Tod, dem diese Möglichkeit nie in den Sinn gekommen wäre, zuckt unsicher mit den Schultern.

»Macht der Gewohnheit?«

Maché ist von weiteren Diskussionen über verschiedene Ebenen und mögliche parallele Dimensionen im Universum müde und schaut auf die lange Schlange bis zum Eingang, die von einem bulligen Türsteher in schwarzem Anzug und dunkler Sonnenbrille bewacht wird.

»Das wird bestimmt ewig dauern«, sagt er genervt.

»Ich kann helfen«, bietet der Tod an und hebt zur Bestätigung seinen Zeigefinger, bereit, seine göttliche Macht zu demonstrieren.

Für Maché, der das fehlende Einfühlungsvermögen des Todes bereits kennt und ohnehin nur an einen Drink denkt, ist das Letzte, was er jetzt braucht, ein Gehsteig voller Toter aufgrund plötzlichen Herzstillstands oder anderer schrecklicher Todesarten - einschließlich des Türstehers.

Verzweifelt greift er sich an die Stirn und murrt den Tod an:

»Auf deine Hilfe kann ich gerne verzichten.«

Es ist das zweite Mal an diesem Tag, dass die Hilfe des Todes abgelehnt wurde und nicht erwünscht ist.

»Schade«, erwidert dieser sichtlich gekränkt.

Vom Durst getrieben, ergreift Maché die Initiative und drängt sich an der Menschenmasse vorbei in eine schmale Seitengasse. Die beiden gehen entlang der dunklen Gasse, flankiert von überquellenden Abfallcontainern, in denen herumtummelnde Ratten das großzügige Angebot der Stadt genießen und freudig im Müll herumspielen.

Maché versteckt seinen Ekel und beschleunigt seinen Gang, während der Tod sehnsüchtig an Fieps denkt. Entschlossen steuert Maché auf einen Seiteneingang zu, wo eine Kellnerin gerade eine Zigarette raucht.

»Sieh zu und lern«, sagt Maché selbstbewusst zum Tod hinter ihm.

Er faltet geschickt einen Geldschein und klemmt ihn zwischen seine Handflächen. Mit seinem breitesten Lächeln begrüßt er die Kellnerin:

»Bonjour!«

Die Kellnerin zieht unbeeindruckt an ihrer Zigarette und nickt nur lässig mit dem Kopf, um ihn dazu zu bringen, endlich seine Wünsche vorzutragen und ihre Zeit nicht weiter zu verschwenden.

Maché hebt seine leeren Hände entwaffnend in die Höhe und lässt sein Lächeln aufblitzen, während er selbstbewusst auf die Kellnerin zugeht.

Mit einer schnellen, eleganten Bewegung zaubert er den Geldschein hinter ihrem Ohr hervor und steckt ihn anschließend augenzwinkernd in die Brusttasche ihres glattgebügelten weißen Hemdes.

Nach einem kurzen Moment erscheint ein angedeutetes Lächeln auf ihren Lippen. Amüsiert zieht sie einen tiefen Zug von ihrer Zigarette und bläst anerkennend eine dichte Rauchwolke in die Luft.

»Du bist in Ordnung«, sagt sie wohlwollend.

Mit einer Kopfbewegung in Richtung Tür gewährt sie den ersehnten Einlass.

Beim Hineingehen wirft Maché der sympathischen Kellnerin noch einen dankbaren Handkuss zu, bevor er mit dem Tod im Inneren verschwindet.

Der Tod schüttelt ungläubig den Kopf.

»Ich kann nicht glauben, dass das funktioniert hat.«

Die selbstbewusste Antwort, verbunden mit gewissem Stolz, kommt sofort zurück:

»Ich funktioniere bei beiden Geschlechtern.«

Das verstärkt nur noch weiter das Unverständnis des Todes, dem die Menschheit wohl für immer ein ewiges Rätsel bleiben wird.

Über eine kleine Treppe folgen die beiden der immer lauter werdenden Musik, bis sie schließlich inmitten des Getümmels der feiernden Gäste herauskommen.

Zielstrebig steuert Maché auf die nächstgelegene Bar zu und bestellt bei dem Barkeeper seinen längst benötigten Drink.

Erst nach einem kräftigen Schluck von seinem Long Island Iced Tea ist der Motivationscoach sichtlich erleichtert. Die Nerven sind wieder besänftigt, und er findet Zeit, sich in Ruhe im Club umzuschauen.

Kapitel 12

Von der Galerie aus, die sich am hinteren Ende eines langgezogenen Saals befindet und von hohen Säulen flankiert wird, schauen das seltsame Duo auf die hell erleuchtete Tanzfläche unter ihnen.

Dort geben sich dicht gedrängt die tanzenden Menschen der dröhnenden Musik hin und genießen die gute Stimmung.

»Jay an den Turntables!«, schallt es laut aus den Boxen. Die Menge jubelt ekstatisch auf. Die Musik steigert sich immer weiter an Intensität und lässt das Publikum noch exzessiver zu den tiefen, vibrierenden Bässen tanzen.

Maché, der ebenfalls von den positiven Vibes der Menge mitgerissen wird, nickt anerkennend und ruft über die laute Musik zum Tod hinüber:

»Das muss man den Franzosen lassen, sie wissen, wie man feiert!«

Er schaut den gelangweilten Tod neben sich an, der ruhig dasteht und nichts mit der überschäumenden Stimmung im Club anfangen kann.

Maché zwinkert ihm zu und schlägt ihm beherzt auf die Schulter.

»Ich schätze, du bist schon zu alt, um sowas zu schätzen.«

Der Hüter des Jenseits, an dem normalerweise jegliche Kritik abprallt, möchte das nicht auf sich sitzen lassen und außerdem nicht als Langweiler dastehen.

»Ich kenne den DJ«, versucht er den einfachen Sterblichen mit seinen göttlichen Verbindungen zu beeindrucken.

Maché runzelt zweifelnd die Stirn.

»Du meinst sicher so, wie du jedes Leben auf dem Planeten kennst - aus deiner verschobenen, abstrakten Perspektive des Jenseits?«

Der Tod fühlt sich sichtlich gekränkt und verzieht grimmig die Augenbrauen.

»Ich werde es dir beweisen.«

Mit einer eleganten Bewegung hebt er seinen Arm und berührt mit seinem Zeigefinger die Stirn des zweifelnden Menschen vor ihm.

An der Stelle, an der der Tod ihn berührt, erscheint augenblicklich ein interdimensionales, goldenes Portal, das Machés Körper spiralförmig hineinzieht.

Laut schreiend schießt er wild wirbelnd durch das erschaffene Wurmloch und springt dabei durch Raum und Zeit, von einer Dimension zur nächsten.

Obwohl dieser Vorgang auf der Erde nur einen Wimpernschlag dauert, scheint es für ihn wie eine Ewigkeit und beweist einmal mehr die Relativität der Zeit.

Nach zahlreichen Abzweigungen und Zeitsprüngen kommt die wilde Fahrt abrupt zum Ende. Er wird aus dem Wurmloch herauskatapultiert und materialisiert sich neben dem Tod auf der gegenüberliegenden Seite des Clubs.

Noch ganz schlecht von der interdimensionalen Reise, übergibt er sich erstmals ausgiebig, hinter einem großen Lautsprecher.

Der Tod lächelt zufrieden und zeigt mit ausgestreckter Hand auf den neuen Ort, der sich in der Nähe des DJ-Pults befindet.

»Voilà!«, sagt er triumphierend.

Maché, noch immer von seiner unerwarteten Reise überwältigt, stammelt ungläubig vor sich hin:

»Was war das denn?«

»Das war eine einfache Ortsverschiebung. Das wollte ich dir schon vorher vor dem Club anbieten«, erwidert der Tod sichtlich erfreut und erwidert den vorherigen beherzten Klopfer auf die Schulter.

»Dann wolltest du also die Menschen vorher gar nicht ins Jenseits holen?«, fragt Maché überrascht.

Der Tod fühlt sich sichtlich in seiner Ehre verletzt.

»Ich bin doch kein Mörder!«, echauffiert er sich.

Maché hebt beschwichtigend die Hände und rechtfertigt seine falsche Schlussfolgerung:

»Na ja, irgendwie schon. Immerhin gibt es nach dem Tod kein weiteres Leben.«

Der Tod seufzt laut auf und ignoriert den Einwand.

»Wie dem auch sei, zurück zum Thema.«

Voller Stolz zeigt er auf den DJ.

»Ich präsentiere, Jesus!«

Ungläubig blickt Maché zwischen dem Tod und Jesus an den Turntables hin und her.

»Nicht etwa DER Jesus?«, platzt es verblüfft aus ihm heraus.

Der Tod nickt nur stumm zur Bestätigung.

Jesus ist gerade dabei, eine bestimmte Substanz in Form einer weißen Linie aufzuziehen, als er die Ankömmlinge am Rand bemerkt. Mit einem Lächeln und sich die Nase von den Resten des weißen Pulvers säubernd, kommt er auf die beiden zu.

»Ich dachte, du wärst nicht der Typ zum Feiern - Respekt!«, sagt Jesus anerkennend zum Tod.

Der Tod senkt betrübt den Kopf, wissend, dass er den gerade erwiesenen Respekt nicht verdient hat. Zerknirscht deutet er auf Maché neben sich.

»Ich bin nur ihm gefolgt.«

»Nicht schlecht. Wenn sogar der Tod auf die irdische Ebene kommt, bedeutet das etwas. Es freut mich, dich kennenzulernen«, erwidert Jesus.

Mit einem offenen Lächeln streckt Jesus seine Hand zur Begrüßung aus. Maché ist von dieser Ehre ganz begeistert und schüttelt überschwänglich seine Hand.

»Die Freude ist ganz meinerseits. Ich habe schon viel über dich gehört«, sagt Maché.

»Ich hoffe nur Gutes«, scherzt Jesus mit einem Augenzwinkern.

Er betrachtet Maché intensiv, bis in die tiefsten Abgründe seiner Seele, wo all seine Geheimnisse offenbart werden.

»Es könnte besser sein, aber ich spüre auch viel Gutes in dir«, stellt der Erlöser nüchtern fest.

Maché lächelt verhalten und senkt verlegen den Blick.

»Ach, ich versuche nur, das Beste aus meinem Leben zu machen.«

Jesus wechselt ohne Umschweife das Thema und kommt zum für ihn wichtigen Teil.

»Lust auf eine Party?«

Maché, der noch nie zu einer guten Party nein sagen konnte, antwortet wie aus der Pistole geschossen:

»Da musst du mich nicht zweimal fragen!«

Der Tod hingegen seufzt laut auf, als wäre allein der Gedanke ans Feiern bereits zu anstrengend für ihn.

Das außergewöhnliche Trio hat es sich im Backstage-Bereich des Clubs gemütlich gemacht, und eine ausgelassene Stimmung herrscht unter den Feiernden. Sie genießen ihre Zeit voller Hingabe und leben im Moment.

Jesus und Maché stoßen gerade überschwänglich miteinander an und Jesus ruft beherzt in die Runde:

»Auf das Leben!«

Sie leeren den Shot in einem Zug, während der Tod gleichgültig danebensitzt und gelangweilt zuschaut.

Schon im nächsten Moment bereitet Jesus die zweite Runde vor, die genauso schnell wie zuvor in den Rachen der Durstigen verschwindet.

»Das ist wirklich gutes Zeug«, lobt Maché.

»Es geht nichts über Ambrosia«, antwortet Jesus gut gelaunt.

Zufrieden lehnt er sich auf der Couch zurück und beginnt entspannt einen Joint zu rollen.

Maché wendet sich an den wortkargen Begleiter neben sich und deutet mit dem Glas.

»Das wäre etwas für dich. Ein bisschen Entspannung würde dir guttun.«

Maché ist bereits dabei, zwei weitere Gläser von dem göttlichen Elixier einzuschenken, während der Tod schlecht gelaunt vor sich hin murrt:

»Meine Begeisterung hält sich in Grenzen.«

Jesus lehnt sich provokant zu ihm herüber und schlägt ihm dabei so kräftig mit seiner Handfläche auf seinen Oberschenkel, dass dieser reflexartig zusammenzuckt.

»Versuch es erst gar nicht! Das ist sowieso nichts für Langweiler.«

Der Tod, der es leid ist, dass auf ihm herumgehackt wird und außerdem nicht als Außenseiter dastehen will, strafft entschlossen seine Statur.

»Was soll's, her mit dem Zeug.«

Die beiden anderen jubeln erfreut auf, und Jesus macht sich gleich daran, ein randvolles Glas einzuschenken.

»Das ist die richtige Einstellung!«, ruft der Messias.

Der Tod hebt das Glas zum Toast.

»Zum Wohl«, sagt er monoton und leert es in einem Zug.

Gleich danach greift er sich den Joint vom verblüfften Jesus und zieht so kräftig daran, dass er in einem Stück zischend abbrennt. Er hält kurz den Atem an und entlässt dann eine dichte Rauchwolke, die den gesamten Tisch in einem dichten Nebel einhüllt.

Mit zusammengebissenen Zähnen spricht er sein Urteil aus:

»Guter Stoff.«

Jesus und Maché jubeln beide erfreut auf, und die Gläser werden augenblicklich von Neuem befüllt.

Es beginnt eine lange, ausschweifende Nacht, wie keine andere zuvor. Die drei Abenteurer begeben sich auf eine Reise durch die Nacht und tauchen ein in eine neblige Welt voller überschäumender Euphorie und Ekstase.

Im Rausch fliegt das ungewöhnliche Trio mit ausgestreckten Armen frei durch die Luft entlang eines langen Pfades, der unter ihnen in allen Farben des Regenbogens erstrahlt.

Entspannte Musik untermalt die sorglose Stimmung der Suchenden, die nach Unterhaltung und vor allem nach Freiheit streben.

Während sie fliegen, rasen die unvergesslichsten Momente ihres Abends an ihnen vorbei.

Unter offensichtlichem Einfluss der verschiedenen Substanzen, die sie bereits eingenommen haben, kitzelt Maché im Flug Jesus, der daraufhin kichernd mit einer Gegenattacke reagiert.

Beide schauen lachend zum Tod, der neben ihnen in Gedanken versunken über dem bunten Regenbogen fliegt und in unregelmäßigen Abständen stumm in sich hineinlacht.

Die drei lassen sich vollständig von ihrem Vergnügen mitreißen und ziehen von einer Location zur nächsten, während sie exzessiv und hingebungsvoll feiern, als ob es kein Morgen gäbe.

Egal ob an einer Bar, auf der Tanzfläche oder auf der Straße, überall ist Jesus im Mittelpunkt und die Menschen werden von ihm angezogen wie Motten vom Licht.

Der Tod beobachtet seinen menschlichen Freund und den Auserwählten, wie sie auf einer Bar stehend ausgelassen feiern.

Während der Sohn Gottes großzügig eine Flasche Pastis in die geöffneten Münder unter ihm gießt, tanzt Maché mit weit geöffnetem Hemd und zwei jungen Männern in seinen Armen auf der Bar.

Der Tod muss sich eingestehen, dass er noch nie zuvor so viel Spaß hatte wie in dieser Nacht. Das bedeutet also, am Leben zu sein, sich dem Rausch hinzugeben und alle Sorgen um sich herum zu vergessen, denkt er sich erfreut.

Der Gedanke, eine neue Erkenntnis über die Menschheit gefunden zu haben, zaubert ein seltenes, aber umso zufriedeneres Lächeln auf seine Lippen.

Der Tod erhebt sein Glas und ruft begeistert zu seinen Kameraden auf der Bar:

»Auf das Leben!«

Sein Enthusiasmus ist so groß, dass er die Hälfte seines Glases verschüttet. Die beiden anderen erheben ihre Gläser und rufen lautstark zurück:

»Auf den Tod!«

Die Gruppe feiernder Menschen um sie herum stimmt in den Ruf ein und ruft wie aus einer Kehle:

»Auf den Tod!«

Der Tod empfängt diese Worte mit mehr als wohlwollender Zustimmung, denn endlich wird ihm die Anerkennung zuteil, die ihm gebührt.

Denn ohne den Tod gibt es auch kein Leben. Das gilt natürlich auch umgekehrt - ohne Leben gibt es keinen Tod. Doch das ist für ihn im Moment unwichtig.

Alles, was zählt, ist die Schönheit des Lebens zu erfahren. Oder besser gesagt, es ist schön, Tod zu sein.

Kurz darauf werden Jesus und Maché, unter heftigem Protest ihrer neuen Freunde, von den Sicherheitskräften unsanft von der Bar weggezerrt und ohne Umschweife aus dem Club hinauskomplementiert.

Kapitel 13

Jesus, Maché und der Tod ziehen lachend weiter durch die Straßen von Paris. In einer engen Gasse kommen sie an einer älteren obdachlosen Frau vorbei, die es sich neben einem Fenster einer 24-Stunden-Bäckerei für die Nacht gemütlich gemacht hat.

Trotz der Dunkelheit trägt sie eine dunkle Sonnenbrille, die ihren Blick vor den Dreien verbirgt. Ihr friedlich zusammengerollter Hund schaut kurz auf, bevor er wieder in seinen ruhigen Schlaf versinkt, nachdem er keine Gefahr wittert.

Mit dem Gehör eines Luchses ausgestattet, streckt die obdachlose Frau ihre Hand aus und ruft mit langgezogener Stimme:

»Eine kleine Spende, bitteeee!«

Ohne die drei Vorbeigehenden zu sehen, bewegt sich ihre offene Hand auffordernd von einer Seite zur anderen.

Jesus nimmt kurzerhand ein Bündel Geld aus seiner Tasche und drückt es der Obdachlosen in die Hand. Nachdem sie es tastend kontrolliert hat, erscheint ein überraschtes Lächeln auf ihrem Gesicht.

»Ich wünschte, ich könnte meinen großzügigen Spender sehen. Aber die Sonnenbrille trage ich nicht zum Spaß in der Nacht.«

Jesus kniet sich zu ihr hinunter und nimmt behutsam ihre Brille ab. Die Obdachlose zuckt kurz zurück, lässt es dann jedoch ohne Einwände geschehen.

Ihre trüben Augen kommen zum Vorschein und starren ausdruckslos ins Leere.

Der Erlöser streicht sanft mit seiner Hand über ihr Gesicht, und von einem Moment auf den anderen verschwindet der graue Schleier aus ihren verblassten Augen.

Ihre Augen strahlen voller Leben und Klarheit, während sie zum ersten Mal die Welt um sich herum erblickt.

Die Frau ist überglücklich und kann es kaum fassen. Sie berührt ungläubig ihr Gesicht und ruft voller Freude in die Welt hinaus:

»Ich kann sehen! Gott sei Dank.«

Jesus lächelt verhalten über das Missverständnis und klärt sie auf:

»Ich bin Jesus - aber keine Sorge.«

Mit tränenunterlaufenden Augen blickt sie voller Dankbarkeit auf ihren Heiler, der ihr gerade das kostbarste Geschenk auf der Welt gemacht hat.

»Ich stehe für immer in deiner Schuld. Mein sehnlichster Wunsch ist in Erfüllung gegangen. Ich weiß nicht, wie ich dir dafür danken kann.«

Doch der Messias benötigt keinen Dank und ist zufrieden damit, dass er mit einer kleinen Geste der Nächstenliebe das Leben dieser Person zum Positiven verändert hat.

»Jeder sollte die Schönheit der Welt und das Leben darin sehen können«, sagt er wohlwollend.

Er lächelt und wendet sich ab, um seinen Weg fortzusetzen.

Die obdachlose Frau erhebt sich schnell und will die drei nicht so einfach ziehen lassen.

»Wartet hier!«, fordert sie mit bestimmter Stimme und eilt schnell in die Bäckerei.

Nach einer Weile kommt sie mit vollen Einkaufstaschen unter den Armen wieder heraus. In ihrer Hand hält sie triumphierend eine Magnumflasche des edelsten Champagners in die Höhe.

»Das muss gefeiert werden!«, fordert sie auf und hält die Flasche Jesus entgegen.

Doch angesichts der sozialen Umstände der Obdachlosen ist es ihm offensichtlich unangenehm, das teure Geschenk anzunehmen.

»Danke, das ist aber nicht nötig. Ich habe es gerne getan. Spare dein Geld lieber für etwas anderes.«

Die Obdachlose wischt seinen Einwand einfach mit einer Handbewegung in der Luft beiseite und lacht schelmisch auf.

»Ich habe heute schon mehr als genug verdient«, sagt sie mit gewissen Stolz verbunden.

Ihr Blick schweift über das improvisierte Nachtlager am Gehsteig. Für sie ist diese spärliche Unterkunft mehr als nur ein Haufen Müll und zerlumpte Decken - es bedeutet Freiheit.

»Das ist eine Lebenseinstellung«, kommt sie überzeugt zum Schluss.

Mit einem lauten Knall lässt sie den Korken weit in die Luft fliegen und hält die Flasche noch einmal auffordernd vor Jesus.

Ohne weitere Einwände gibt er nach.

»Also gut, auf dein Wohl!«

Er nimmt einen kräftigen Schluck und reicht die Flasche weiter an die anderen beiden, die ebenfalls ohne Zögern zugreifen.

Die Obdachlose hebt ihre Einkaufstaschen wieder vom Boden auf und deutet den Dreien, ihr zu folgen.

»Kommt, ich möchte euch jemanden vorstellen.«

Ohne eine Antwort abzuwarten, macht sie sich zielstrebig auf den Weg. Wie selbstverständlich erhebt sich augenblicklich ihr Hund von seinem Platz und gesellt sich gemächlich an die Seite seiner Besitzerin.

Jesus blickt Maché und den Tod fragend an, doch diese zucken nur gleichgültig mit den Schultern.

»Warum nicht? Mal etwas Anderes«, sagt Maché, während der Tod ohnehin nichts Besseres vorhat.

Ohne weitere Worte, macht sich das seltsame Gespann, wieder weiter auf den Weg durch die Stadt.

Kapitel 14

Die Obdachlose führt sie weg vom geschäftigen Treiben der Straßen und bringt sie in einen großen, menschenleeren Park. Sie verlassen den ausgetretenen Pfad und klettern eine kleine Böschung hinunter, die von einer Brücke überspannt wird.

Dort nähern sie sich einer kleinen Gruppe von vier weiteren Obdachlosen, die entlang eines Rinnsals ihr Lager aufgeschlagen haben. Die Obdachlose verkündet ihre Ankunft mit einem lauten Ruf in die Runde.

»Aufgewacht, ihr Penner! Schlafen könnt ihr, wenn ihr tot seid.«

Dabei wirft sie einer ihrer Taschen auf einen ihrer Bekannten, der unsanft aus seinem Schlaf gerissen wird.

Sofort beginnt sie, die mitgebrachten Sachen unter den Anwesenden zu verteilen.

»Frühstück für alle!«

Erst jetzt bemerken ihre Freunde, dass sie sehen kann, und schauen sie erstaunt an.

»Du trägst keine Brille mehr«, stellt einer von ihnen überrascht fest.

Die Obdachlose lächelt breit und deutet auf Jesus im Hintergrund.

»Das habe ich ihm zu verdanken. Er hat mir mein Augenlicht geschenkt.«

Plötzlich richten sich alle Blicke auf Jesus und seine beiden Begleiter. Der Erlöser lächelt verlegen und winkt zurückhaltend mit der Hand.

»Das war doch nichts«, antwortet er bescheiden.

Die Obdachlose drängt einen ihrer Kameraden beiseite, der widerstandslos Platz für die Neuankömmlinge macht.

»Kommt, setzt euch. Macht es euch gemütlich«, sagt sie fürsorglich.

Die Gruppe sitzt im Kreis und genießt das mitgebrachte Frühstück. Auch der Tod und Maché sind hungrig von der ausgelassenen Nacht und stärken sich ebenfalls mit einem mitgebrachten Baguette.

Mit seiner offenen Art wendet sich Jesus an den Obdachlosen, der ihm zuvor Platz auf der Sitzbank gemacht hat.

»Na, wie läuft's?«, fragt er.

Der Obdachlose schaut zufrieden auf das provisorische Lager der kleinen Gemeinschaft vor ihnen.

»Wie das Leben so ist. Freiheit und niemand, der einem etwas vorschreibt.«

Diese Worte klingen für Jesus wie ein unerreichbarer Traum, der ihm immer verwehrt bleiben wird.

Obwohl diese Menschen am Rande ihrer Existenz leben und von der Gesellschaft ausgestoßen wurden, haben sie dennoch so viel mehr als er selbst.

Jesus entlässt einen wehmütigen Seufzer, gepaart mit etwas Eifersucht.

»Ein Leben ohne Probleme und absolute Freiheit«, sagt er verträumt.

Der Obdachlose lacht bitter auf und rollt sein Hosenbein hoch, was ihm spürbare Schmerzen bereitet.

Sein geschwollenes Bein kommt zum Vorschein, das eine ungesunde rot-schwarze Verfärbung aufweist.

»Es gibt immer zwei Seiten einer Medaille. Mit dem Tanzen wird es in diesem Leben wohl nichts mehr«, sagt er trocken und lässt sein Hosenbein wieder herunter.

Jesus schaut ihn bedauernd an.

»Das tut mir leid für dich.«

Der Obdachlose beißt herzhaft in sein Croissant und antwortet unbeeindruckt:

»C'est la vie.«

Jesus legt seinen Arm um die Schulter des Obdachlosen und streicht unbemerkt mit der anderen Hand über seine verletzten Beine.

»Ich mag deine Einstellung. Doch die Zeit auf Erden ist zu kurz, um sie mit Schmerzen zu verbringen. Das Leben könnte schon morgen zu Ende sein.«

Der Tod, der das Gespräch im Stillen mitverfolgt hat, lässt die Worte in Gedanken Revue passieren.

»Das Leben könnte schon morgen zu Ende sein.« Plötzlich reißt er schockartig die Augen auf und verschluckt sich gleichzeitig an seinem Baguette.

Maché klopft dem hustenden Tod fest auf dem Rücken.

»Alles okay?«, fragt Maché besorgt.

»Ich muss mit dir sprechen«, antwortet der Tod nach Luft ringend.

»Schieß los«, erwidert Maché.

Der Tod blickt ihn ernst an, um die Wichtigkeit seiner Worte zu betonen.

»Unter vier Augen.«

Ohne weitere Erklärungen erhebt er sich von seinem Platz, und Maché folgt ihm.

Die beiden stehen abseits der Gruppe unter der kleinen Brücke.

»Na, was ist denn so wichtig?«, fragt Maché neugierig.

Erst nach einem kontrollierenden Blick in die Umgebung, um sicherzugehen, dass sie allein sind, beginnt der Tod zu sprechen.

»Es geht um meinen Auftrag.«

Nun erinnert sich auch Maché wieder, warum er eigentlich hier ist.

»Ah, stimmt, da war ja noch was.«

Der Tod ringt mit sich und weiß nicht, wie er dem Sterblichen vor ihm erklären soll, was in ihm vorgeht.

Der Hüter des Jenseits, der noch nie mit viel Einfühlungsvermögen gesegnet war, gibt sich schließlich einen Ruck, und es platzt aus ihm heraus:

»Jedes Leben auf dem Planeten wird ausgelöscht!«

Zu seiner Überraschung nimmt sein sterblicher Freund die Offenbarung über die Zerstörung der Welt überraschend gut auf. Anstatt in Panik auszubrechen, entweicht ihm lediglich ein kleiner, schwermütiger Seufzer.

»Kein Leben ohne den Tod. Wir alle müssen einmal sterben. Das weiß ich nur zu gut von dir selbst«, sagt er bedrückt.

»Nein, das ist es nicht. Zumindest nicht so, wie du es meinst«, antwortet der Tod genervt.

Ohne weitere Erklärungen zu benötigen, kann Maché schon erahnen, wer der Grund des Übels ist. Er blickt sein Gegenüber anklagend an.

»Was hast du nun wieder angestellt!?«

Der Tod hat es satt, dass alle in ihm das Grundübel aller Dinge sehen, und verteidigt sich vehement gegen diese Unterstellung.

»Warum denken alle, dass ich immer der Schreckliche in der Geschichte bin?«

Mit ausgestrecktem Finger zeigt er auf Jesus.

»Es ist wegen ihm!«

Maché blickt hinüber zu dem Sohn Gottes, der freudig im Takt zu einer erklungenen Musik klatscht und den geheilten Obdachlosen anfeuert, der ausgelassen um ein entfachtes Lagerfeuer tanzt.

»Jesus? Was kann mit ihm nicht stimmen?«, fragt Maché verwundert.

Der Tod, der sich nach dem kurzen Ausbruch wieder gefasst hat, bringt seinen menschlichen Freund auf den neuesten Stand der Dinge.

»Er will einfach nicht sterben. Wenn er sich nicht für die Menschheit opfert, dann ist Schluss mit allem und jedem. Das heißt, die schöne Zeit auf Erden ist für immer vorbei.«

Der Tod beobachtet gespannt, wie die aufkeimende Panik in Machés Augen aufsteigt. So wie es aussieht, hat er sich doch nicht in der zuvor angenommenen Reaktion seines Freundes getäuscht. Da möge jemand mal sagen, dass er sich nicht mit menschlichen Gefühlen auskennt.

Wütend platzt es aus Maché heraus:

»Das sagst du mir erst jetzt!«

Immer mehr wird ihm die Tragweite der Worte bewusst und welche schrecklichen Folgen sie haben werden.

»Nein, das kann nicht dein Ernst sein. Das darf einfach nicht sein!«

Der Tod bestätigt jedoch mit steinerner Miene.

»Todernst.«

»Und wie soll ich dabei helfen?«

Der Tod kratzt sich verlegen den Hinterkopf.

»Na ja, ich dachte, du hilfst mir dabei, dass er sich doch noch entschließt, sich zu opfern.«

Maché kann nicht glauben, was von ihm verlangt wird. Er ist vielleicht nicht der perfekteste Mensch, aber das geht nun wirklich zu weit.

»Auf keinen Fall, ohne mich! Das kannst du nicht von mir verlangen.«

»Wenn du mir nicht hilfst, dann verlierst du alles, was du liebst. Und nicht nur du stirbst, sondern auch deine Allerliebsten.«

»Ich habe mich geändert. Warum will mir das keiner glauben?«, verteidigt sich Maché gegen die versteckte Beleidigung.

Er entlässt einen tiefen Seufzer des Kummers, denn er weiß ohnehin nur zu gut, dass ihm keine andere Wahl bleibt, als dem Tod bei seiner Mission zu helfen. Mit einem traurigen und wehmütigen Blick betrachtet er Jesus beim Lagerfeuer.

»Schade, er ist mir schon richtig ans Herz gewachsen.«

Der Tod lässt traurig seinen Kopf hängen.

»Mach dir nichts draus, so geht es nicht nur dir.«

Der Motivationscoach, gefolgt vom Tod, geht mit sicheren Schritten hinüber zu dem Erlöser. Mit einem Lächeln rückt Jesus auf der Bank zur Seite und deutet ihm, sich hinzusetzen.

»Was gibt es, mein Freund?«, fragt Jesus.

Maché, nicht sicher, wie er beginnen soll, windet sich herum, bevor er zögerlich antwortet:

»Mir ist etwas zu Ohren gekommen, das ich gerne mit dir besprechen würde.«

Jesus blickt zum Tod, der im Hintergrund steht und alles mit ernster Miene beobachtet.

»Ich kann mir schon denken, um was es geht.«

»Also stimmt es? Wenn du dich nicht für die Menschheit opferst, wird die Welt untergehen?«, fragt Maché.

Jesus blickt ihn voller Ernst an.

»Ich wünschte, es wäre anders, aber ja, so ist es.«

»Aber das darf nicht geschehen!«, ruft Maché laut aus.

Bei diesem Ausbruch richten sich augenblicklich alle Blicke auf die beiden und es herrscht angespannte Stille.

Jesus wischt den Einwand mit einer einfachen Handbewegung zur Seite.

»Das ist nicht so schlimm, wie es klingt. Es ist nicht so, als ob das nicht schon einmal zuvor passiert ist. Der Turm von Babel, die Sintflut, der große Brocken aus dem All, die letzte

Eiszeit, das große Artensterben, das gerade stattfindet – alles schon mal dagewesen.«

»Aber warum das Ganze?«, will Maché wissen.

Jesus lehnt sich nach hinten und entlässt einen tiefen Seufzer des Kummers. Er lässt seinen Blick über die Obdachlosen im Kreis schweifen, bevor er sich wieder seinem neuen Begleiter zuwendet.

Mit einem traurigen Lächeln lässt er seinen ausgebreiteten Arm über die Gruppe der Menschen wandern.

»Es ist wegen euch. Ich muss sterben, um euch zu erlösen.«

Jesus beobachtet nachdenklich die Flammen im Lagerfeuer, die wild um das Holz züngeln.

»Es muss für eure Sünden Genugtuung geleistet werden. Es ist der Loskauf des Menschen aus der Sklaverei von Tod und Sünde. Und nicht zuletzt damit ihr nicht in der Hölle schmort«, erklärt Jesus.

Maché schüttelt verständnislos den Kopf.

»Aber das macht doch alles keinen Sinn. Wozu soll dein Tod überhaupt gut sein? Die Menschen entscheiden ohnehin für sich selbst, egal was du machst.«

Jesus lacht laut auf.

»Frag mich was Leichteres. Ich habe es bis heute nicht verstanden«

Er deutet mit dem Finger nach oben in den Himmel.

»Es ist ja nicht so, dass ich kein Problem damit hätte.«

Jesus blickt Maché herausfordernd und voller Trotz an.

»Ist es nicht so, dass ein ungeschriebener, natürlicher Vertrag zwischen Kind und Eltern existiert, füreinander da zu sein? Besteht nicht das unausgesprochene Versprechen, zu unterstützen und das Band des eigenen Blutes zu achten?«

Doch Maché ist davon nicht überzeugt. Es ist ja nicht so, dass für alle anderen Menschen Frieden, Freude und Eierkuchen herrscht und es keinen Grund zur Beschwerde gibt.

»Glaub mir, mit diesem Problem stehst du nicht alleine da. Außerdem, nur weil du ein Problem mit Gott hast, müssen alle anderen sterben? Das sehe ich nicht ein«, kontert Maché außer sich.

In der Gruppe der Obdachlosen geht ein verwundertes Murmeln hindurch. Jesus seufzt beschwert auf und will die Sache ein für alle Mal geklärt haben.

»Lasst mich euch eine Geschichte erzählen«, sagt er und breitet seine Arme aus.

Alle Augen sind gespannt auf das Kind Gottes gerichtet, als er anfängt zu erzählen.

»Alles beginnt mit dem Anfang der Menschheit. Unzählige Jahrtausende bin ich unter euch, um das Wort Gottes zu verbreiten und das Gute in euch hervorzubringen. Doch niemals wurde es mir vergolten mein wahres Schicksal zu erfüllen.«

Im Schein des Lagerfeuers seufzt Jesus lauf auf und beginnt zu erzählen, während die anderen gebannt seinen Worten folgen.

Kapitel 15

Jesus befindet sich in der Steinzeit. Er steht mit einem flauschigen Mammut-Pelzmantel vor einer kargen Felshöhle, umringt von seinesgleichen, und ist gerade dabei seine erste Ansprache zu halten.

Jesus ruft mit erhobenen Armen salbungsvoll zu der kleinen versammelten Gruppe vor ihm:

»Ich werde euch ins Paradies zurückführen! Der Garten Eden wird von Neuem erstrahlen. Ich bin der Weg!«

Plötzlich und ohne Vorwarnung wird er von hinten mit einer Keule niedergestreckt. Der Steinzeitmensch, der selbst der Führer sein möchte, macht durch laute und undefinierte Grunzlaute seinen Anspruch geltend und zieht den toten Erlöser durch den Sand davon.

Der junge Jesus, geschmückt mit kostbarem Gold und farbenprächtigem Federschmuck, wird von einer Menschenmenge von Azteken geführt. Alle Anwesenden senken in Ehrerbietung ihre Köpfe für diesen besonderen Auserwählten.

Kurz darauf wird ihm von einem Hohepriester mit einem schnellen Schnitt die Kehle durchtrennt, und das Blut ergießt sich in einem hohen Bogen über die Stufen des Tempels.

Die Menge bricht in ein freudiges Jubelgeschrei aus.

Ein anderes Mal befindet sich Jesus in Indien und ist an einen Pfahl gebunden. Um ihn herum sind Anhänger eines Kults in einen hypnotischen und gleichzeitig bedrohlichen

Gesang vertieft. Ein maskierter Priester mit einem Totenkopfgesicht kommt langsam auf ihn zu.

Im nächsten Moment schnellt die Hand des Priesters vor und reißt dem Opfer ruckartig das Herz bei lebendigem Leib heraus. Der Priester hält das noch pulsierende Herz triumphierend in die Höhe.

Im Glauben, die göttliche Macht in sich aufnehmen zu können, beißt er herzhaft hinein. Erneut ertönt lautes Freudengeschrei der Anwesenden.

Ein weiteres Mal befindet sich Jesus auf der Flucht. Verzweifelt reitet er auf seinem Pferd durch die weite Steppe der Mongolei. Doch auch diesmal kann er seiner Bestimmung nicht entkommen.

Plötzlich durchbohrt ein abgeschossener Pfeil seinen Rücken und besiegelt damit erneut sein Leben.

Jesus sitzt seufzend auf einer Parkbank, umgeben von den Obdachlosen, die gespannt zuhören.

»Ich hatte immer nur Gutes im Sinn für die Menschheit, aber egal wann und wo ich war, überall ging es nur um Mord und Totschlag. Und immer wurde ich von einer Person, die mir nahestand, verraten. Der Verrat war immer das Schlimmste und lässt mein Herz noch heute bluten - schlimmer als alle Hinrichtungen zusammen.

Enttäuscht blickt er zum Tod.

»Du weißt, wovon ich spreche.«

Der Tod, der natürlich jedes Mal anwesend war, wenn Jesus seine Bestimmung erfüllen musste, nickt stumm zur Bestätigung.

Jesus lacht verbittert auf.

»Das letzte Mal war der große Hit. Ich bekam sogar meine eigene Religion! Und wofür das Ganze, damit in meinem Namen nur noch mehr Schrecken und Leid über die Menschheit gebracht werden konnte.«

Maché kann den Messias nur allzu gut verstehen, der ständig Demütigung und Hilflosigkeit ertragen musste.
Es erinnert ihn stark an seine eigene Erfahrung des orientierungslosen und hilflosen Aufwachsens. Nach dem frühen Tod seiner Mutter stand er oft ohne Hoffnung seinem überforderten Vater gegenüber, der ihn nicht akzeptierte, so wie er war.
Er weiß nur zu gut, wie schwierig es ist und was es bedeutet, für seine Rechte einzutreten.
Aber gerade diese Schwierigkeiten haben ihn zu der Person gemacht, die er heute ist, und er ist verdammt stolz darauf. Wenn er etwas gelernt hat, dann ist es, niemals aufzugeben.
»Aber es muss doch einen anderen Weg geben. Es gibt immer eine Lösung. Sagt man nicht, dass sich eine neue Tür öffnet, wenn eine andere geschlossen wird?«
Jesus wirft frustriert die Hände in die Höhe.
»Glaub mir, ich habe es versucht. Einmal entschloss ich mich, von den Menschen loszusagen und floh in die Einsamkeit der Wildnis, um meine Selbstbestimmung zu erlangen.«

Jesus ist als Eremit zu sehen, wie er verwahrlost durch die Wälder streift. Anfangs noch an die Regeln der Zivilisation gebunden, legt er bald alle Zwänge von sich ab und lebt fortan so, wie die Natur ihn erschaffen hat.
Unrasiert und voller Schmutz bedeckt, führt er ein entbehrungsreiches und oft hartes Leben in völliger Abgeschiedenheit, weit entfernt von jeglichem menschlichen Kontakt.

Jesus sitzt auf einem kalten Felsen und zieht mit bloßer Hand einen verfaulten Zahn. Schmerzerfüllt brüllt er seine Qual heraus, um gleich darauf den Zahn triumphierend in die Höhe zu halten.

Ein anderes Mal sitzt er nachts im Regen unter einem Baum. Zusammengekauert und wild zitternd fürchtet er um sein Leben, während Blitze um ihn wild herum einschlagen.

Einmal rennt er panisch schreiend mit einem honigverschmierten Mund durch den Wald, hektisch fuchtelnd mit seinen Händen in der Luft und von Stichen übersät, während er vor einem wütenden Bienenschwarm flüchtet, der erbarmungslos seine Vergeltung einfordert.

Und ständig begleitet ihn das quälende Jucken einer Krätze, die sich unerbittlich auf seinem gesamten Rücken ausbreitet.

Doch für ihn spielt all das keine Rolle, solange er im Einklang mit der Natur und ihren Bewohnern ein Leben der Selbstbestimmung führen kann.

Obwohl er mit den treu an seiner Seite stehenden Tieren ein Leben voller Harmonie und Frieden führt, sind sie für ihn dennoch kein ausreichender Trost für das, wonach er sich wirklich sehnt – die Nähe zu anderen Menschen.

Manchmal ertappt er sich selbst dabei, wie seine Sehnsucht nach Gesellschaft ihn in die Lager der Menschen zieht, die es gelegentlich in die Wildnis verschlägt.

Dann schleicht er im Dunkeln herum und nimmt sehnsüchtig, eng an das Zelt geschmiegt, den Duft der friedlich Schlafenden in sich auf.

Mit der Zeit wird Jesus zu einem alten Mann, dessen Einsamkeit ihn immer mehr von innen heraus verzehrt.

Wenn er schwach und zusammengekauert unter einem Baum einschläft, schleichen sich oft Gedanken an längst vergangene Leben ein, als er von Menschen umgeben war, die ihn liebten und ehrten.

Er ist jedoch nicht bereit aufzugeben und zahlt gerne den hohen Preis für sein Leben, um seinen Willen gegenüber seinem Schöpfer durchzusetzen.

Stattdessen führt er ein selbstbestimmtes Leben in Freiheit, so wie er es sich immer gewünscht hat.

Auch wenn es nicht immer so verlaufen ist, wie er es sich erhoffte und er oft ein menschenunwürdiges Dasein fristen musste, hat er sich dennoch gegenüber Gott behaupten können.

Eines Tages ist Jesus wieder auf einem seiner täglichen Spaziergänge durch den Wald unterwegs. Zu seiner eigenen Verwunderung ist er seit langem wieder von einer seltsamen Freude und Hoffnung erfüllt. Sogar ein Gefühl der Zufriedenheit scheint in ihm aufzukeimen.

Entspannt schlendert er barfuß über den weichen, moosbedeckten Waldboden und nimmt dabei bewusst jede Berührung wahr.

Das Sonnenlicht durchdringt sanft in goldenem Schimmer das Blätterwerk der mächtigen Baumriesen. Kleine Teilchen schweben leuchtend durch die Luft und verleihen dem Ort eine magische Ausstrahlung.

Ehrfurchtsvoll streicht Jesus mit seinen Händen über die dicke, raue Rinde eines alten Waldbewohners. Sein Blick wandert entlang des mächtigen Stammes, der sich schier endlos in die Höhe erstreckt. In großer Höhe bildet die majestätische Baumkrone schließlich eine Verbindung zwischen Himmel und Erde.

Jesus betrachtet die gewaltigen Wurzeln, die sich wie Kunstwerke über den Boden des Waldes erstrecken und gleichzeitig festen Halt und Stabilität in der lebensspendenden Erde bieten.

Seit Jahrhunderten stehen diese majestätischen Bewohner hier fest verwurzelt, ohne dass die Zeit ihnen etwas anhaben konnte. Still und geerdet strahlen sie Ruhe und Geborgenheit aus.

Seit langer Zeit empfindet Jesus bei diesem Anblick wieder Glückseligkeit und ist im Einklang mit sich selbst.

Er ist aus tiefstem Herzen dankbar, sein gewähltes Leben an diesem paradiesischen Ort auf Erden verbringen zu dürfen.

In Harmonie mit sich selbst, der umgebenden Natur und ihren Bewohnern zieht er zufrieden den lebensspendenden Atem des Waldes in sich auf.

Als er an einen Flusslauf gelangt, beobachtet er die Fische, die sich in der klaren Strömung elegant treiben lassen. Jesus setzt sich am Ufer nieder und versinkt in das meditative Rauschen des stetig fließenden Wassers.

Ein Jäger, der sich am anderen Flussufer im Schatten eines Baumes mit ein paar Bier gemütlich gemacht hat, entdeckt ihn.

Der Erlöser, mit seiner dichten Ganzkörperbehaarung und dem verschlammten Körper, ähnelt dabei eher einem wilden Tier als einem Menschen.

Der Jäger erschrickt beim Anblick so sehr, dass er sogar sein Bier verschüttet und von seinem kleinen Hocker fällt.

Der mutmaßliche Hüter des Waldes hat bereits viele Gerüchte und Geschichten über ein seltsames Geschöpf gehört, das nachts in die Lager der Menschen eindringt und sie mit tiefem, geiferndem Atmen in Angst und Schrecken versetzt.

Viele haben erfolglos nach dieser mittlerweile sagenumwobenen Kreatur gesucht, doch kein Mensch hat sie jemals zu Gesicht bekommen - bis jetzt.

Der Jäger tastet hastig nach seinem Gewehr, ohne das vermeintliche Bestie aus den Augen zu lassen. Nervös wischt er sich den Schweiß von der Stirn und zielt.

Ein lauter Knall durchbricht die friedliche Stille, und kurz darauf trifft die abgefeuerte Kugel ihr Ziel.

Jesus springt vor Schreck auf, und alles, was der Jäger noch von seiner erhofften Beute sieht, ist ein behaartes Wesen, das raschelnd durch das Dickicht in die Tiefen des Waldes verschwindet.

Jesus liegt schwer verletzt in einer Höhle und ist bereit, diese Welt zu verlassen. So lange hat er durchgehalten, bis er letztendlich von einem schießwütigen Jäger zu Fall gebracht wurde. Ihm wird bewusst, dass die ganze Zeit, all seine Opfer, Beschwerlichkeiten und vor allem die Einsamkeit letztendlich nichts gebracht haben. Mit einem letzten Atemzug schließt er verbittert seine Augen und verlässt die Welt voller Kummer und Traurigkeit.

»Gott hat wieder seinen Willen bekommen«, sagt Jesus enttäuscht auf der Parkbank.
»Aber ich möchte es keinesfalls missen«, fügt er nachdenklich hinzu und kratzt sich reflexartig am Rücken.
Die Obdachlosen nicken stumm um ihn herum, während der Tod unhörbar vor sich hinmurmelt:
»Gottes Wege sind unergründlich.«
Er schüttelt seinen Kopf verständnislos und zweifelt noch mehr als zuvor an der Sinnhaftigkeit seines Auftrags.
Mitfühlend legt Maché seine Hand auf Jesus' Schulter.
»Es tut mir leid, das wusste ich nicht. Das war sicher hart für dich.«
Jesus lächelt sein Gegenüber dankbar an.
»Ich hoffe, du verstehst jetzt, warum ich genug von all dem habe.«
Maché kann nur zustimmend nicken.
Den trübseligen Gedanken überdrüssig, reißt Jesus seine Arme in die Höhe und ruft gutgelaunt in die Runde:
»Deshalb werde ich es diesmal mit einem Knall enden lassen!«

Die Obdachlose hält die Flasche Champagner in die Höhe und ruft ermutigend zurück:

»Verdammt richtig! Soll doch die ganze Welt abfackeln.«

Um ihre Worte zu unterstreichen, nimmt sie einen kräftigen Schluck aus der Flasche, sodass der Champagner aus ihren Mundwinkeln strömt.

Der Obdachlose, mit dem geheilten Bein, klopft Jesus anerkennend auf die Schulter. Mit einer eleganten Bewegung kniet er sich vor ihm nieder.

»Ich würde dir überallhin folgen«, sagt er voller Ehrfurcht.

Die anderen Obdachlosen im Lager machen es ihren Gefährten gleich und bekunden laut ihren Zuspruch.

Selbst der Hund legt sich andächtig vor die Beine des Auserwählten nieder.

Jesus lässt seinen Blick dankbar über die Gruppe wandern.

»Das ist nett von euch, aber die Zeiten sind vorbei, in denen ich meine Jünger um mich scharte.«

Er zwinkert den Obdachlosen verschwörerisch zu und deutet auf Maché und den Tod.

»Außerdem habe ich mit den beiden schon alle Hände voll zu tun.«

Bei diesen Worten geht ein enttäuschtes Murren durch die Runde der Anwesenden.

Im nächsten Moment wird das Lager von Taschenlampenlichtern erhellt, und zwei Polizisten eilen die Böschung herunter.

»Diesmal gibt es kein Entkommen!«, ruft einer der Polizisten triumphierend.

Die Hüter des Gesetzes können gar nicht so schnell schauen, da springen die Obdachlosen von ihren Plätzen auf und verstreuen sich blitzartig in alle Himmelsrichtungen.

Der Obdachlose mit dem geheilten Bein tänzelt so leichtfüßig um die Polizisten herum, dass selbst Muhammad Ali vor Neid erblassen würde.

»Fangt mich doch, wenn ihr könnt!«, jauchzt er freudig. Immer wieder greifen die Polizisten ins Leere, bevor der Obdachlose laut lachend in aller Windeseile davonläuft.

Auch Jesus, Maché und der Tod nutzen die kurze Ablenkung und suchen rasch das Weite.

Kapitel 16

Die Drei schlendern gemütlich durch die Stadt, während auf den Straßen langsam das erste Leben zu erwachen beginnt.

Die Müllabfuhr reinigt die Gehsteige für einen neuen Tag und beseitigt den letzten Unrat der vergangenen Nacht.

Lieferanten und Boten beliefern eifrig die Geschäfte und Lokale, damit sie wieder für die tagtäglichen Bedürfnisse der Menschen gerüstet sind.

Vereinzelt sind sogar schon die ersten übereifrigen Menschen auf dem Weg zur Arbeit oder gehen ihren sportlichen Aktivitäten nach.

Jesus führt sie zu einem nahegelegenen Palais und betritt mit ihnen über einen Personaleingang das noch geschlossene Museum, das sich im Inneren befindet.

Er führt sie vorbei an verschiedenen Räumen, die mit technischen und wissenschaftlichen Installationen gefüllt sind und den Fortschritt der Menschheit preisen.

Während Jesus zielsicher den langen Gang entlangschreitet, blickt sich Maché verwundert um.

»Was machen wir hier? Ist es nicht ein wenig früh für einen Museumsbesuch?«

»Hier komme ich immer her, wenn ich eine Auszeit brauche oder einfach nur abschalten möchte«, erklärt Jesus beiläufig.

Ein junger Praktikant namens Claudé, der sein Gehalt fürs Studium aufbessert, kommt den Dreien im Gang entgegen und begrüßt sie schon von Weitem.

»Hey Jay, schön dich zu sehen! Wieder einmal das Übliche?«

Jesus zieht einen Geldschein aus seiner Hosentasche hervor und steckt ihn unauffällig dem jungen Mann zu.

»Ganz genau - einmal Universum, hin und zurück.«

Der Tod und Maché tauschen fragende Blicke aus.

Claudé öffnet eine rote Samtabsperrung zu einem dahinterliegenden Raum. Mit einer einladenden Handbewegung und einer kleinen Verbeugung heißt er die Neuankömmlinge willkommen:

»Es ist mir eine Ehre, Monsieurs.«

Jesus verbeugt sich ebenfalls in spielerischer Übertreibung und antwortet mit nasaler Stimme:

»Die Ehre ist ganz unsererseits, Monsieur Claudé.«

Die Drei betreten einen dunklen Raum, der nur stellenweise von grün leuchtenden Fluchtausgängen erhellt wird.

Eine gewaltige Halbkugel spannt sich über die gesamte Decke, unter der sich kreisförmig angeordnete Liegesessel befinden.

Jesus lässt sich mit einem erleichterten Seufzer in einen der Sessel fallen.

»Kommt schon, macht es euch gemütlich!«, fordert er die beiden anderen auf, es ihm gleichzutun.

Der Tod ist der Erste, der mit einem Schulterzucken der Aufforderung nachkommt. Schließlich war es ein ereignisreicher Tag, und er hat sich sicherlich etwas Entspannung verdient.

Auch Maché lässt sich erleichtert in eine der Liegen fallen.

Kurz darauf wird die Kuppel über ihnen langsam erleuchtet, und ein wunderschöner Sternenhimmel erscheint darauf.

Von einem Augenblick auf den anderen scheint der Raum ins Unendliche zu wachsen.

»Hier komme ich immer her, um die Dinge in Perspektive zu rücken«, sagt Jesus andächtig.

Maché blickt fasziniert nach oben.

»Wirklich schön hier«, antwortet er anerkennend.

In der Schwärze des Weltraums erscheint die Erde und erstrahlt als wunderschöne blauleuchtende Kugel.

Sanfte Musik untermalt diesen majestätischen Anblick des blauen Planeten, der vom goldenen Sonnenlicht umspielt wird.

In halbtransparenten Buchstaben erscheint der Titel:

»Nur eine Frage der Zeit«.

Die Ansicht entfernt sich immer weiter von unserem Heimatplaneten, hinaus aus dem Sonnensystem, über die Milchstraße hinweg und schließlich in die unendlichen Weiten des Weltalls.

Mit zunehmender Entfernung erscheinen immer mehr Galaxien in dem vermeintlich leeren Raum. Wie leuchtende Schneeflocken schweben sie schwerelos in der Dunkelheit und sind Heimat für zahllose Sonnen, Planeten und deren Monde.

Jesus schaut zu seinem menschlichen Begleiter herüber.

»Ist es nicht wunderschön?«

Maché ist ganz hingerissen von dem überwältigenden Anblick und stimmt ehrfürchtig zu:

»Da fühlt man sich ganz klein und unbedeutend.«

Der Tod ist mittlerweile tief in seine eigene Gedankenwelt versunken.

Er, der seit Anbeginn der Zeit mit dabei war, als sich die ersten Sterne formten und Licht in die Dunkelheit des Nichts brachten.

Er, der das Wissen über den Aufbau kleinster Teilchen bis hin zum großen Ganzen besitzt.

Zeuge des ersten aufblühenden Lebens auf Planeten und des stetigen Fortschritts.

Und seine Arbeit gewann stetig an Bedeutung.

Zugegeben, nicht immer lief alles reibungslos, aber er wusste stets, was zu tun war, und war sich seiner Position im Universum sicher - bis jetzt.

Die Musik verwandelt sich in ein bedrohliches, tiefes Brummen, das den gesamten Raum zum Vibrieren bringt.

Zwei Galaxien erscheinen auf der Kuppel über ihnen und kommen einander immer näher. Es sind gewaltige schwarze Löcher, die sich wie Kontrahenten aufeinander zubewegen.

Dann ist es soweit, die Ausläufer der beiden Galaxien berühren sich zum ersten Mal.

»Jetzt kommt mein Lieblingsteil!«, ruft Jesus freudig über den Lärm hinweg.

Überrascht beobachtet Maché, wie Jesus sich mit einem breiten Lächeln eine Sonnenbrille aufsetzt und voller Vorfreude nach oben schaut.

Eine laute Explosion erschüttert alles, und gleißendes Licht erleuchtet blitzartig den gesamten Raum.

Maché muss sich schützend die Hand vor sein Gesicht halten und erhält gleichzeitig seine Antwort bezüglich der Sonnenbrille von Jesus.

Mit einem schrillen Ton, der durch Leib und Seele fährt, beginnen die zwei schwarzen Löcher ihren Kampf um die ewige Vorherrschaft.

In der Schlacht der gigantischen Titanen werden Sterne und Planeten wie Staubkörner gegeneinander geschleudert.

Meteoriten schlagen mit ohrenbetäubenden Explosionen auf von Lava überzogenen Planeten ein.

Ganze Erdkrusten brechen heraus, während unzählige Kometen mit gewaltigen Explosionen darauf immer weiter einschlagen.

Ein Stern nach dem anderen explodiert in gewaltigen Supernovas, die den Raum mit ihren rotglühenden Strängen erfüllen.

Das absolute Chaos, das sich über dem Tod abspielt, könnte seine Gefühle nicht besser widerspiegeln.

Wenn es einen großen Plan in all dem gibt, welche Rolle spielt er in dem Ganzen? Entzweit zwischen Vernunft und Befürchtung wälzt sich der Tod unruhig in seiner Liege.

Er schaut zu Maché, der von den Vibrationen und dem stroboskopischen Licht, begleitet von tausenden Explosionen, in seinen Sessel zurückgedrückt wird, während er verkrampft versucht, sich an der Seite festzuklammern.

Beim Anblick dieses einfachen Menschen, der es scheinbar geschafft hat, sich zu ändern, durchströmt den Tod ein Gefühl der Hoffnung und gleichzeitig des Zweifels. Würde Gott wirklich seine eigene Schöpfung aufs Spiel setzen?

Der Tod lässt seinen Blick zum Auserwählten wandern, von dem das Schicksal der gesamten Menschheit abhängt.

Diesem könnte es gerade nicht besser gehen.

Mit Popcorn in der Hand und einem breiten Lächeln im Gesicht genießt er die apokalyptische Vorführung über sich.

Der Hüter des Jenseits beobachtet den noch jungen Mann vor sich und empfindet tiefe Anteilnahme für ihn.

Seit jeher muss das Kind Gottes mit der Bürde und Verantwortung leben, ohne etwas daran ändern zu können.

Der Tod sieht in ihm nur einen Jungen, der sein ganzes Leben noch vor sich hat. Er hat es verdient, ein selbstbestimmtes Leben in Freiheit zu führen.

Unter tosendem Lärm verbinden sich die beiden schwarzen Löcher schlussendlich miteinander und verschmelzen zu einer noch größeren Kreatur der Zerstörung.

Genährt von der Materie Abermillionen von Sternen und Planeten, die zu Staub zermalmt wurden, wächst das Ungetüm immer weiter heran, bis sein Hunger endlich gestillt ist.

Majestätisch und still thront der neuerschaffene galaktische Gigant in der Dunkelheit des Alls.

Nur einem einzigen, winzigen Sternenpartikel gelingt es, der Gravitation zu entkommen. Es fliegt alleine durch die Dunkelheit des Alls, bis es endlich nach hunderten von Lichtjahren auf eine Wolke seinesgleichen trifft.

Der kleine Funke reiht sich ein in die unzähligen anderen Teilchen, aus deren Grundstein sich wieder neue Sterne und Planeten bilden werden.

Gemeinsam schweben sie im Bann eines noch größeren schwarzen Lochs, das über den zwei zuvor fusionierten Löchern thront und bereit ist, sie zu verschlingen. Der Zyklus aus Entstehung und Tod wiederholt sich von Neuem.

Die Erde ist zum Schluss zu sehen, wie sie friedlich im weißen Raum schwebt. Im nächsten Augenblick schlägt ein riesiger Meteorit mit einem finalen Paukenschlag auf die Erde ein und zerschmettert sie in tausend Stücke.

Jesus nimmt seine Sonnenbrille ab und beugt sich gut gelaunt zu Maché hinüber.

»Nicht schlecht, oder?«, fragt er erwartungsvoll.

Maché ist noch völlig schockiert und muss erst seinen starren Blick von oben lösen.

Verwirrt stammelt er seine Antwort heraus:

»Ich bin mir nicht sicher, ob das jugendfrei ist.«

Jesus lächelt begeistert und nimmt es als Kompliment entgegen.

»Das hat Claudé für mich zusammengeschnitten. Ein wahrer Künstler.«

Der Tod wird bei der eingekehrten Ruhe aus seinen Gedanken gerissen.

Claudé, der unscheinbare Praktikant, kommt in den Saal, und Jesus empfängt ihn laut klatschend im Stehen.

»Ein wahres Meisterwerk! Genau so habe ich es mir vorgestellt«, ruft er anerkennend.

Mit einem verlegenen, aber stolzen Lächeln kommt der junge Filmemacher unsicher zu seinem Förderer.

»War das nicht zu heftig mit der Zerstörung der Erde am Schluss?«, fragt der junge Filmemacher unsicher.

»Im Gegenteil, das hat mir am meisten gefallen!«, antwortet Jesus freudig und wiederholt die Explosion mit einer Handbewegung.

Claudé ist sichtlich erleichtert über die wohlwollende Kritik.

»Vielen Dank, das bedeutet mir viel, dass ich das von dir höre. Immerhin hast du auch dafür bezahlt.«

Jesus legt seine Hand auf seine Schulter, wie es ein Meister bei seinem Schüler praktiziert und ist voller Stolz.

»Jederzeit wieder!«

Gleichzeitig steckt er ihm dabei nochmals ein Bündel Geld in die Tasche seiner Museumsuniform, das dankend angenommen wird.

Er zwinkert dem jungen Filmemacher zu.

»Am Schluss könnte es noch mehr Wumms vertragen.«

Claudé nimmt den kreativen Input pflichtbewusst mit einem Nicken an.

Kurz darauf lächelt er verlegen und deutet hinter sich.

»Wenn es dir nichts ausmacht, muss ich aber gleich weiter. Ich habe noch einen Termin für eine Privatführung. Fühlt euch aber hier wie zu Hause. Das Museum bleibt heute sowieso wieder geschlossen.«

Jesus lächelt in dem Wissen, dass die Privatführung sicherlich eine umschwärmte Person gilt.

»Hol sie dir, Tiger!«, ruft er lachend, während Claudé bereits hinauseilt.

»Ich liebe einfach diesen Jungen!«

Jesus nimmt einen vorgefertigten Joint aus seiner Tasche und lässt sich wieder entspannt neben seine beiden Begleiter in den Stuhl sinken.

Auch Maché hat lobende Worte für den ambitionierten Filmemacher.

»Netter Junge, mir dröhnt immer noch der Kopf«, sagt er noch ganz mitgenommen.

Zur Überraschung der anderen beiden meldet sich auch der Tod mit einem konstruktiven Kommentar.

»Ich mochte den Realismus in dem Werk«, sagt er anerkennend.

Da er selbst eine Vorliebe für die Kunst der bewegten Bilder hat, fühlt er sich bemüßigt, weiter zu erläutern:

»Es kommt die gesamte Wut und Enttäuschung des Künstlers zum Ausdruck. Die Zerstörung der Welt am Ende geschieht nicht aus Wut oder Hass, sondern aus Liebe heraus. Selbst wenn alles stirbt, bleibt die Hoffnung auf einen Neuanfang bestehen.«

Jesus zündet sich seinen Joint an und zeigt anerkennend auf den Tod.

»Nicht schlecht, mein Freund. Genau meine Meinung.«

»Es ist nur eine Frage der Zeit«, wiederholt der Tod den Titel und lacht amüsiert in sich hinein.

Jesus bläst eine dicke Rauchwolke in Richtung des projizierten Sternenhimmels über ihnen.

»Egal was auch passiert, das Ende ist ohnehin besiegelt.«

Angesichts all der Diskussionen über Auslöschung und Zerstörung erinnert sich Maché daran, warum er eigentlich hier ist.

Beim Gedanken daran, dass der Film bald zur Realität werden könnte, entkommt ihm ein schwermütiger Seufzer.

»Ich wünschte, die Menschheit müsste nicht sterben.«

Jesus blickt zu ihm hinüber und erklärt ihm seine Sicht auf die Dinge:

»Sogar wenn die Erde nicht von einem riesigen Kometen getroffen wird oder von einem schwarzen Loch verschlungen wird, wird die Menschheit es früher oder später schaffen, sich selbst zu zerstören. Spätestens wenn die Erde unter der Last der Menschheit zusammenbricht und erschöpft ist, werden wir ohne ihren Schutz aufgehen, wie Popcorn in der Mikrowelle - Pop!«

Mit einem Lachen wirft er sich ein knuspriges Popcorn in den Mund, um seine Aussage zu bestätigen.

»Die Menschheit verdient es nicht gerettet zu werden. Die Chance war da, danke und auf Wiedersehen«, fügt er gleichgültig hinzu.

Jesus reicht das Popcorn dem bedrückten Maché, der es lustlos dem Tod weitergibt, der es wiederum erfreut annimmt.

»Mach dir nichts draus. Je schneller man diese Tatsache akzeptiert, desto sorgloser kann man leben«, sagt Jesus und reicht Maché die Sorglosigkeit in Form des Papierröllchens.

Maché nimmt einen tiefen Zug und lässt seine Gedanken schweifen:

»Am Ende ist es dem Universum sowieso egal, wie wir unser Leben gelebt haben. Wir sind nur ein winziger Teil des Ganzen, eine kleine Blase unter tausenden von anderen Universen, eingebettet im großen Fluss des Daseins. Am Ende endet alles sowieso mit einem einzigen Blop.«

Jesus wendet sich überrascht zur Seite und schaut Maché erfreut an.

»Ich bin beeindruckt! Du kennst die Geschichte des großen Blops.«

»Das hat er von mir«, meldet sich der Tod stolz und kaut weiter an seinem Popcorn.

In Gedanken der Selbstreflexion atmet Maché schweren Herzens aus.

»Es hat mir definitiv geholfen, mein Leben im Hier und Jetzt zu akzeptieren und es zu wertzuschätzen. Es könnte schon morgen vorbei sein«, sagt er und fügt mit einem verzweifelten Lachen hinzu:

»Ich hatte nur gehofft, dass es nicht wirklich schon morgen vorbei sein könnte.«

Er richtet sich auf und blickt Jesus tief in die Augen.

»Seit unserem ersten Treffen im Club habe ich dich als liebenswerten und offenen Menschen kennengelernt. Du scheinst eine nahezu magische Ausstrahlung auf die Menschen um dich herum zu haben. Egal ob im Club, bei den Obdachlosen und ihren Freunden oder wo auch immer du auftauchst, die Menschen sind bereit, dir zu folgen. Selbst der Hund hat sich ehrfürchtig zu deinen Füßen niedergelassen.«

Jesus nickt anerkennend, während er an diese außergewöhnliche Gruppe denkt, die alles für ihre Freiheit geben.

»Gute Leute.«

»Und nicht zu vergessen, dein Freund Claudé, dem du Mentor und Unterstützer bist. Alle brauchen dich, genauso wie du sie brauchst«, spricht Maché weiter auf ihn ein.

Dann wartet er kurz, um den nächsten Worten noch mehr Gewicht zu verleihen.

»Der Tod und ich brauchen dich.«

Der Tod nickt stumm zur Bestätigung.

Jesus betrachtet sein Gegenüber mit kritischem Blick.

»Worauf willst du hinaus?«

»Die Leute folgen dir, weil du verkörperst, was jeder von uns sein möchte und im Geheimen anstrebt. Du zeigst uns, wozu wir Menschen imstande sind, wenn wir lernen, unser volles Potenzial auszuschöpfen. Am wichtigsten ist, dass du den Menschen Hoffnung gibst, dass am Ende alles gut sein wird - du gibst mir Hoffnung.«

Maché hält einen Moment inne, schaut Jesus tief in die Augen und sagt voller Überzeugung:

»Egal, wie es am Ende ausgeht, ich vertraue dir von ganzem Herzen, dass du die richtige Entscheidung treffen wirst.«

Er lächelt Jesus wehmütig an.

»Wenn nicht du, wer dann? Schließlich bist du der Auserwählte.«

Jesus schaut ihn ausdruckslos an, bevor ein strahlendes Lächeln sein Gesicht erhellt.

»Nicht schlecht, das muss ich zugeben!«

Er wedelt tadelnd mit dem Zeigefinger in der Luft.

»Mir hat der Teil mit dem Ausschöpfen des Potenzials und der Hoffnung gefallen. Am Ende war es ein wenig übertrieben, aber du hast deine Botschaft vermittelt.«

Machés Augen weiten sich voller wiedergefundener Hoffnung.

»Bedeutet das, dass du es noch einmal überdenken wirst?«

Maché und der Tod starren Jesus erwartungsvoll an, während dieser sich unbehaglich im Stuhl hin und her wälzt.

»Schauen wir einmal. Noch haben wir ja Zeit«, weicht er mit einem Lächeln aus.

Das ist mehr, als die beiden erhofft haben, und der Tod klopft seinem menschlichen Begleiter lobend auf die Schulter.

Auch Jesus beugt sich wohlwollend zu ihm.

»Das war wirklich lieb von dir. Danke.«

»Apropos, lieb«, sagt Maché und erhebt sich mit neuem Elan von der Liege.

»Ich verspüre plötzlich das starke Bedürfnis, mich bei meinem Liebsten zu melden.«

Erfüllt von seiner bestätigten Gutherzigkeit und inneren Zufriedenheit über seine eigenen Worte, nimmt er sein Handy aus der Tasche, um seine Liebe zu bekunden.

Doch das verliebte Lächeln weicht von einem Moment auf den anderen der erschreckenden Erkenntnis, dass das Handy im Flugmodus ist.

Einhundertzweiunddreißig Anrufe, fünfzig ungelesene Nachrichten und die Mailbox ist an ihrem Limit angekommen.

Er hätte doch lieber früher Bescheid geben sollen, dass es ihm gut geht. Immerhin erlebt man so eine Nahtoderfahrung wie beim Seminar nicht alle Tage.

»Ich glaube, das wird eine Weile dauern«, sagt Maché bedrückt. Mit schnellen Schritten und einem quälenden Gewissen eilt er durch den nächsten Notausgang ins Freie.

»Wir warten oben auf dich!« ruft Jesus ihm hinterher.

Der Motivationscoach hinterlässt eine gewisse Lücke, in der sich die beiden Zurückgebliebenen zunächst unvorbereitet anstarren.

»Ist das etwas Ernstes zwischen Maché und dem anderen?«, fragt Jesus beiläufig den Tod.

Der Tod zuckt nur gleichgültig mit den Schultern, nicht nur als Zeichen seiner Unwissenheit, sondern vor allem, um seine Desinteresse an menschlichen Beziehungen zum Ausdruck zu bringen.

Jesus wechselt das Thema und steht auf.

»Komm, ich möchte dir etwas zeigen.«

Mit einem Schulterzucken erhebt sich der Tod von seiner Liege und folgt Jesus aus dem Saal.

Kapitel 17

Jesus und der Tod betreten das Dach des Palais, das einer kleinen Oase gleicht. Überall befindet sich üppige Bepflanzung, die angenehmen Schatten vor der aufsteigenden Sonne spendet.

Ein kleiner Brunnen am Rand plätschert leise vor sich hin und verleiht dem Ort eine zusätzliche beruhigende Ausstrahlung.

Jesus geht an einem Bienenstock vorbei und begrüßt fürsorglich die kleinen, summenden Wesen vor sich:

»Na, meine Lieben, geht es euch gut?«

Als würde sie ihn verstehen, bilden die Bienen einen Kreis um ihn und fliegen ausgelassen um ihn herum. Im nächsten Moment lösen sie sich auf und schwärmen in alle Himmelsrichtungen davon, um ihre wichtigen Arbeiten zu verrichten.

Fasziniert und voller Begeisterung blickt er den kleinen Geschöpfen hinterher.

»Ich liebe diese kleinen Kerlchen. Ohne sie gäbe es kein Leben, und sie sind immer so fleißig bei der Arbeit!«

Jesus lässt sich in einen der beiden Liegestühle fallen, die auf den fabelhaften Ausblick über Paris ausgerichtet sind. Der Tod nimmt neben ihm Platz und lässt seinen Blick über die Dächer der erwachten Stadt schweifen.

Jesus streckt sich entspannt aus.

»Hier hänge ich oft mit meinem Kumpel Claudé ab. Wir haben hier schon viele Stunden mit gemeinsamen Gesprächen verbracht.«

»Mir gefällt die Stille«, würdigt der Tod diesen besonderen Ort.

Sofort breitet sich eine angenehme Ruhe zwischen den beiden aus, die eine halbe Ewigkeit zu dauern scheint.

Jesus genießt mit geschlossenen Augen die Sonnenstrahlen auf seinem Gesicht, während der Tod immer weiter in das beruhigende Summen der Bienen eintaucht.

Die fleißigen Bienen erinnern den Tod daran, dass auch er einen bestimmten Platz im Universum einnimmt und einen Zweck erfüllt.

Im Gegensatz zu Jesus steht er als Hüter des Jenseits eigentlich gut da. Die Menschheit ist für ihn nur ein kleiner Bestandteil seiner Arbeit.

Das Kind Gottes hingegen ist immer wieder gefangen im wiederkehrenden Zyklus des Menschseins. Gebunden an die Sterblichkeit des Vergänglichen muss Jesus immer wieder sein kummervolles Schicksal seit Anbeginn seiner Geburt neu erleiden.

»Kann ich dir helfen?«, fragt Jesus.

Erst jetzt bemerkt der Tod, dass er ihn unbewusst die ganze Zeit von der Seite angestarrt hat. Der Hüter des Jenseits räuspert sich verlegen und richtet sich auf.

»Darf ich dir eine Frage stellen?«, fragt der Tod.

»Klar«, antwortet Jesus und wendet seinen Blick wieder der Aussicht zu.

»Ich hoffe, du nimmst es mir nicht übel?«, fügt der Tod hinzu.

Jesus blickt den Tod fragend an.

»Was meinst du?«

Der Tod atmet tief durch und springt über seinen Schatten.

»Von Beginn an bin ich es gewesen, der dich ins Jenseits geholt hat. Und na ja...«

Der Tod bricht ab und blickt beschämt auf den Boden, bevor er schuldbewusst seinen Satz beendet.

»Ich hoffe nicht, du glaubst, dass ich etwas gegen dich persönlich habe.«

Jesus wischt die Sorge des Todes mit einer lockeren Handbewegung beiseite.

»Mach dir keine Sorgen, du hast nur deine Arbeit gemacht. Ich bin nicht nachtragend.«

Sein Gegenüber atmet erleichtert auf und ist froh, das für ihn wichtige Thema geklärt zu haben.

Es tritt nur ein kurzer Moment der Stille ein, bevor sich der Tod erneut verhalten räuspert.

»Unter uns Göttern«, fängt er sachlich an.

Mit einem genervten Ausatmen schaut Jesus wieder zum Tod herüber.

»So redselig kenne ich dich gar nicht. Was liegt noch auf deinem Herzen?«

»Ich verstehe nicht, wie du es überhaupt so lange unter den Menschen aushältst. All diese irrationalen Entscheidungen und chaotischen Handlungen. Wir wissen beide, es gibt Besseres im Universum. Und trotzdem scheinen dir die Menschen immer noch etwas zu bedeuten.«

Jesus seufzt schweren Herzens auf.

»Sie sind für mich wie kleine Hundewelpen. Mit ihren großen Augen und flauschigem Fell kann man ihnen einfach nicht widerstehen. Sie sind so herzig, wie sie in ihrer kindlichen Naivität tollpatschig das Leben um sich herum erkunden. Dabei werfen sie sich voller Energie und aus vollem Herzen immer wieder ins Ungewisse. Sorgenlos über jede Konsequenz hinterlassen sie spielend eine Spur der Verwüstung und Zerstörung. Orientierungslos und ohne Ziel laufen sie durch die Welt, ohne auch nur im Geringsten zu erahnen, was es noch alles zu entdecken gibt.«

»Eben«, sagt der Tod, der sich in seiner Meinung bestärkt fühlt.

Nachdenklich blickt Jesus über die Stadt vor sich.

»Sie sind noch jung in ihrer Entwicklung. Ihr Körper ist ausgewachsen, doch ihr Geist muss sich erst vollkommen entfalten. Das macht mir Hoffnung.«

Maché betritt in diesem Moment die Dachterrasse und freut sich, die beiden dort anzutreffen.

»Claudé sagte mir, ihr werdet wahrscheinlich hier sein«, sagt er und schaut fasziniert um sich, sichtlich beeindruckt von der Schönheit der kleinen Oase inmitten der pulsierenden Stadt.

»Eins muss man dir lassen, du kennst die besten Plätze«, lobt er Jesus und kommt auf die beiden zu.

Er blickt fragend zwischen Jesus und dem Tod hin und her.

»Ich hoffe, es hat nicht zu lange gedauert?«

Jesus zwinkert dem Tod zu, bevor er fröhlich antwortet:

»Keine Sorgen, wir hatten ein interessantes Thema - Hundewelpen.«

Der Tod blickt Maché von oben bis unten überprüfend an und bestätigt mit einem verschwörerischen Lächeln:

»Eindeutig Hundewelpen.«

Maché zuckt nur gleichgültig mit den Schultern.

»Bin mehr ein Katzentyp«, antwortet er gelassen und setzt sich auf den Steinrand des Brunnens.

»Ich hoffe, du hast keine größeren Probleme bekommen«, erkundigt sich Jesus.

»Alles ist wieder in Ordnung, obwohl es viel Überzeugungsarbeit erfordert hat. Bernhardt ist definitiv die bessere Hälfte von mir«, antwortet Maché erleichtert.

»Ich hätte nie gedacht, dass ich so starke Gefühle für jemanden empfinden kann«, ist er von sich selbst verblüfft.

Bei diesen Worten verdunkelt sich das Antlitz von Jesus und Traurigkeit erfüllt seine Gedanken.

»Die wunderbare Liebe«, seufzt er laut auf.

«Bei dir hat es wohl nicht immer so gut funktioniert?«, stellt Maché das Offensichtliche fest.

Jesus antwortet mit einem verdrossenen Lachen:

»Es ist gut gelaufen - zu gut!«

Sein Blick wandert in die Ferne, während er in sentimentaler Erinnerung schwelgt.

»Ich fand meine große Liebe immer wieder von Neuem. In jedem Leben waren wir wie durch ein unsichtbares Band miteinander verbunden. Unsere Liebe war grenzenlos. Egal wann oder wo - wir wurden immer voneinander geradezu magisch angezogen.«

Jesus ist zu sehen, wie er als Steinzeitmensch aus einem Wasserloch trinkt. Laut schlürfend lässt er immer wieder verliebt seinen Blick zu seinem Gegenüber wandern. Seine damalige haarige Seelenverwandte lächelt verlegen zurück.

Ein anderes Mal laufen Jesus und sein Herzblatt laut lachend durch einen Aztekentempel. Verspielt und verliebt versuchen sie sich gegenseitig zu fangen.

In Indien sitzen er und seine Liebe andächtig auf einer Steinmauer in friedlicher Eintracht gegenüber. Mit geschlossenen Augen und gefalteten Händen sind sie in ein Gebet für den jeweils anderen versunken. Ihr Geist und ihre Seele verschmelzen, während die Sonne strahlend zwischen ihnen am Horizont aufgeht.

Jesus, gekleidet in traditioneller mongolischer Nomadenkleidung, tritt in die warme Jurte ein, wo ihn bereits seine Angebetete mit heißem Tee willkommen heißt. Sie lächeln einander wortlos zu, in dem Wissen immer füreinander da zu sein, wenn der andere sie braucht.

Mit einem Lächeln sinniert Jesus vor sich hin.

»Wir waren wie zwei geteilte Seelen, die erst eins wurden, wenn wir wieder zusammenfanden.«

»Das ist doch gut, oder?«, fragt Maché unsicher.

Das Lächeln des Erlösers verschwindet augenblicklich und er blickt den Motivationscoach mit ernster Miene an.

»Das war noch nicht alles. Unsere Liebe füreinander war so groß, dass selbst die ganzen Qualen und Opfer, die ich unzählige Male erlitten habe, dagegen verblassen. Auch wenn ich starb, lebte die Hoffnung weiter, das nächste Mal wieder mit meiner Liebe vereint zu sein.«

Bei dem Gedanken an seine Liebe werden Jesus' Augen ganz glasig.

»Ich konnte es nicht mehr ertragen, sie jedes Mal zu sehen, wie sie unter meinem Tod litt. Immer wieder musste sie danach ein Leben voller Trauer und Einsamkeit ertragen. Der Schmerz über den Verlust war zu groß in ihr, als dass es die Freuden des Lebens ihn hätten aufheben können.«

Die große Liebe von Jesus ist in der Steinzeit zu sehen, wie sie den letzten Stein auf sein Grab legt und leise vor sich hin weint.

Bei den Azteken berühren sie sich das letzte Mal unmerklich mit den Fingern, während er entlang eines Menschenkorridors zu seiner Opferung geleitet wird. Mit tränenden Augen schenkt sie ihm ein letztes Lächeln auf seinem Weg.

In Indien schickt sie voller Trauer den verstorbenen Geliebten auf einem kleinen Kanu auf seine letzte Fahrt den Ganges hinunter.

Bei der Himmelbestattung in der Steppe, tief in der Mongolei, gedenkt sie mit geröteten Wangen und Tränen voller Leidens an den vor ihr liegenden Seelenverwandten. Mit gesenktem Haupt lässt sie ihn alleine zurück, bereit dafür, dass ihn die Tiere ins Bardo bringen, einen Zustand zwischen dem Tod und der Wiedergeburt.

Jesus atmet voller Kummer aus.

»Der Schmerz zerbrach ihr Herz, immer wieder aufs Neue, und auch meines. Ich konnte nicht mehr mitansehen, wie sie ein Leben voller Unglück und schwerem Leid führte. Es quälte mich, sie entgegen ihrer Persönlichkeit ohne jeglichen Sinn und Hoffnung in ihrem Leben zu sehen.«

Mit tränenunterlaufenen Augen lässt er resignierend seinen Kopf hängen.

»Deswegen habe ich vor langer Zeit beschlossen, nicht mehr nach ihr zu suchen. So kann wenigstens einer von uns ein normales Leben führen.«

Jesus reißt sich aus den trübseligen Gedanken an seine verflossene Liebe und blickt Maché mit einem aufrichtigen Lächeln an.

»Ich freue mich aber für dich, dass du deine Liebe gefunden hast, mit der du alt und grau werden kannst. Schön für dich!«, sagt Jesus und klopft Maché kräftig auf den Oberschenkel, vielleicht etwas zu kräftig.

»Danke«, antwortet Maché mit einem verhaltenen Lächeln, während er seinen schmerzenden Oberschenkel reibt.

Jesus wendet sich dem Tod zu.

»Gratulation auch an dich, mein Lieber. Ich habe gehört, auch du bist nicht mehr alleine.«

Der Tod kratzt sich verlegen am Hinterkopf.

»Es ging alles so schnell«, antwortet er und ist immer noch über die göttliche Empfängnis erstaunt.

Als der Tod seine neue Familie erwähnt, schweifen seine Gedanken träumerisch ab, und er wechselt seine Perspektive.

Von einem goldenen Spiegel in seinem Apartment aus beobachtet er seine drei friedlich schlafenden Töchter vor sich.

Wie ein Gemälde sitzt der Tod still und erhaben auf einem alten Holzstuhl.

Seine drei Töchter liegen zusammengekuschelt auf dem Sofa und geben sich nach einer weiteren schlaflosen Nacht voller Spiel und Abenteuer ihrer verdienten Ruhe hin.

Auch Fieps scheint es blendend zu gehen, während sie sich in der Mitte dazwischengedrängt hat und in einen tiefen Schlaf versunken ist.

Obwohl diese drei kleinen Geschöpfe Chaos und Stress für das Leben des Todes bedeuten, muss er sich doch eingestehen, dass er sich kein Leben mehr ohne sie vorstellen kann.

Zurück auf der kleinen Dachterrasse lächelt der Tod verlegen.

»Ich bin immer noch dabei, mich einzugewöhnen.«

Jeder von ihnen versunken in Gedanken an seine Liebsten, schaut schweigend in die Ferne.

Jesus durchbricht plötzlich die Stille.

»Ok, was soll's. Ich mache es!«

Die beiden anderen schauen ihn verblüfft an und können den plötzlichen Sinneswandel kaum glauben.

»Ist das dein Ernst?«, fragt Maché.

»Ich hatte eine schöne Zeit hier, aber jetzt ist der Moment gekommen, weiterzuziehen«, antwortet Jesus selbstsicher.

»Das ist ja großartig!«, freut sich Maché überschwänglich, nur um gleich darauf beschämt hinzuzufügen:

»Na ja, nicht großartig - du weißt schon.«

Jesus legt seine Hand auf die Schulter seines neu gefundenen Freundes und lächelt verständnisvoll.

»Schon gut. Ihr habt es verdient, euer Leben zu leben.«

Jesus blickt den Tod an, der seine Anerkennung für ihn mit einem stillen, aber umso respektvolleren Nicken ausdrückt.

Der Sohn Gottes schaut sich auf der Terrasse um.

»Hier können wir es aber nicht machen. Claudé könnte sonst in Schwierigkeiten geraten«, sagt er rücksichtsvoll in Bezug auf seinen Schützling.

Maché hat bereits eine Idee.

»Ich habe bereits den perfekten Ort, wo wir ungestört sind.«

Kapitel 18

Die drei befinden sich im Backstage-Bereich des kleinen Theaters, in dem das Seminar stattgefunden hat.

»Die Vorstellung beginnt erst später. Bis dahin sind wir ungestört«, informiert Maché die anderen.

Er dreht sich präsentierend im Kreis.

»Soll es ein besonderer Ort für diesen besonderen Moment sein - vielleicht die Bühne?«

Jesus runzelt die Stirn.

»Das wäre doch etwas zu theatralisch. Ich war schon immer der schlichte Typ und kann gerne auf das Pompöse verzichten.«

»Genau hier«, sagt er unprätentiös und ist bereit, die Sache hinter sich zu bringen.

Traurig über den Abschied, geht Maché auf Jesus zu.

»Dann war es das wohl. Ich wünschte, es wäre anders gekommen.«

Jesus lächelt barmherzig und breitet seine Arme aus.

»Es ist nur ein kleines Opfer für das Wohl des Ganzen.«

Die Großzügigkeit und Bescheidenheit des Messias lassen Maché noch deutlicher seine eigene Bedeutungslosigkeit im großen Ganzen erkennen.

Dankbarkeit und Wertschätzung für Jesus durchströmen ihn und lassen Tränen in seinen Augen aufsteigen. Mit einem lauten Schluchzer umarmt Maché den Erlöser, der die Umarmung zufrieden entgegennimmt.

Nach einem innigen Moment der Verbundenheit löst sich Jesus von seinem neuen Freund.

Er lächelt herzlich und sagt mit einem erfreuten Lächeln:

»Wenigstens ist es diesmal ohne Verrat abgelaufen.«

Maché lacht über den Galgenhumor und wischt sich die Tränen aus dem Gesicht.

Jesus blickt den Tod mit entschlossener Miene an.

»Bereit?«

Der Tod strafft seine Haltung und antwortet voller Wertschätzung:

»Es ist mir eine Ehre.«

Ohne ein weiteres Wort stellt sich der Tod hinter den Sohn Gottes und hält seine ausgestreckte Hand über ihn.

Schwarze Wolken ziehen sich im Raum zusammen, das Licht beginnt zu flackern und erlischt schließlich vollständig.

Der dunkle Raum wird lediglich von den Blitzen des sich zusammenbrauenden Gewitters erhellt. Ein tiefer, bedrohlicher Donner schallt durch den Raum und lässt alles darin vibrieren.

Plötzlich bricht ein heftiger Sturm aus dem Nichts los und umhüllt die beiden Götter. Eingeschüchtert von dieser epischen Szene, die sich vor seinen Augen entfaltet, weicht Maché ehrfurchtsvoll einige Schritte zurück.

Mit erhobenem Haupt steht der Hüter des Jenseits im Zentrum des Sturms, bereit, seine wahre Macht zu demonstrieren.

Er steht nicht nur über der Zeit und dem Vergänglichen, sondern hat auch die Macht, Göttern ihre Unsterblichkeit zu entziehen.

Blaue Blitze zucken bedrohlich durch die sich verdichtenden schwarzen Wolken über dem Haupt des Erlösers.

»Tu es!«, ruft Jesus über den Sturm hinweg.

Die Energie in den Wolken sammelt sich zu einem allmächtigen Funken, bereit, in ihn einzufahren und sein Leben auszulöschen.

In diesem Moment öffnet sich die Tür, und Maya, Machés Assistentin, betritt den Raum und setzt eine Reihe von Ereignissen in Gang, die sich gleichzeitig abspielen.

Für einen kurzen Moment treffen sich die Blicke von Jesus und Maya, der sich für beide wie eine Ewigkeit anfühlt.

Eine Windböe bläst eine Haarsträhne vor Mayas Gesicht und verdeckt ihre Sicht auf das Spektakel vor ihr, während sie nach dem Lichtschalter tastet.

Genau in diesem Moment fährt die geballte Energie des Blitzes aus den Wolken auf Jesus herab.

Maché beobachtet mit weit aufgerissenem Mund gebannt die Szene vor ihm, während der Tod in tiefer Konzentration versunken ist.

Das Licht geht an und der Sturm löst sich augenblicklich auf. Jesus macht einen Schritt nach vorne, und der Blitz über ihm verpufft als kleiner, knisternder Funken in der Luft.

Maya blickt die Drei fragend an, die auffällig versuchen, unauffällig zu wirken und so tun, als wäre gerade nichts passiert.

»Was ist hier los?«, fragt sie misstrauisch.

Maché findet nach einem kurzen Moment der Verblüffung als Erster seine Fassung wieder.

»Muss wohl ein Kurzschluss gewesen sein«, antwortet er hastig und kommt auf sie zu.

»Schon so früh hier? Die Show beginnt doch erst später.«

»Dasselbe könnte ich dich fragen. Im Gegensatz zu dir bin ich immer schon früher hier«, antwortet Maya trocken.

Maché legt seinen Arm um ihre Schulter und führt sie weg von den anderen beiden.

»Könntest du bitte den Saal kontrollieren, ob alles passt? Außerdem haben wir hier noch etwas zu erledigen.«

Doch sie lässt sich nicht so leicht abwimmeln und bleibt einfach stehen.

»Wer sind die beiden überhaupt?«, will sie wissen.

Sie wirft neugierige Blicke in Richtung des lächelnden Jesus, der ihr zuwinkt, während der Tod gar nicht so glücklich dreinschaut.

Maché versucht einfach, das Thema zur Seite zu schieben.

»Nur alte Freunde, nichts, worum du dich kümmern musst«, sagt er.

Maya betrachtet Jesus nachdenklich.

»Der Eine kommt mir so bekannt vor, als ob ich ihn irgendwo schon einmal gesehen hätte.«

Im nächsten Augenblick ist Jesus bereits zu den beiden herangekommen.

»Willst du uns nicht vorstellen?«, fragt er und klopft Maché beherzt auf den Rücken, um gleich darauf, selbst die Initiative zu ergreifen.

Mit einem strahlenden Lächeln streckt er seine Hand zur Begrüßung aus.

»Hallo, ich bin Jesus.«

Sie lächelt verlegen.

»Freut mich, ich bin Maya.«

Jesus nimmt ihre Hand und gibt ihr mit einer eleganten Verbeugung einen Handkuss. Mit seinem charmantesten Blick himmelt er sie an.

»Ich wusste nicht, dass Sterne schon am Tag funkeln.«

Zur Verwunderung von Maché reagiert Maya, entgegen ihrer üblichen Art, nur mit einem verlegenen Kichern anstatt mit einem sarkastischen Kommentar.

»Ist alles in Ordnung?«, fragt er zweifelnd.

Selbst nicht sicher über ihre aufkommenden Gefühle, lacht sie vor sich hin.

»Alles gut. Ich fühle mich nur plötzlich so überschwänglich!«

Maché verdreht genervt die Augen, als ob die Situation nicht schon schwierig genug wäre.

Gestresst erinnert er sie an ihre Aufgabe:

»Solltest du nicht nachsehen, ob der Saal schon gefüllt ist?«

Doch sie hört seine Worte kaum noch und ist tief in den Blick von Jesus versunken.

Träumerisch murmelt sie vor sich hin:

»Ja, gut. Geh ruhig nachschauen.«

Während Maché noch verdutzt über ihre dreiste Antwort ist, ergreift Jesus die Gelegenheit.

»Ja, geh ruhig. Wir kommen hier schon alleine klar.«

Vertrauensvoll reicht er Maya seine Hand und führt sie zur Seite weg.

Maché will sich noch beschweren, aber die beiden sind bereits zu sehr in ein Gespräch vertieft, als dass sie von ihm Notiz genommen hätten. Stattdessen wirft er entmutigt die Arme in die Höhe und geht frustriert zum Tod, der still im Abseits steht.

»Was sollen wir jetzt machen? Wir waren so nah dran«, sagt er enttäuscht.

Der Tod betrachtet Jesus und Maya, wie sie sich lachend unterhalten, angelehnt an die Mauer.

Nach einer kurzen Beobachtung der beiden Verliebten, gibt er nüchtern zurück:

»Das ist Menschenmetier.«

Maché hat eine Idee, kommt näher zum Tod und flüstert ihm verschwörerisch ins Ohr:

»Kannst du nicht einfach jetzt...«

Der Tod schaut ihn mit großen, fragenden Augen an. Es war noch nie seine Stärke, Gedankengänge zu Ende zu führen.

»Du weißt schon, deine Arbeit erledigen«, hilft Maché ihm auf die Sprünge.

Nach einem kurzen Moment weiten sich die Augen des Todes vor Fassungslosigkeit, bevor sein Gesicht erneut in Ernüchterung zusammen fällt.

Niedergeschlagen erklärt er seinem menschlichen Gegenüber die himmlischen Bestimmungen:

»Es muss aus freiem Willen geschehen, sonst zählt es nicht.«

Maché seufzt laut und kratzt ratlos seinen Hinterkopf.

»Immer dieser freie Wille. Als würde im echten Leben jemand darauf Wert legen.«

Der Tod verschränkt die Arme und fühlt sich sichtlich in seinem Stolz verletzt.

»Außerdem wäre es ehrlos und unwürdig für mich.«

Genervt atmet sein Gegenüber aus.

»Wir werden das später besprechen. Ich muss jetzt auf die Bühne.«

Bevor er mit einem erklingenden Gong hinter dem Bühnenvorhang verschwindet, ruft er dem Tod noch zuversichtlich zu:

»Alles wird gut!«

Zu gerne würde der Tod diesem einfachen Sterblichen glauben und nickt nur stumm zur Bestätigung.

Während Jesus und Maya sich weiterhin köstlich miteinander unterhalten, steht der Hüter des Jenseits allein im Raum und schaut unbeholfen umher.

Er kann es immer noch nicht ganz glauben. Er war so nah dran, seinen Auftrag zu erfüllen. Jeder wäre zufrieden und glücklich gewesen - sogar die Opfergabe.

Etwas stimmt bei der Sache nicht. Außerdem könnte er schwören, dass er kurz vor Abschluss seiner Arbeit das schelmische Auflachen eines Babys gehört hat. Doch er schiebt den Gedanken beiseite und denkt, dass seine Töchter wohl schon zu tief in sein Unterbewusstsein vorgedrungen sind und er sich das Lachen nur eingebildet hat.

Der Anblick dieser beiden jungen Menschen, die einander gefunden haben, lässt den Tod melancholisch aufseufzen.

In Gedanken versunken, murmelt er leise vor sich hin:

»Die Liebe, ein ewiges Rätsel.«

Kapitel 19

Jesus und Maya schlendern durch einen Park und haben nur Augen füreinander. Der Tod und Maché trotten gelangweilt in einigem Abstand hinterher.

»Jetzt gehen wir schon zum vierten Mal hier vorbei!«, beschwert sich der Motivationscoach.

Der Tod, der immer noch von seinem vorherigen Scheitern geplagt ist, antwortet niedergeschlagen:

»Haben wir eine Wahl? Jetzt ist sowieso alles egal.«

Maché betrachtet nachdenklich das verliebte Pärchen vor ihnen, das in glücklicher Zweisamkeit dahinschwelgt.

»Im Moment können wir nur zuschauen und abwarten«, kommt er zum Schluss.

Jesus bespritzt Maya gerade neckisch mit Wasser aus einem Brunnen, während sie ausgelassen lacht.

Zum ersten Mal sieht Maché sie so offenherzig und frei, ohne jegliche Zurückhaltung. Befreit von allen Konventionen und Regeln zeigt sie ihre wahre Persönlichkeit.

Sie taucht mit ihrer ganzen Hand in den Brunnen und übergießt Jesus mit einem Wasserschwall, der ihn komplett von oben bis unten durchnässt.

Er schaut kurz verdutzt über den Überraschungsangriff, bevor er in herzhaftes Lachen ausbricht.

Zur Missbilligung der anderen beiden geht es den ganzen Tag in diesem Stil weiter.

Jesus und Maya genießen ein romantisches Fußbad in der Seine.

Die beiden tanzen verliebt zu der Musik eines Straßenmusikers in der Metro.

Hand in Hand stehen sie am Eiffelturm und genießen die Aussicht.

Und immer sind der Tod und Maché im Hintergrund anwesend und fühlen sich wie Außenseiter, die ignoriert werden.

Aber wer könnte es den beiden Verliebten verübeln, nachdem sie sich nach so langer Zeit endlich wiedergefunden haben.

Jesus und Maya sitzen sich in einem kleinen Café gegenüber und teilen sich einen riesigen Eiskaffee. Mit zwei langen, bunten Strohhalmen und tief in den Blick des anderen versunken, schlürfen sie verträumt vor sich hin.

Die beiden zurückgelassenen Gefährten, Maché und der Tod, beobachten alles von einer Brücke aus. Sie stehen nebeneinander und schauen auf das glückliche Pärchen hinunter, das sich in ihrer Liebe verliert.

Bei dem Anblick der verliebten Paare seufzt Maché wehmütig auf.

»Das erinnert mich an Susi und Strolchi, wie sie so verliebt da sitzen.«

»Kenne ich nicht«, antwortet der Tod trocken und mit seinem gewohnten Desinteresse.

»Na, schau sie an. Sie sind einfach zu süß, wie sie in ihrer eigenen Welt schwelgen«, sagt der Motivationscoach begeistert.

Der Tod betrachtet die beiden, wie sie sich mit weit geöffneten Augen anblicken und verträumt vor sich hin lächeln. Er erkennt die tiefe Verbundenheit und das Glück, das sie in diesem Moment teilen.

Ein Hauch von Wehmut schleicht sich in seine Gedanken, während er die zarte Verletzlichkeit und die Vergänglichkeit dieses kostbaren Augenblicks kennt.

In seinem Blick liegt sowohl eine stille Bewunderung als auch eine gewisse Melancholie, denn er weiß, dass solche Augenblicke des Glücks und der Liebe oft flüchtig sind und irgendwann drohen zu verwehen.

Aus vergangenen Erfahrungen zieht er eine nüchterne Schlussfolgerung:

»Eindeutig Hundewelpen.«

»Ich sehe, du verstehst, wovon ich spreche«, erwidert sein Gegenüber erfreut.

Der Tod schüttelt verwirrt den Kopf.

»Ich werde die Liebe nie verstehen. All der Stress und Kummer, den sie mit sich bringt. Was ist daran gut? Das Leben wird ständig auf den Kopf gestellt, und man kann keinen klaren Gedanken fassen.«

Maché, überrascht über die Offenheit des Todes, lächelt ihn mitfühlend an.

»Dich muss es ja ordentlich erwischt haben. Genau das ist Liebe!«

Er klopft dem Hüter des Jenseits ermutigend auf die Schulter und teilt mit ihm die Geheimnisse der Menschen.

»Erst wenn man völlig verzweifelt, vor seinem Liebsten kapituliert und seine eigene Würde vergisst, ist man bereit, wahre Liebe füreinander zu finden. Mach dir nichts draus, das geht jedem in einer gesunden Beziehung so, egal ob Mann oder Frau, oder in deinem Fall, selbst wenn man tot ist.«

Aber bei dem Gedanken, dass alles bald vorbei sein könnte und seine Liebe zu Bernhardt ebenfalls endet, lässt ihn ein wehmütiges Seufzen entweichen.

Mit entschlossener Miene blickt er auf das verliebte Paar vor sich.

»Wir können das auf keinen Fall zulassen.«

Jesus hingegen versinkt gerade in den Augen seiner wiedergefundenen Seelenverwandten.

»Ich möchte alles über dich erfahren.«

Maya, die nicht gewohnt ist, solche Aufmerksamkeit und Interesse zu bekommen, lächelt verlegen zurück.

»Es gibt nicht viel Wichtiges zu erzählen.«

Jesus nimmt ihre Hände und ermutigt sie mit einem zuversichtlichen Lächeln.

»Alles an dir ist für mich wichtig! Denke niemals, dass es anders ist.«

Geschmeichelt über seinen Zuspruch, beginnt sie zu erzählen:

»Mein Leben lässt sich schnell zusammenfassen. Als ich noch sehr jung war, starben meine Eltern bei einem Unfall. Danach kam ich ins Waisenhaus, was nicht gerade die beste Zeit meines Lebens war. Später machte ich ein Austauschstudium in Bolivien für Straßenkinder, und nach einigen Umwegen landete ich schließlich bei Maché.«

Mit einem Lachen fügt sie hinzu:

»Kurz gesagt, mein Leben ist eine einzige Katastrophe.«

Jesus schenkt ihr ein bemitleidendes Lächeln.

»Es tut mir leid wegen deiner Eltern. Das wusste ich nicht.«

Maya zuckt gelassen mit den Schultern.

»Wie hättest du es auch wissen können?«

»Du hast viel durchgemacht und es war sicherlich nicht immer leicht für dich. Ich teile deinen Schmerz.«

Maya lächelt dankbar für sein Mitgefühl.

»Aber bevor du in Mitleid versinkst, ich wurde von zwei liebevollen Eltern adoptiert und seitdem ist alles gut. Immerhin war ich kein Kind aus einer Vergewaltigung, das nicht geliebt wurde.«

Jesus schaut kurz verdutzt und ist erstaunt über Mayas schwarzen Humor.

Doch kurz darauf lacht er laut auf.

»Ich habe schon immer deine offene Art geliebt!«

»Schon immer?«, fragt sie verwundert.

Jesus spielt die Situation herunter und nimmt ihre Hände in seine. Wie sollte sie auch wissen können, dass sie seit jeher mit dem unsichtbaren Band der Liebe verbunden sind.

»Deine Augen, deine Haare, dein Humor - alles an dir ist wunderbar. Selbst dein Name passt perfekt zu dir. Er erinnert mich an eine aztekische Prinzessin.«

»Eigentlich heiße ich Maria, aber seit meiner Kindheit nennt mich niemand mehr so«, verrät Maya ein weiteres Detail über sich.

Jesus fühlt sich in seinem Glauben bestätigt, dass es für sie beide Schicksal ist, sich zu treffen. Sie sind zwei Seelenverwandte, die sich über Raum und Zeit hinweg wiedergefunden haben.

»Dein Name könnte nicht besser zu dir passen«, sagt Jesus überzeugt.

Voller liebevoller Hingabe lehnt er sich über den Tisch.

»Kennst du dieses Gefühl, dass man, obwohl man eine Person gerade erst kennengelernt hat, das Gefühl hat, sie schon immer zu kennen?«

Sie senkt verlegen den Blick.

»Dieses Gefühl habe ich nie kennengelernt.«

Dann schaut sie tief in seine Augen und fügt verliebt hinzu:

»Bis jetzt.«

Nach weiteren zwei Stunden und vier leeren Riesenkaffee steht sie von ihrem Stuhl auf. Jesus wirft ihr noch Handküsse hinterher, bevor sie im Café verschwindet.

Jesus kann gar nicht so schnell schauen, als sich Maché und der Tod neben ihm setzen und die Stühle eng an ihn heranrücken. Überrascht wird Jesus aus seinen Gedanken gerissen.

»Ach, ihr seid ja auch noch hier.«

»Hatten wir nicht noch etwas zu erledigen?«, beginnt Maché vorwurfsvoll.

»Nun ja, ich dachte, wir könnten vielleicht noch ins Kino gehen«, antwortet Jesus geistesabwesend.

Maché schaut den Tod verzweifelt an, der die Initiative übernimmt und Jesus sachlich auf die Sprünge hilft:

»Die Auslöschung des gesamten Lebens auf der Erde und die damit verbundene Vernichtung der Menschheit droht, falls du dich nicht für sie opferst.«

Jesus kratzt sich unbehaglich am Hals.

»Ach ja, da war noch etwas.«

»Sagtest du nicht außerdem, du hast mit der Liebe abgeschlossen?«, fügt Maché anklagend hinzu.

Jesus wischt den Einwand einfach beiseite.

»Das ist doch schon lange her. Theorie und Praxis sind außerdem zwei komplett verschiedene Dinge.«

Bei dem Gedanken an Maya blickt er verträumt vor sich hin.

»Ist sie nicht einfach wunderbar? Was mag sie wohl gerade machen?«

»Das kannst du ihr nicht antun. So kurz vor der Auslöschung würde es ihr das Herz brechen. Genau das wolltest du doch verhindern«, sagt Maché.

Doch der Überzeugungsversuch fällt auf keinen fruchtbaren Boden. Von einem Augenblick auf den anderen verhärtet sich der Blick des Messias.

»Das muss streng vertraulich unter uns bleiben. Ich werde das schon regeln, aber auf meine Art.«

Er blickt abwechselnd zwischen den beiden hin und her.

»Versprecht es!«

Maché und der Tod schauen sich erstmals gegenseitig überrascht an, um gleich darauf gleichzeitig und gleichgültig mit den Schultern zu zucken.

Maché hält genervt seine Hand zum Schwur nach oben.

»Ich verspreche es.«

Nach der ersten befriedigenden Antwort wendet Jesus seinen Blick dem Tod zu.

»Ich schweige«, sagt der Tod monoton und schweigt wieder.

In diesem Augenblick erscheint Maya wieder aus dem Café und ist freudig überrascht über den Anblick der vermeintlichen Neuankömmlinge.

»Ach, ihr seid ja auch noch hier.«

»Und sie bleiben auch hier!«, sagt Jesus schnell und springt von seinem Stuhl auf.

»Es gibt noch etwas, das ich mit dir besprechen möchte.«

Er macht sich daran, sie an ihrer Hand wegzuführen, als auch der Tod und Maché sich gleichzeitig von ihren Stühlen erheben. Doch der eindringliche Blick von Jesus lässt die beiden in ihrer Bewegung erstarren.

»Unter vier Augen«, sagt der Auserwählte und deutet ihnen, sitzen zu bleiben.

Mit dem beruhigten Gewissen, dass Jesus alles regeln wird, lassen sich die beiden wieder unbesorgt in ihre Sessel zurücksinken.

Maché atmet erleichtert auf.

»Siehst du, genau wie ich es immer gesagt habe. Alles wird gut.«

Auch der Tod fühlt sich nach der Beschwichtigung des Erlösers etwas beruhigt und ist wieder voller Zuversicht.

Nach einem kurzen Moment des Schweigens deutet Maché beiläufig auf das leere Riesenglas vor ihm.

»Hast du Lust, sowas zu teilen?«, fragt er.

Die erfreute Antwort des Todes lässt nicht lange auf sich warten:

»Ich dachte, du fragst nie.«

Jesus führt Maya von dem Café weg, hinter eine dichte Baumgruppe, außer Sichtweite der anderen. Sie lächelt ihn verschwörerisch an.

»Was gibt es denn so Dringendes zu besprechen?«

»Es ist nur so, dass ich mich mit dir so frei und lebendig fühle!«, antwortet er und wirbelt sie beschwingt im Kreis herum.

»Ich dachte, ich hätte dieses Gefühl für immer verloren. Aber mit dir weiß ich, dass alles möglich ist.«

Maya greift sich gerührt ans Herz.

»Mir geht es genauso. Ich kann mir ein Leben ohne dich nicht mehr vorstellen.«

Die Gesichter der beiden Verliebten kommen sich langsam immer näher, bis ihre Lippen schlussendlich in einem innigen Kuss verschmelzen.

Sie schmiegt sich eng in seine behütenden Arme und die beiden genießen den innigen Moment der Zweisamkeit.

Sie kann ihr Glück kaum fassen und redet verträumt vor sich hin:

»Ich wünschte, es könnte für immer so sein. Nur wir zwei, alleine auf einer einsamen Insel.«

Bei diesen Worten kommt Jesus eine Idee, und ein Plan formt sich augenblicklich in seinen Gedanken.

Mit einem freudigen Lachen entfährt es ihm:

»Das kann es! Dein Wunsch wird in Erfüllung gehen.«

Kurz entschlossen nimmt er ihre Hand, und sie laufen gemeinsam davon.

Maché und der Tod, die bereits drei weitere Eiskaffees hinter sich gebracht haben, blicken sich zufrieden an.

Erst jetzt bemerken sie, dass die beiden immer noch nicht zurückgekommen sind.

Sie schauen sich suchend um, doch weit und breit keine Spur von ihnen. Ein Gefühl des Unbehagens beschleicht die beiden gleichzeitig. Maché schlägt sich mit seiner flachen Hand gegen die Stirn.

»Wir haben es verbockt! Wir hatten unsere Chance, und jetzt ist es zu spät.«

Sein Gegenüber murrt ebenfalls enttäuscht vor sich hin.

»Ich habe ihm vertraut. Auf niemanden ist heutzutage Verlass.«

»Sag mir bitte, dass du weißt, wo sie sind!«, sagt der Motivationscoach außer sich.

»Kein Problem«, antwortet der Tod beschwichtigend und schließt seine Augen.

Vor seinem inneren Auge wechselt der Tod in das Reich des Jenseits. Verbunden durch ein unsichtbares Band von Energie, reist er auf der ganzen Welt von einer Seele zur anderen, auf der Suche nach den beiden Ausreißern.

Maché beobachtet alles ungeduldig, während der Hüter des Jenseits seine Arbeit verrichtet. Zu seinem Missfallen bilden sich Falten der Sorge und des Unverständnisses auf der Stirn des Todes.

Endlich öffnet der Tod seine Augen und blickt in das erwartungsvolle Gesicht vor ihm.

»Das hat eine Ewigkeit gedauert. Und, hast du sie endlich lokalisiert?«, fragt Maché ungeduldig.

Der Tod räuspert sich unbehaglich und muss voller Enttäuschung zugeben:

»Ich weiß nicht, wo sie sind. Sie sollten hier sein, sind es aber nicht. Die beiden scheinen wie vom Erdboden verschwunden zu sein.«

»Ich dachte, du kannst zu jeder Zeit und an jedem Ort bei jedem Menschen sein?«

Der Tod reibt sich nachdenklich seinen Dreitagebart und ist selbst vollkommen erstaunt darüber.

»Das muss an den neuen Datenschutzrichtlinien liegen.«

Der Motivationscoach kann und will das Ganze nicht glauben.

»Das heißt, das war es?«

Der Tod nickt ernst und steht entschlossen auf.

»Es ist Zeit«, sagt der Tod.

Sein Gegenüber weicht beängstigt zurück.

»Doch nicht etwa für den Weltuntergang?«, fragt er besorgt.

Der Tod lässt seine Schultern hängen und antwortet niedergeschlagen:

»Zeit, um nach Hause zu gehen.«

Der Tod hebt seinen Finger und ist bereit, seinen menschlichen Freund mit einer Berührung auf die Stirn nach Hause zu schicken. Maché, dem noch immer der Schreck von der letzten interdimensionalen Reise in den Gliedern steckt, macht hastig einen Schritt zurück. Mit ausgestreckten Armen wehrt er dankend das Angebot ab.

»Nichts für ungut, aber ich sammle lieber Flugmeilen«, sagt er.

Der Tod zuckt nur gleichgültig mit den Schultern und sagt kurz angebunden:

»Falls es etwas Neues gibt, weiß ich, wo ich dich finde.«

Maché setzt zu einer zynischen Antwort über das Auffinden von Personen an, aber bevor er etwas sagen kann, verlässt der Tod die sterbliche Welt durch sein erschaffenes Wurmloch mit einem »Blop«.

Maché bleibt verdutzt allein zurück und muss zu allem Überdruss auch noch die Rechnung von allen anderen begleichen.

Kapitel 20

Jesus und Maya befinden sich auf ihrer abenteuerlichen Reise rund um die Welt. Sie lassen alles hinter sich und leben frei von allen irdischen Konsequenzen.

Dank Datenschutz können sie ein freies, selbstbestimmtes Leben führen, ohne dass jemand sie aufhalten könnte. Keine Anstrengung ist ihnen zu groß oder zu mühsam, um ihrem Ziel, der absoluten Zweisamkeit, näher zu kommen.

Nach einem langen Linienflug steigen sie in ein kleines Propellerflugzeug um, wo sie ihren Platz mit Ziegen und Hühnern teilen müssen. Ein Luftloch lässt das Flugzeug so abrupt absinken, dass die Hühner wild durch die Kabine flattern.

Weiter geht es mit einem Ochsenkarren über steile Berge und tödliche Schluchten, um nach Überwindung der schneebedeckten Gipfel auf der anderen Seite wieder herunterzukommen.

Mit einem einfachen, kleinen Segelboot setzen die beiden ihre Reise fort. Drei Tage und Nächte sind sie allein über die Weiten des Meeres unterwegs, bevor sie es endlich schaffen, ihren Sehnsuchtsort zu erreichen.

Erhellt von tausenden Sternen in einer wolkenlosen Nacht kommt das Boot schließlich sanft auf einem langgezogenen Sandstrand zum Erliegen.

Umgeben von einem tropischen Paradies im Hintergrund stehen Jesus und Maya Hand in Hand am Strand und bewundern ehrfürchtig die Schönheit, die sich vor ihnen erstreckt.

Abgeschirmt von der Außenwelt und allein auf der einsamen Insel können sich das verliebte Paar vollkommen ihrer Liebe hingeben. Schon bald nach ihrer Ankunft werfen sie alle Zwänge der Zivilisation ab und leben im Paradies auf Erden, so wie Gott sie erschuf.

Jesus erweist sich als außerordentlicher Handwerker und errichtet mit geschickten Händen ein gemütliches Lager mit Feuerstelle am Strand für sie.

Manchmal vergehen Stunden, in denen sie einfach nur still nebeneinandersitzen, unter einem Dach aus Palmenzweigen, und gemeinsam dem Plätschern des Regens lauschen.

Oft kommen bei ihren Tauchgängen durch das türkisfarbene, kristallklare Wasser Delphine herangeschwommen, um mit ihnen Zeit zum Spielen zu verbringen.

Nachdem Maya ihre anfängliche Scheu gegenüber diesen friedvollen Tieren verloren hat, kann sie sich seither nichts Schöneres vorstellen. Dann ruft sie laut ihre Freude hinaus in die Weite des Meeres.

»Es ist himmlisch!«

Losgelöst von allen Sorgen ist Maya in tiefer Verbundenheit mit den intelligenten Tieren, die sie sanft durch das Wasser der blauen Lagune ziehen.

Egal, ob es das Erklimmen von Palmen ist, um an die kostbaren Kokosnüsse heranzukommen, oder das vermeintlich einfache Entfachen eines Lagerfeuers – jedes kleine Abenteuer lässt die Liebe zwischen ihnen immer größer werden.

Maya und Jesus sitzen auf einem großen runden Felsen in der Brandung und beobachten gemeinsam den Sonnenuntergang. Entspannt lehnt Maya ihren Kopf auf seine Schulter und entlässt einen tiefen Seufzer der Zufriedenheit.

»Ich könnte hier sterben und wäre glücklich«, sagt sie.

In stiller Zweisamkeit genießen sie den Moment des absoluten Friedens. Jesus blickt nachdenklich in den rotglühenden Feuerball, der langsam hinter dem Horizont verschwindet.

Gedanken an die mögliche Auslöschung der Menschheit kommen in ihm hoch. Falls er sich nicht opfert, wird schon bald jeder Mensch auf dem Planeten nicht mehr existieren. Und am schlimmsten von allem ist, dass er seine große Liebe für immer verlieren würde!

In Gedanken versunken küsst er zärtlich ihren Kopf und flüstert ihr ins Ohr:

»Wenn wir sterben, dann nur gemeinsam.«

Kapitel 21

Der Tod befindet sich im Innendienst und versinkt in seinen persönlichen Weltuntergangsgedanken. Hektisch läuft er unaufhörlich im Kreis und murmelt unverständliche Worte vor sich hin.

Seit Tagen und Wochen hat er jegliches Gefühl für die Zeit verloren. Er hat nicht einmal den Mut gefunden, sich bei seiner Familie zu Hause blicken zu lassen.

Die Schmach des Versagens ist zu groß in ihm verwurzelt, als dass er darüber sprechen könnte.

Während der Tod in seinen Gedanken versunken auf und ab geht, ignoriert er die verstorbenen Seelen, die sich bereits auf der anderen Seite des Schalters zu einem kompakten Knäuel aufgestaut haben.

Dicht aneinandergedrängt warten die zeitlich Gesegneten darauf, endlich vom Hüter des Jenseits eingelassen zu werden.

Der Tod hat es immer noch nicht geschafft, den Erlöser zu lokalisieren. Wie soll er jemals seinen Auftrag erfüllen, wenn der Auftrag selbst nicht auffindbar ist?

Immer wieder blickt der Tod nervös auf das Display seines Handys. Doch noch immer keine Antwort von seinen Freunden aus der Gruppentherapie.

»Kommt schon, Freunde!«, ruft er gestresst gegen den schwarzen Bildschirm vor sich.

Das Ping einer neuen Nachricht lässt ihn voller Erleichterung und Vorfreude zusammenzucken. Eine Nachricht von seinen engsten Vertrauten, den er neben Maché am ehesten als Freund bezeichnen würde - Hades.

»Sorry, Bro - no news ☹!«, ist die kurz angebundene Antwort von ihm.

Die kurz zuvor aufkommende Erleichterung ist durch den weiteren Tiefschlag wie weggeblasen, und der Tod ist wieder augenblicklich frustriert. Entmutigt lässt er seinen Kopf hängen.

Auch von Hermes, der immer über alles und jeden Bescheid wusste, ist nichts über den Aufenthalt von Jesus herauszubekommen. Seit seiner Offenbarung in der Gruppentherapie ist er in ein dauerhaftes Schweigen verfallen.

Enttäuscht murrt er vor sich hin:

»Auf keinen ist Verlass heutzutage.«

Im Gegensatz zu Hades haben die anderen Freunde aus der Gruppentherapie es nicht einmal für nötig gehalten, ihm zu antworten. Niedergeschlagen lässt er sich in seinem Sessel zurücksinken.

Mit kraftloser Stimme informiert er die wartenden Seelen auf der anderen Seite des Schalters:

»Einfach nur weitergehen - immer nur weiter.«

Mit einer Hand winkt er die Neuankömmlinge durch, während er mit der anderen gedemütigt sein Gesicht verdeckt.

Wie das Wasser eines gebrochenen Damms ergießt sich ein Schwall von erlösten Seelen in Richtung der weißen Tür. Begleitet von himmlischen Engelschören finden sie dahinter das lang erwartete Ende ihrer Reise.

»Jetzt bleibt nur noch eines übrig«, seufzt der Tod.

Bei dem Gedanken, seiner frischen Liebe den drei Schicksalsschwestern entgegentreten zu müssen und seine missliche Lage der Hilflosigkeit zugeben zu müssen, lässt großes Unbehagen in ihm aufsteigen.

Er springt über seinen Schatten und erhebt sich entschlossen von seinem Platz, um selbstbewusst dem Unvermeidlichen entgegenzutreten.

Der Tod steht vor der Eingangstür zum gemeinsamen Apartment und spricht sich noch ein letztes Mal Mut zu:
»Du schaffst das.«
Er wird seinen Allerliebsten alles sagen, angefangen von seinem Auftrag bis hin zu seiner Sorge, dass er der Situation nicht gewachsen ist.
Er wird ihnen vom Interessenskonflikt erzählen, der durch seine Empathie gegenüber Jesus und seinem menschlichen Freund Maché ausgelöst wurde. Egal, wie er sich entscheidet, wird einer von ihnen sterben müssen.
Zwischen Pflicht und Gefühlen gespalten, zweifelt er sogar am großen Ganzen. Er wird ihnen all seinen Kummer und seine Trübsal offenbaren, die Chaos und Verwirrung in ihm stiften.
Und nicht zuletzt wird er seine Dankbarkeit und Liebe für seine neue Familie in wunderbaren, noch nie gehörten Worten zum Ausdruck bringen.
Zu lange hat er seine Bürde alleine getragen, anstatt sich vertrauensvoll an seine Lieben zu wenden. Es ist fast schon seine Pflicht, seine Allerliebsten einzuweihen, um ihnen den angemessenen Respekt zu zollen, den sie verdienen.
Mit einem klaren Vorsatz und Plan holt er tief Luft, öffnet die Tür und tritt ein.

Es herrscht eine friedliche Stille, die nur vom Zwitschern der Vögel durch die offenen Fenster begleitet wird. Die Sonne strahlt herein und taucht den Raum in ein goldenes, beruhigendes Licht.
Fieps eilt mit schnellen tapsenden Schritten durch das Wohnzimmer, um den Tod als einzige zu begrüßen. Der Tod

beugt sich herunter und nimmt sein geliebtes Haustier sanft in seine Hand.

»Ich habe dich vermisst«, sagt er liebevoll und erhält ein niedliches Piepsen als Antwort.

Der Tod erblickt seine Lieblingsvase, die von seinen Liebsten Stück für Stück wieder zusammengefügt wurde. Abgesehen von kleinen Rissen erstrahlt die Vase wieder im neuen Glanz. Diese kleine Geste der Zuneigung verstärkt noch mehr sein schlechtes Gewissen gegenüber seiner geschätzten Familie.

Aber insgeheim erleichtert, dass er sich ihnen doch nicht offenbaren muss, atmet der Tod erleichtert auf.

In diesem Moment wird die Tür hinter ihm mit einem Knall aufgeworfen und seine gesamte Familie strömt wie eine Flutwelle in den Raum.

Alles erwacht zu neuem Leben, und vorbei ist es mit der friedlichen Stille.

Bevor der Tod überhaupt reagieren kann, huschen seine drei Töchter links und rechts an ihm vorbei, ohne ihm auch nur einen Blick zu würdigen.

Kurz darauf bestätigt das laute Klirren seiner zuvor reparierten Lieblingsvase die Ankunft seiner Töchter.

Gleich nach den Chaos bringenden Kindern treten die drei Schwestern gut gelaunt und laut lachend ein. Vollgepackt mit Einkaufstaschen von diversen Luxusgeschäften unterm Arm begrüßen sie freudig den Tod.

»Du bist schon zurück? Wir haben dich heute noch nicht erwartet«, sagt die erste Schwester Lea unbekümmert.

Gekränkt darüber, dass er nicht vermisst worden ist, grummelt er missmutig vor sich hin:

»Ich war seit dem letzten Halbmond nicht mehr hier.«

Jede der Schwestern drückt beim Vorbeigehen einen herzhaften Kuss auf die Wange des Todes und setzen gleich darauf fröhlich ihr Gespräch fort.

Der Hüter des Jenseits, noch völlig überwältigt, gibt sich einen inneren Ruck und möchte seinen Plan, die Schwestern über alles einzuweihen, in die Tat umsetzen.

Unsicher beginnt er zu sprechen:

»Ich muss euch etwas Wichtiges mitteilen.«

Doch die drei Schwestern nehmen keine Notiz von ihm. Stattdessen sind sie bereits voller Enthusiasmus damit beschäftigt, den zuvor erbeuteten Einkauf auszuräumen und genauer zu inspizieren.

Der Tod versucht erneut, die Aufmerksamkeit der Schwestern zu erlangen.

Mit etwas lauterem Ton, um die Dringlichkeit zu unterstreichen, fängt er von Neuem an:

»Es ist von absoluter Bedeutung und Wichtigkeit, euch über meine schwerwiegende Mission zu informieren, die ich erhalten habe.«

Endlich dreht sich die erste Schwester interessiert zu ihm um.

»Geht es um die Windeln? Ich hoffe, du hast welche mit extra Auslaufschutz bekommen«, sagt Lea, während sie gleichzeitig einen neuen Blazer in ihren Händen begutachtet.

Erst jetzt erinnert er sich an seine Aufgabe, Windeln für die Kinder nach der Arbeit mitzubringen.

»Ich habe keine Windeln«, antwortet der Tod frustriert.

»Nicht so schlimm. Ich bestelle welche online«, antwortet sie verständnisvoll.

Der Tod schiebt das Gefühl der Erniedrigung und das schlechte Gewissen, dass er nicht einmal in der Lage ist, die kleinsten Aufgaben zu erfüllen, beiseite und versucht es erneut:

»Es geht um meine schwierige Aufgabe.«

Unsicher blickt er auf seine maßgefertigten Schuhe. Er gibt sich einen inneren Ruck und lässt all seinen Kummer heraus.

»Alles scheint im Chaos zu versinken, und es scheint kein Ende in Sicht. Es ist alles so verwirrend und kompliziert geworden. All die Pflichten und Aufgaben. Bin ich nur ein unbedeutendes Werkzeug, das dem größeren Ganzen dient, oder bin ich mehr als das? Ich weiß einfach nicht mehr weiter!«

Sichtlich erleichtert blickt er auf, um in das verständnisvolle Gesicht der Schicksalsschwester zu blicken.

Doch alles, was er sieht, ist nur der entzückende Rücken von ihr.

Sie hat sich bereits wieder umgedreht und nichts von alldem mitbekommen. Lachend unterhält sie sich wieder lautstark mit ihren Schwestern.

Der Tod hält es nicht mehr aus und schreit frustriert in den Raum:

»Die Welt und die gesamte Menschheit werden vernichtet werden!«

Jetzt endlich bekommt er die Aufmerksamkeit der drei Schwestern, die sofort besorgt zu ihm eilen.

»Es muss wirklich schlimm sein«, sagt Gloria.

Der Tod bestätigt mit einem trotzigen Nicken.

»Sehr schlimm.«

Alexa nimmt ihn besorgt am Arm.

»Komm, setz dich. Du bist ja vollkommen fertig.«

Gemeinsam bringen sie ihn zum Sofa, wo er sich in der Mitte erschöpft niederlässt.

»Erzähl uns, was dich bekümmert«, sagt Lea im sanften Tonfall.

Der Tod, umsorgt von seinen Liebsten und ihrer Aufmerksamkeit sicher, beginnt zu erzählen:

»Es lastet ein großer Druck auf meinen Schultern. Ihr könnt euch nicht vorstellen, welche Verantwortung ich im Moment trage. Und egal, was ich auch mache, es wird in einer Katastrophe enden.«

Die Schwestern um ihn herum nicken verständnisvoll. Gloria umarmt den Tod tröstend.

»Es ist bestimmt nicht leicht. Wir sind für dich da.«

Auch Lea wirft dem Tod einen bedauernden Blick zu.

»Wir dachten schon, dass dich deine Aufgabe, Jesus dazu zu bringen, sich zu opfern, überfordern wird.«

Alexa streicht bemitleidend über den Kopf des Todes, während dieser die eben gehörten Worte noch verarbeitet. Kurz darauf zuckt er überrascht zusammen und es kommt ungläubig aus ihm herausgeschossen:

»Woher wisst ihr davon?!«

Die drei Schwestern lachen amüsiert auf. Lea tätschelt bemitleidend seinen Oberschenkel.

»Oh, Schätzchen, bitte! Wir sind in einer anderen Gehaltsstufe, natürlich wissen wir davon.«

Der Tod entlässt einen tiefen Seufzer.

Einerseits ist er erleichtert darüber, dass sein Geheimnis gelüftet ist, aber gleichzeitig auch enttäuscht darüber, wie es passiert ist und zusätzlich, dass alles nie so läuft, wie er es sich im Vorhinein vorgestellt hatte.

»Es rinnt mir die Zeit davon«, sagt der Tod nachdenklich und lacht dann bitter auf.

Als unsterblicher Gott, seit Anbeginn bei dem Spektakel mit dabei, als selbst die Zeit noch nicht existierte, hatte er noch nie das Gefühl, dass diese zu Ende gehen könnte.

Doch jetzt ist der Moment gekommen, in dem sich alles unausweichlich zu einem gewaltigen Moment aufbaut.

Gloria beugt sich nah zu ihm herunter und flüstert ihm leise ins Ohr:

»Du hast noch Zeit«, sagt sie geheimnisvoll voraus.

»Die Welt hat noch Zeit zum Sterben. Das Ablaufdatum ist noch immer offen«, fügt Lea bestätigend hinzu.

»Aber warum gerade du dafür ausgewählt wurdest, ist auch uns ein Rätsel«, sagt Alexa sichtlich verwundert.

Der Tod stimmt ihr mit einem Nicken zu. Endlich wird seine missliche Situation anerkannt.

»Endlich jemand, der mich versteht. Warum habe ausgerechnet ich diesen Auftrag bekommen! Manchmal habe ich das Gefühl, dass sich alles gegen mich verschworen hat. Es ist so, als hätte ich die Kontrolle verloren.«

»Vielleicht ist es genau das!«, kommt Lea ein Gedanke.

»Endlich wirst du gezwungen, aus deiner Komfortzone herauszukommen. Du musst lernen, dich zu öffnen und das Leben anzunehmen, anstatt es an dir vorbeiziehen zu lassen. Du jagst einem imaginären, idealen Zustand hinterher, der nur in deinem Kopf existiert.«

Der Tod denkt über die Worte nach, die zugegebenermaßen einen gewissen Wahrheitsgehalt beinhalten.

Wie viel Zeit hat er schon damit vergeudet, sich zu grämen und unglücklich zu sein? Dabei war er es selbst, der sich dabei immer wieder selbst im Weg stand und ihn daran hinderte, glücklich und befreit von Ängsten zu leben.

»Keine Angst, wir schaffen das schon«, spricht Gloria dem betrübten Tod Mut zu.

»Danke«, grummelt der Tod kaum hörbar.

Lea lacht entzückt auf und streicht liebevoll über seine Wange.

»Unser kleines Grummel-Bärchen!«

»In unseren Händen bist du gut aufgehoben«, ist Alexa überzeugt.

Gloria reißt freudig ihre Arme in die Höhe und ruft heiter in die Runde:

»Gruppenkuscheln!«

Die drei schmiegen sich so fest aneinander, dass der Tod wortwörtlich von der Liebe erdrückt wird und kaum noch Luft zum Atmen bleibt.

Mit gewisser Genugtuung seufzt der Tod.

»Ich habe euch auch lieb.«

Kapitel 22

In den kommenden Tagen und Wochen zeigt sich der Tod von seiner besten Seite. Er springt über seinen Schatten, um sich selbst und den anderen zu beweisen, dass er sich sehr wohl ändern kann und das Leben zu akzeptieren lernt.

Der Tod verbringt Zeit mit seinen Töchtern auf dem Spielplatz.

Er füttert sie geduldig und ist immer wieder überrascht, welches Chaos sie beim Essen anrichten können. Und alles, was sie essen, scheint in doppelter Menge hinten wieder herauszukommen. Doch er übernimmt auch diese Aufgabe mit Bravour und wechselt geübt die Windeln - achtmal pro Tag und Kind.

Er ist nicht nur ein fürsorglicher Vater für die Kinder, sondern erweist sich auch für seine drei Liebsten als perfekter Gentleman.

Immer wieder überrascht er die drei Schwestern mit kleinen Geschenken oder netten Komplimenten.

Einmal verwandelt er sogar das gesamte Wohnzimmer in ein gewaltiges Blütenmeer, um seine Liebe und Wertschätzung auszudrücken.

Bei dem sanften Licht von zahllosen Kerzen genießen der Tod und die drei Schwestern das achtgängige Menü, das er zuvor mühevoll zubereitet hat.

Auch Fieps, die er in letzter Zeit vernachlässigt hat, bekommt zusätzliche Kuscheleinheiten.

Für den Hüter des Jenseits ist es zwar immer noch mit einer gewissen Überwindung verbunden, sein neues Leben zu akzeptieren, doch zumindest fällt es ihm von Tag zu Tag leichter.

Er muss sich eingestehen, dass sein Leben um einiges anstrengender geworden ist, aber immerhin hat er auch bereits den einen oder anderen Glücksmoment erleben dürfen, den er nicht missen möchte.

Auch Maché, der nach Wien zurückgekehrt ist, verbringt die verbleibende Zeit voll und ganz mit seinem Liebsten.

Mit dem Wissen, dass die Menschheit schon bald untergehen könnte, genießt er jeden einzelnen Moment in völliger Hingabe. Mit vollem Bewusstsein und Klarheit versucht er, jeden Augenblick des Lebens in sich aufzunehmen und zu bewahren.

Wie ein neugeborener Mensch betrachtet er die Welt mit neuen Augen.

Ängste und Sorgen, die ihn früher geplagt haben, erscheinen ihm angesichts des nahenden Todes klein und unbedeutend.

Die Beziehung zu seinem Freund Bernhardt erblüht regelrecht in dieser neuen Zeit und sie verbringen jede Gelegenheit miteinander.

Sie gehen Hand in Hand durch den Park.

Sie genießen romantische Abendessen in den besten Restaurants.

Im Kino teilen sie sich eine Tüte Popcorn und lassen sich von der Vorführung begeistern.

Oder sie verbringen einfach entspannte Stunden zuhause, bei einem Glas Rotwein.

Maché lernt selbst die gemeinsamen Familientreffen mit seiner Schwester und seinem Vater zu schätzen. Früher hatte er sich dagegen gesträubt und war ihnen aus dem Weg gegangen, anstatt das Leben voll auszukosten. Angesichts der drohenden Vernichtung kann er sich nun nichts Kostbareres vorstellen.

Eines Abends haben sich die beiden wieder gemütlich im Bett zusammengekuschelt, und Maché betrachtet Bernhardt, der bereits in einen tiefen Schlaf versunken ist.

Doch Maché selbst findet keine Ruhe. Seine Gedanken kreisen um die bevorstehende Auslöschung der gesamten Menschheit. Jede Person, die er kennt, einschließlich seiner Familie, Bernhardt und nicht zu vergessen er selbst, wird bald der Vergangenheit angehören.

Alles, was die Menschheit erreicht hat, wird bedeutungslos sein. Die gesamte Zivilisation und Entwicklung der Menschen wird irrelevant sein.

Es wird kein Wissen mehr geben und vor allem keine Erinnerung daran, was die Menschheit seit ihren frühen Anfängen erreicht hat. Es wird so sein, als hätte die Menschheit niemals existiert.

Maché seufzt traurig auf und streicht sanft über die Haare seines Lebenspartners.

Bernhardt hat das Recht, die Wahrheit zu erfahren. Er soll selbst entscheiden können, wie er seine verbleibende Zeit auf der Erde verbringen möchte.

Er weckt seinen Freund neben sich auf, um die Angelegenheit ins Reine zu bringen.

»Was ist denn?«, fragt Bernhardt noch verschlafen.

»Ich muss dich etwas fragen«, beginnt Maché zögerlich.

Bernhardt, besorgt über das seltsame Verhalten, schaut ihn fragend an.

»Was ist denn so wichtig, dass es nicht bis morgen warten kann?«

»Was würdest du tun, wenn die Erde und die gesamte Menschheit schon bald untergehen würden?«, fragt Maché direkt.

Bernhardt schaut sich im Zimmer um und dann auf seinen Liebsten. Mit einem breiten Lächeln und voller Überzeugung antwortet er:

»Ich würde absolut nichts ändern wollen. Ich habe bereits alles, was ich brauche, und ich würde einfach nur glücklich sterben!«

Maché fällt ein Stein vom Herzen und ist sichtlich erleichtert über die Antwort.

»Das gilt auch für mich«, sagt er mit Genugtuung.

Bernhardt schließt wieder seine Augen und murmelt zufrieden vor sich hin:

»Dann ist ja alles gut.«

Mit einem beruhigten Gewissen, dass sein Partner nichts vermisst und glücklich sterben würde, dreht Maché das Licht ab und kuschelt sich eng an die Seite seines Freundes.

Seine letzten Gedanken kreisen um Jesus und dessen Verbleib, bevor auch er in einen tiefen Schlaf versinkt.

Kapitel 23

Jesus ist auf der Insel im Paradies, und alles läuft für ihn wunderbar. Die Liebe zwischen ihm und Maya gedeiht prächtig, und er könnte sich nichts Schöneres vorstellen. Zusätzlich geht er in seiner Rolle als fürsorglicher Partner vollkommen auf.

Kaum ist Maya aufgewacht, steht er bereits mit einem lächelnden Gesicht und dem Frühstück am Bett bereit.

Kein Tag vergeht, an dem er sie nicht mit wundervollen Blumensträußen überrascht, die aus den seltensten und farbenprächtigsten Blüten des Dschungels gebunden sind.

Oft entzückt er Maya mit kunstvollen Schnitzereien aus Kokosnüssen, die ihr eigenes Antlitz tragen. Sie hat bereits ein ganzes Regal voller dieser kleinen Kunstwerke, die verschiedene Facetten ihrer Persönlichkeit zeigen.

Nachdem Maya ihre Dusche unter dem Wasserfall beendet hat, ist Jesus stets zur Stelle, um sie mit Palmwedeln sanft trocken zu fächeln.

Und falls die Sonne einmal zu stark auf die Insel herunter scheint, was praktisch täglich der Fall ist, ist Jesus stets gut vorbereitet.

Dann massiert er liebevoll ihren Rücken mit dem Sekret einer Koralle, das sich über Millionen von Jahren der Evolution als natürlicher Sonnenschutz entwickelt hat.

Maya genießt dabei jeden Moment von seinen sanften und einfühlsamen Handbewegungen.

Es scheint, als hätten die beiden ihr Glück gefunden und könnten es nicht besser haben.

Doch auf dem Horizont der Glückseligkeit brauen sich dunkle Wolken zusammen.

Eines schönen Tages sucht Maya die Stille des Dschungels auf, um ihre Notdurft zu verrichten. Unbekümmert geht sie ihrem Geschäft nach, als plötzlich Jesus neben ihr steht und sie fürchterlich erschreckt.

Mit einem liebevollen Lächeln bietet er ihr fürsorglich Blätter zum Abwischen an.

»Die mit den kleinen Härchen sind besonders sanft.«

Das ist für Maya im wahrsten Sinne des Wortes zu viel des Guten, dass das Fass zum Überlaufen bringt.

Mit schnellen Schritten und schlechter Stimmung läuft sie durch den Dschungel zurück ins Lager, während ihr Herzblatt besorgt hinterher eilt und unaufhörlich auf sie einredet.

»Habe ich etwas Falsches gesagt? Bist du böse auf mich? Ich kann alles für dich tun, egal was du willst!«

Maya hält abrupt an und dreht sich so schnell um, dass er fast in sie hineinläuft.

Mit sanftem Ton erklärt sie ihre aufgewühlten Gefühle.

»Bitte verstehe, es ist nichts gegen dich und ich bin auch nicht böse auf dich. Ich könnte mir nichts Schöneres vorstellen, als meine Zeit mit dir zu verbringen. Ich brauche einfach nur etwas Ruhe und ein wenig Zeit für mich selbst. Ich hoffe, du verstehst das?«

Er wäre nicht der Sohn Gottes, wenn er die Gefühle seines Gegenübers nicht verstehen würde. Immerhin ist Verständnis sozusagen sein zweiter Vorname.

»Verstehe, kein Problem!«, antwortet er mitfühlend.

»Danke«, sagt sie erleichtert und geht weiter.

Selbstsicher nimmt Jesus die Herausforderung an, die Stimmung seiner Geliebten wieder zu heben.

Kaum hat sie einen Fuß vor den anderen gesetzt, meldet er sich gutgelaunt wieder zu Wort.

»Alles, was du brauchst, ist Ruhe! Ich werde dich so verwöhnen wie noch nie zuvor. Du wirst so entspannt sein, dass danach ein neues Wort für Entspannung erfunden werden muss, so großartig wird es sein. Dir wird es an nichts fehlen und meine Liebesbekundungen werden sich exorbitant steigern, damit du nichts vermisst.«

Maya verdreht im Gehen ungläubig die Augen. Doch für den beiderseitigen Frieden unterdrückt sie ihre Wut und legt den Rest des Weges schweigend zurück.

Während sie bei jedem Wort innerlich zusammenzuckt, steigert er sich zu neuen Höchstleistungen.

»Wir fangen an mit einer porenreinigenden Gesichtsmaske aus Moos, gefolgt von einer ausgedehnten Rückenmassage, die du so sehr liebst. Danach empfehle ich einen entspannenden Kokosnuss-Honig-Likör am Strand, während ich dich mit Gesang und Tanz unterhalte.

Am Abend lassen wir es uns dann gemeinsam bei einem romantischen Abendessen gutgehen, um anschließend den restlichen Abend entspannt beim Lagerfeuer ausklingen zu lassen. Wir erzählen uns Geschichten aus unserem Leben, bis wir vor Müdigkeit eng aneinandergekuschelt einschlafen.«

Er will gerade damit beginnen, über die Vorzüge einer gemeinsamen Meditation zu erzählen, als sie ihn abrupt unterbricht und es laut aus ihr herausplatzt:

»Ich halte es nicht mehr aus! Kaum öffne ich meine Augen, wartest du bereits am Bett und es vergeht kein Moment am Tag, an dem du nicht von meiner Seite weichst.«

An den Gedanken seiner schlafenden Liebsten versunken, antwortet er verträumt:

»Ich liebe es einfach, dich im Schlaf zu beobachten.«

»Genau das meine ich!«, erzürnt sie sich.

»Alles, was ich will, ist, dass es dir an nichts fehlt. Du bist mir das Wichtigste im Leben«, beteuert er seine guten Absichten.

»Ich möchte einfach mal wieder unbeschwert Freunde in einem Café treffen. Ein richtiges Handtuch nach dem Duschen haben oder nicht die Gefahr laufen, von einer Riesenspinne attackiert zu werden, die aus einem deiner Blumensträuße mir mitten ins Gesicht springt. Übrigens, von deinen andauernden Massagen blättert mir schon die ganze Haut vom Rücken ab, und es ist jedes Mal ein erlösender Moment, wenn es vorbei ist.«

Er hebt verteidigend die Hände.

»Für die Spinne habe ich mich entschuldigt, und für deine Haut habe ich bereits die passende Tinktur zusammengestellt.«

Maya streckt frustriert ihre Fäuste in den Himmel, um nach dem innerlichen Wutausbruch erschöpft in sich zusammenzusacken.

»Ich vermisse mein altes Leben. Ich kann selbst nicht glauben, was ich sage, aber ich vermisse sogar Maché mit seiner eigenwilligen, besserwisserischen Art – es muss wirklich schlimm um mich stehen!«

Frustriert über diese Selbsterkenntnis vergräbt sie schluchzend ihr Gesicht in den Händen.

Jesus nimmt behutsam ihre Hand und redet beschwichtigend auf sie ein.

»Aber wir haben doch uns. Außerdem, warum brauchst du die anderen, wenn wir stattdessen im Paradies leben können? Ich möchte einfach jeden Moment von der kostbaren Zeit mit dir verbringen. Das Leben könnte kürzer sein als man denkt, und wir sollten jede Sekunde davon auskosten.«

»Aber wir haben doch Zeit«, sagt sie verständnislos.

Jesus lässt betrübt seine Schultern hängen und murmelt kaum hörbar vor sich hin:

»Schön wäre es.«

Sie blickt ihn herausfordernd an.

»Was hat das wieder zu bedeuten? Bist du unheilbar krank, oder auf der Flucht vor jemandem? Bist du verheiratet und hast fünf Kinder? Was ist es? Rede mit mir!«

Jesus zögert unbehaglich, bis er endlich kleinlaut antwortet: »Ich kann darüber nicht sprechen.«

Mit dieser Antwort gibt sie sich aber nicht zufrieden und hakt nach.

»Ich spüre doch, dass etwas nicht stimmt. Ich habe dich beobachtet, wie du nachts stundenlang am Felsen sitzt und einfach ins Leere auf das Meer starrst. Wenn du doch einmal schläfst, wachst du danach mit einem Schrei auf, und der Angstschweiß steht dir auf der Stirn geschrieben. Es ist so, als würdest du etwas vor mir verheimlichen.«

Zu gerne würde er ihr die ganze Wahrheit sagen, doch das würde alles nur noch schlimmer machen.

Der Gedanke, seine Seelenverwandte erneut zu verlieren, lässt ihn keine andere Wahl, als sie weiter im Unklaren über das geplante Schicksal der Menschheit zu lassen.

»Ich kann einfach nicht gut einschlafen«, weicht Jesus dem Thema aus.

Maya seufzt laut auf und nimmt seine Hand in ihre.

»Ich liebe dich, aber vielleicht sind wir die ganze Sache ein wenig überstürzt angegangen. Wir sollten uns Zeit lassen, um herauszufinden, was wir wirklich wollen. Es liegt noch unser ganzes Leben vor uns.«

Jetzt ist es Jesus, der einen Nervenzusammenbruch erleidet und laut schluchzt. Verzweifelt beginnt er auf sie einzureden:

»Ich kann nicht ohne dich leben! Bevor ich dich kannte, hätte ich sterben können, und es wäre mir egal gewesen. Aber unser Zusammentreffen ist aus einem bestimmten Grund geschehen und kann kein bloßer Zufall sein. Unser Schicksal ist es, zusammen zu sein!«

Maya senkt traurig ihren Blick.

»Wir können auch zusammen sein, aber nicht hier und unter diesen Umständen. Ich glaube, eine kleine Pause würde uns beiden guttun.«

Jesus, der seine wahre Liebe entgleiten sieht, verfällt in eine innere Schockstarre und lässt resignierend seine Schultern hängen.

»Du hast bestimmt recht«, kommt es schwach aus ihm heraus.

Er steht auf und beginnt in seinen alten Sachen zu kramen. Geistesabwesend und noch immer im Schock holt er ein Handy hervor und beginnt in Gedanken versunken eine Nummer einzutippen.

»Ich werde jemanden rufen, der dich abholt und zum Flughafen bringt.«

Maya blickt ihn verwundert an.

»Es gibt hier einen Flughafen!?«

»Der gehört zu dem Fünf-Sterne-Resort auf der anderen Seite der Insel, aber hier ist es privater. Ich dachte, es gefällt dir hier«, antwortet Jesus traurig.

Bei der Erinnerung an die mühsame Anreise und die Strapazen, die sie auf sich genommen haben, um dann erst recht in der Wildnis zu landen, anstatt in einem Hotel mit Zimmerservice, steigt eine weitere Welle der Wut in Maya hoch.

Doch auch sie fühlt sich zu leer und zu verletzt, um ihren Gefühlen Ausdruck zu verleihen. Stattdessen geht sie zu ihm und umarmt ihn voller Herzlichkeit.

»Das ist das Beste für uns beide«, sagt sie mit einem sanften Lächeln.

Jesus erwidert traurig das Lächeln und nickt nur stumm. Seine Gefühle sind zu verletzt, um noch mehr sagen zu können.

In einem elektrischen Golfbuggy, eingehüllt in einen flauschigen Bademantel, fährt Maya davon und lässt ihn alleine zurück.

Bei dem Anblick des am Boden zerstörten Jesus, der alleine am Strand steht und wehmütig winkt, zerreißt es ihr das Herz.

Doch tief in ihrem Inneren weiß sie, dass es das Beste für sie und ihre gemeinsame Liebe ist.

Kapitel 24

Der Tod befindet sich bei einem Treffen seiner Gruppentherapie. Professor Freud macht sich gerade Notizen, während Hades, Hermes, Aletheia, Justitia und das Amor-Baby gespannt den aufgewühlten Erläuterungen des Todes lauschen.

»Ich gebe mein Bestes und versuche das Leben voll auszukosten. Ich genieße jeden Moment mit meinen zauberhaften Töchtern und möchte die liebevollen Momente mit meinen Liebsten um nichts in der Welt vermissen. Alles ist wunderbar, und ich habe die beste Zeit meines Lebens«, sagt der Tod.

»Das freut mich zu hören«, sagt Professor Freud zufrieden und macht ein Häkchen auf seiner Liste.

Doch der Tod ist noch nicht fertig. Er atmet entmutigt aus und lässt niedergeschlagen seinen Kopf hängen.

»Aber warum fühle ich mich dann nicht so? Obwohl ich glücklich sein sollte, bin ich es nicht. Es ist einfach alles nur so anstrengend.«

Die anderen Götter fühlen sich sichtlich unbehaglich, den ehemals stolzen Tod so zerstört am Boden zu sehen.

»Zu allem Überdruss habe ich nicht die geringste Ahnung, wo sich Jesus aufhält! Ich werde niemals meinen Auftrag erfüllen können, und ich weiß nicht einmal, ob ich das überhaupt will«, echauffiert sich der Tod weiter.

Professor Freud blickt von seinen Notizen auf, bereit für seine sachliche Analyse der Lage.

»Mit dem einen kann ich dir leicht helfen, aber deine Gefühlswelt in Ordnung zu bringen wird noch viel Arbeit in Anspruch nehmen.«

Mit einer eleganten Bewegung deutet er mit seinem Stift hinter den niedergeschlagenen Tod, der sich gleich darauf verdutzt umdreht.

Jesus steht unter dem Türrahmen und winkt verlegen der Gruppe zu.

»Hallo, Leute.«

Der Tod verschränkt trotzig seine Arme und dreht sich gekränkt weg. Auch die anderen Götter sind seit dem letzten verstörenden Treffen nicht erfreut, den Sohn Gottes wiederzusehen.

Aletheia verdreht genervt ihre Augen.

»Nicht der schon wieder!«

Justitia seufzt laut auf und zieht sich ihre Augenbinde herab.

Das Amor-Baby wimmert verschreckt auf und fleht Jesus an:

»Bleib mir bloß fern!«

Hermes verschränkt seine Arme, dreht sich beleidigt um und schweigt. Selbst Hades hat für seinen ehemaligen Zocker-Freund kein nettes Wort übrig.

»Lässt sich der Herr auch einmal blicken«, kommentiert er eifersüchtig.

Jesus hält seine beiden Hände entwaffnet in die Höhe.

»Meine Freunde, ich weiß, beim letzten Mal lief nicht alles so, wie geplant. Es werfe der Erste einen Stein, der nicht frei von Fehlern ist.«

Das Amor-Baby mit hochrotem Gesicht muss sich mit aller Mühe selbst zurückhalten, um den Wunsch von Jesus nicht nachzukommen.

Der Messias lächelt offenherzig in die Gruppe.

»Obwohl ich gerade eine schwierige Zeit durchmache, soll das keine Entschuldigung dafür sein, wie ich euch behandelt habe. Ich bin hergekommen, um Frieden zu schließen, und ich hoffe, ihr könnt mir verzeihen.«

Bei dem liebevollen Lächeln des Messias und seinem sanften Blick können die anderen nicht widerstehen.

»Ich kann ihm einfach nicht böse sein«, gesteht sich Aletheia ein.

»Wie konnte ich jemals an meinem Freund zweifeln«, sagt Hades erleichtert.

Auch Justitia zieht wieder ihre Augenbinde nach oben.

»Kein Einspruch von meiner Seite«, sagt sie wohlwollend.

»Von mir aus«, murrt das Amor Baby und ist schon wieder merklich besänftigt.

Nur Hermes blickt noch beleidigt in die andere Richtung. Jesus geht auf ihn zu und breitet seine Arme aus.

»Verzeih mir, Hermes. Wie könnte jemals deine Stimme verstummen, die von solcher Wichtigkeit ist? Wer sollte die Worte in die Welt hinaustragen, wenn nicht du?«

Er legt behutsam seine Hand auf dessen Schulter.

»Du bist deine Stimme!« Nach einer kurzen Verarbeitungspause dreht sich Hermes erleichtert um und ruft laut aus:

»Du hast Recht. Ich bin meine Stimme, und meine Stimme bin ich!«

Der Erlöser dreht sich zufrieden um und blickt den Tod an, der noch als Einziger keine Aufmerksamkeit bekommen hat.

»Auch bei dir möchte ich mich entschuldigen. Ich hätte nicht einfach so abhauen sollen, das war nicht fair von mir. Es tut mir aufrichtig leid.«

Der Tod, der aufgrund des unauffindbaren Kindes Gottes Gefühle der absoluten Verzweiflung und Sorge erleiden musste, ist einfach nur froh, dass er wieder aufgetaucht ist.

Ohne nachtragend zu sein, grummelt er vor sich hin:
»Schon gut.«

Jesus atmet erleichtert aus, glücklich und befreit darüber, dass er seine vergangenen Handlungen wieder ins Reine bringen konnte.

Professor Freud analysiert mit einem zufriedenen Lächeln.
»Ich bin entzückt.«

Jesus streckt seine beiden Arme salbungsvoll in die Höhe.
»Wir können uns nun wieder auf die wichtigen Dinge auf der Welt konzentrieren. Es liegt noch eine Menge Arbeit vor uns, und es ist die Zeit gekommen, um wahre Größe zu beweisen. Die bevorstehende Aufgabe wird keine leichte sein, aber sie muss vollbracht werden.«

Bei diesen Worten horcht der Tod gespannt auf. Der Gedanke, dass der Erlöser endlich bereit ist, sich für die Menschheit zu opfern, lässt wieder neue Hoffnung in ihm aufkeimen. Schlussendlich wird doch noch alles gut.

Jesus, schon ganz in den Gedanken vertieft, seinen Worten Taten folgen zu lassen, zeigt energisch mit seinem ausgestreckten Finger auf Hermes.

»Hermes, verkünde die frohe Botschaft!«

Hermes, überrascht über die plötzliche Aufforderung, schreckt verdutzt zusammen und macht sein Handy startklar.

Mit ausgebreiteten Armen verkündet Jesus feierlich:
»Ich bin bereit, der Herausforderung ins Auge zu sehen und das Unausweichliche zu vollbringen. So will es das Schicksal!«

Der Tod richtet sich im Stuhl auf und murmelt aufgeregt vor sich hin:
»Na endlich, jetzt geht es los!«

Er ist ganz mitgerissen von Jesus und seinem neugewonnenen Tatendrang, seinem Schicksal so schnell wie möglich entgegenzutreten. Voller Vorfreude reibt er sich die Hände, dass er doch noch seinen Auftrag zur Zufriedenheit aller zu Ende bringen kann.

Mit einem strahlenden Lächeln verkündet Jesus voller Freude seinen Entschluss:

»Ich werde meine Liebe zurückgewinnen! Es ist einfach unser Schicksal, dass Maya und ich zusammen sind.«

Bei diesen Worten weicht die zuvor empfundene Vorfreude des Todes augenblicklich einer tiefen Enttäuschung, gemischt mit Verzweiflung und Hoffnungslosigkeit.

All diese überwältigenden Gefühle spiegeln sich nach außen hin nur in einem starren, ausdruckslosen Blick ins Leere.

Jesus dreht sich zum Tod um und sieht seinen gebrochenen Ausdruck.

»Aber ich schaffe es nicht alleine. Nur mit deiner Hilfe kann ich meinen sehnlichsten Wunsch erfüllen. Bitte, wenn mir jetzt jemand helfen kann, dann du.«

Der Tod überlegt kurz und gibt sich innerlich einen Ruck. Nicht zuletzt wird er nicht oft um Hilfe gebeten, und er soll der Letzte sein, der einem Freund diese verwehrt. Mit einem Murren willigt er ein.

»Na gut, was soll ich machen?«

Die Erleichterung ist Jesus anzusehen, der gleich im nächsten Moment seine Worte in die Tat umsetzen will.

»Als erstes kontaktierst du Maché. Ohne ihn geht es nicht, und du wärst dabei wirklich eine große Hilfe. Alles andere wird sich schon ergeben.«

Der Tod ignoriert den versetzten Tiefschlag, dass er nur als Mittelsmann dienen soll, anstatt eine tatsächliche Hilfe zu sein. Dafür bräuchte man wohl kaum einen mächtigen Gott wie ihn, sondern nur ein Telefonbuch zur Hand nehmen, um diese Aufgabe zu erfüllen.

Der Hüter des Jenseits schiebt die Gefühle der Erniedrigung zur Seite und erhebt sich stattdessen mühevoll von seinem Stuhl, während er missmutig vor sich hinmurmelt:

»Je eher wir das beenden, desto besser.«

Voller guter Laune schlägt Jesus kraftvoll auf die Schulter des Todes, dass dieser schmerzhaft zusammenzuckt. »Ich wusste, ich kann auf dich zählen!«

Kapitel 25

Der Tod und Jesus stehen vor der Tür zu Machés Apartment. Jesus ist ganz außer sich, und das vorherige Selbstvertrauen ist wie weggeblasen.

Er will anklopfen, aber hält im letzten Moment inne und lässt verzweifelt seinen Kopf hängen.

»Er wird bestimmt böse auf mich sein.«

Jesus beginnt nervös im Flur auf und ab zu gehen und wirft frustriert seine Hände in die Höhe.

»Und das zu Recht! Niemandem kann ich es recht machen. Ich bin eine einzige Katastrophe!«, ruft er verzweifelt in den Himmel, doch er wird nur von der Zimmerdecke erhört.

Der Tod, dem die Sache schon viel zu lange dauert, fragt ungeduldig:

»Soll ich anklopfen?«

Mit gesenktem Haupt stellt sich Jesus wieder neben den Tod an die Tür.

»Nein, das ist meine Aufgabe.«

Er hebt die Hand zum Anklopfen, schafft es aber auch diesmal nicht. Der Tod stöhnt genervt auf.

»Was denn nun schon wieder?«

In den Augen von Jesus steigen die Tränen der absoluten Hoffnungslosigkeit empor.

»Was, wenn es nicht klappt und ich werde Maya nie wiedersehen?! Ich glaube, das kann ich nicht verkraften - es würde mich umbringen!«

Voller Verzweiflung verkrallt er sich in das Sakko des Todes. Die Worte entsprechen einer gewissen Ironie für den Hüter des Jenseits, denn genau das ist sein Auftrag.

Doch stattdessen verdreht er nur verständnislos und überfordert seine Augen.

»Immer dieses Drama.«

Jesus lässt hingegen seinen Schmerz freien Lauf.

»Mir fehlt ihre Liebe und Zärtlichkeit. Wie soll ich jemals ein Leben ohne sie führen?«

Er drückt traurig sein Gesicht an die Brust des Todes und beginnt laut zu weinen.

Es ist kein Geheimnis, dass der Tod nicht einmal mit seinen eigenen Gefühlen zurechtkommt. Wie kann man dann erwarten, dass es gegenüber anderen anders sein soll?

Der Tod, dem die Sache äußerst peinlich ist, klopft hektisch mehrmals an der Tür, während er verkrampft die Umklammerung von Jesus über sich ergehen lässt.

Jesus ist so tief in seinem Kummer versunken, dass er bereits die halbe Schulter des Todes mit seinen Tränen durchnässt hat.

Voller Anspannung lauscht der Tod auf der anderen Seite der Tür den näherkommenden Schritten, oder besser gesagt, einem seltsamen Schlurfen.

In der Zwischenzeit erleidet Jesus einen vollkommenen Nervenzusammenbruch.

»Ich werde meine Liebe für immer verlieren!«, klagt er laut seinen Herzschmerz und sinkt hoffnungslos an den Beinen des Todes herab.

Der Tod schaut mitleidig auf den zerstörten Jesus herab, der vor ihm zusammengekauert liegt. Jesus sieht ihn mit großen, wässrigen Augen an, so herzzerreißend, dass selbst Hundewelpen davon lernen könnten.

Das gemeinsame Leben mit seiner Seelenverwandten bedeutet Jesus so viel, dass er sogar seinen ganzen Stolz und seine Würde vergisst.

»Du kannst dich immer noch anders entscheiden. Es liegt in deiner Macht«, fleht er den Tod an.

Dieser seufzt laut auf und wünschte, Jesus hätte das nicht gesagt. Zu gerne würde er seinen Wunsch erfüllen und eine Ausnahme für ihn machen. Dieser junge, geschundene Mann hätte es nach so langer Zeit endlich verdient, sein Leben nach seinen Vorstellungen frei zu leben.

Doch als Hüter des Jenseits ist er der ewigen Pflicht untergeordnet, das Gleichgewicht von Leben und Tod aufrechtzuerhalten.

Zugegeben, aufgrund seiner Missgeschicke in der Vergangenheit lief nicht immer alles nach Plan, und die eine oder andere Seele musste dadurch vorzeitig das Zeitliche segnen. Doch diese unglücklichen Ausnahmen sollten keineswegs die Regel sein.

Der Tod ist zu sehr seiner Aufgabe verbunden, die für ihn über alles steht - selbst über seinen persönlichen Wünschen und der tiefen Zuneigung, die er für den Erlöser empfindet.

Dann endlich, nach einer gefühlten Ewigkeit, öffnet sich die Tür vor ihnen. Jesus, der schluchzend am Boden hockt, hebt hoffnungsvoll seinen Blick nach oben.

Die noch kurz zuvor von Verzweiflung gezeichneten Augen weiten sich voller Freude angesichts der Gestalt im Türrahmen, dessen Antlitz vom Licht umspielt wird.

Vor ihm steht ein Plüschhäschen in voller Größe, mit großen Augen und einem niedlichen Stummelschwänzchen.

Sogar der stoische Tod hebt überrascht die Augenbrauen angesichts dieser ungewöhnlichen Erscheinung.

»Wie kann ich helfen?«, fragt das Häschen und stemmt sein sanftes Pfötchen in die Hüfte.

Jesus überwindet seine anfängliche Verwunderung über dieses seltsame Wesen und ein offenherziges Lächeln erscheint auf seinem Gesicht.

Mit tränenunterlaufenen Augen, die ihm offensichtlich die Sicht auf die Realität verschleiern, lächelt Jesus das Häschen dankbar an.

Voller Demut offenbart Jesus sein Anliegen gegenüber der neu entdeckten Spezies.

»Oh, du liebliches und seltsames Wesen. Es ist schön, dich kennenzulernen. Wir möchten zu dem Menschen namens Maché. Erfülle unseren Wunsch, und du wirst unsere ewige Dankbarkeit gewiss sein.«

Der Tod, der nach der anfänglichen Verwunderung natürlich sofort erkannte, dass Bernhardt in dem Kostüm steckt, schüttelt nur ungläubig den Kopf über Jesus' Verwirrung.

»Häschen, wo bist du? Du bist dran!«, ruft eine Stimme von hinten aus dem Apartment.

»Wir haben Gäste, Hörnchen!«, ruft das Häschen lautstark zurück ins Zimmer.

Jesus lauscht gespannt den näherkommenden, schlurfenden Schritten. Plötzlich taucht ein weiteres niedliches Plüschwesen hinter der Ecke auf, diesmal in Form eines braunen Eichhörnchens mit entzückend großen Augen und einem buschigen Schwanz.

Das Eichhörnchen bleibt überrascht stehen, als es den Erlöser am Boden des Eingangs erblickt.

»Es gibt mehr von euch?«, fragt Jesus verwundert.

Der Tod schüttelt erneut nur ungläubig den Kopf.

Das Eichhörnchen streckt freudig seine Pfoten in die Höhe und ruft laut aus:

»Jesus!«

Maché in dem Kostüm ist so erleichtert, den Sohn Gottes zu sehen, dass er aufgeregt auf ihn zustürmt.

»Es kennt mich«, lächelt Jesus verträumt vor sich hin.

Im nächsten Moment wird er zu seiner eigenen Verblüffung von den weichen Armen des Eichhörnchens fest umschlungen.

»Ich bin so froh, dich zu sehen«, sagt das Eichhörnchen erleichtert.

»Auch ich bin froh, dich zu sehen. Was seid ihr doch für entzückende Wesen«, erwidert Jesus und streichelt beruhigend über den weichen Kopf des Tieres.

Maché nimmt den Plüschkopf ab und klemmt ihn unter seinen Arm. Jesus ist sichtlich peinlich berührt über die Offensichtlichkeit der Verkleidung und senkt enttäuscht den Kopf.

»Oh, du bist es.«

Besorgt betrachtet Maché den völlig aufgelösten Erlöser vor sich.

»Natürlich bin ich es, wer sollte es sonst sein? Wir haben nur Twister mit verschärften Spielregeln gespielt«, erklärt Maché.

Aus Jesus bricht seine ganze Verzweiflung heraus:

»Ich weiß es nicht. Ich weiß im Moment überhaupt nichts mehr! Alles, was vorher Sinn ergab, ergibt nun keinen mehr. Ich bin am Ende!«

Voller Kummer fällt er schluchzend in die weichen Plüscharme des Eichhörnchens.

»Um dich muss es ja wirklich schlecht stehen. Komm«, sagt Maché verständnisvoll.

Flankiert vom netten Häschen und dem besorgten Eichhörnchen wird Jesus an der Hand gehalten und ins Innere der Wohnung geführt.

Kapitel 26

Der Auserwählte, wieder etwas gefasster als zuvor, sitzt mit dem Tod auf der Couch im Wohnzimmer. Maché und Bernhardt sind wieder in normale Kleidung geschlüpft und haben in zwei gegenüberliegenden Stühlen Platz genommen.

»Ich kann ohne sie nicht leben. Sie bedeutet alles für mich«, sagt der Messias niedergeschlagen.

»Du Armer, Liebeskummer ist das Schlimmste!«, fühlt Bernhardt mit ihm mit.

Gespalten zwischen Verständnis und gleichzeitigem Vorbehalt, räuspert sich Maché verlegen.

»Es tut mir leid. Ich habe doch gesagt, dass ist keine gute Idee, gerade in deiner speziellen Situation.«

Jesus nickt schuldbewusst.

»Ich weiß, es bleibt nicht mehr viel Zeit. Aber gerade deswegen brauche ich deine Hilfe.«

Maché windet sich unbehaglich auf dem Stuhl.

»Ich weiß nicht so recht. Es ist ohnehin schon alles so kompliziert.«

Doch Bernhardt, der eindeutig vernünftigere Teil in der Beziehung, fährt ihn empört an:

»Wie kannst du bloß so etwas sagen! Natürlich wirst du ihm helfen!«

Mit einem verständnisvollen Lächeln bekräftigt er seine Worte gegenüber dem Heiland:

»Du kannst auf uns zählen. Gemeinsam schaffen wir das schon.«

Jesus lächelt erleichtert.

»Danke, das bedeutet mir wirklich viel.«

Maché, der sich natürlich über das gesamte Bild der Situation im Klaren ist, murrt vor sich hin:

»Die Sache ist nicht so einfach, wie es aussieht.«

Wie sollte Bernhardt auch wissen, dass im wahrsten Sinne des Wortes die Zeit für den Erlöser abläuft und noch schlimmer, die Zeit für die gesamte Menschheit.

Bernhard blickt Maché eindringlich an und appelliert mit sanfter Stimme an die Vernunft seines Gegenübers:

»Hörnchen.«

Maché erwidert den Blick eisern und kontert voller Entschlossenheit:

»Häschen.«

Wie zwei Samurai, jeweils bewaffnet mit einem tödlichen Katana, stehen sie sich geistig zum Kampf gegenüber. Kampferprobt und den Gegner kennend, entfacht ein Duell, das nur mit reiner Willenskraft und konzentriertem Blick entschieden werden kann.

Jesus, der kurz aus seinem Kummer gerissen wird, reibt sich aufgeregt die Hände. Er lehnt sich zum Tod hinüber und flüstert ihm begeistert zu:

»Jetzt wird es spannend - ein Duell um Leben und Tod. Möge der Bessere gewinnen.«

Der Tod, der höchstens mit seinen eigenen Persönlichkeiten zu kämpfen hat, hebt nur fragend eine Augenbraue. Schließlich müsste er es ja wissen, wenn jetzt jemand sterben würde.

Mit zusammengekniffenen Augen und voller Nachdruck greift Bernhardt an:

»Hörnchen!«

Gleichzeitig erfolgt von seinem geistigen Samurai ein gezielter Frontalhieb mit seiner tödlichen Waffe.

Machés Samurai weicht geschickt aus und pariert die Attacke mit seinem Katana:

»Häschen!«

Der Blick von Bernhardt steigert sich an Intensität, während er mit zusammengebissenen Zähnen fordert:

»Hörnchen!«

Eine schnelle Abfolge von präzisen Schwerthieben prasselt auf Machés Samurai nieder und zwingt ihn zum stetigen Rückzug. Verzweifelt versucht er die Schläge, mit einem »Häschen!« abzuwehren.

Die Blicke von Jesus wandern gespannt zwischen den beiden Kontrahenten hin und her, während der Tod desinteressiert ins Leere starrt.

Der geistige Schlagabtausch geht erbarmungslos weiter. Willensstark und mit felsenfestem Blick ruft Bernhardt entschlossen durch die Wohnung:

»Hörnchen!«

Bernhardts Samurai kennt keine Gnade und stürmt auf seinen Gegner zu. Mit unerbittlicher Härte führt er immer wieder schnelle und präzise Schläge aus, während die Funken durch das brutale Aufeinandertreffen der Schwerter sprühen.

Machés Samurai wird kontinuierlich zurückgedrängt, während er verzweifelt versucht, die tödlichen Schwerthiebe abzuwehren. Doch gegen die Kampffertigkeiten und unbeirrbare Entschlossenheit seines Kontrahenten ist er chancenlos. Mit einem verzweifelten Blick fleht er um Gnade:

»Häschen?«

Erschöpft sackt Machés geistiger Samurai auf die Knie und senkt niedergeschlagen sein Haupt. Doch Häschen kennt kein Erbarmen.

Jesus beobachtet gespannt das Zusammenzucken von Machés Augenliedern. Aufgeregt flüstert er zum gelangweilten Tod neben ihm:

»Jetzt kommt der Take-Down!«

Bernhardts geistiger Samurai hebt beidhändig das Schwert über den Kopf, bereit für den finalen Schlag. Er ruft seinen Kampfschrei so laut heraus, dass der Tod auf der Couch überrascht aufschreckt:

»Hörnchen!«

Mit einem Zischen durchschneidet die Klinge die Luft, bevor sie mit tödlicher Präzision ihr Ziel trifft.

Das Haupt des besiegten Samurais fliegt in einem hohen Bogen durch die Luft und landet unsanft mit einem Klatschen auf dem Boden.

Mit gesenktem Kopf gibt sich Maché auf der Couch geschlagen.

»Also gut, wir helfen dir.«

Jesus ballt erfreut die Faust.

»Yes! Ich wusste, ich kann auf dich zählen!«

»Aber nur unter einer Bedingung«, verlangt Maché.

Er schaut unsicher zwischen Jesus und Bernhardt hin und her, auf der Suche nach den richtigen Worten, um das Geheimnis vor seinem Liebsten nicht preiszugeben.

Kryptisch beginnt er seine Bedingung zu stellen:

»Damit du nicht weißt, was vernichtet wird, musst du, du weißt schon was tun, wenn die Zeit dafür gekommen ist. Versprich es!«

Jesus und der Tod schauen sich kurz verdutzt an, bevor sie die Bedeutung der Worte erfassen.

»Ich verstehe, was du meinst«, antwortet Jesus mit einem Augenzwinkern und hebt die Hand zum Schwur.

»Ich werde das eine tun, um das andere zu vermeiden. Ich verspreche es.«

Der Tod atmet erleichtert auf und fasst sachlich zusammen:

»Dann ist ja alles geregelt. Jesus stirbt, die Menschheit wird nicht ausgelöscht, ich habe meinen Auftrag erfüllt, und alle sind glücklich.«

Die Augen von Bernhardt weiten sich voller Entsetzen, während Maché sein Gesicht fassungslos in die Hände sinken lässt.

»Wie bitte?!«, will Bernhardt wissen.

Jesus lächelt peinlich berührt über Machés Fehler.

»Du hast es ihm nicht gesagt, oder?«

Dem Tod entfährt nur ein beschämtes: »Ups.«

Bernhardt fährt Maché wütend an:

»Du sagst mir jetzt sofort, was das Gerede vom Ende der Menschheit bedeutet!«

Maché windet sich unbehaglich, bevor er langsam zu erzählen beginnt:

»Kannst du dich erinnern, als ich dich einmal nachts aufgeweckt habe und dich fragte, was du tun würdest, wenn die gesamte Menschheit untergehen würde?«

Bernhardt verzieht skeptisch das Gesicht.

»Ja, eine rein hypothetische Frage«, antwortet er.

Mit einem gezwungenen Lächeln erklärt Maché weiter:

»Nun, es ist nicht rein hypothetisch. Entweder Jesus opfert sich für die Menschheit, oder wir werden ausgelöscht. Die Apokalypse wird hereinbrechen und alles vernichten.«

Maché zeigt auf den Tod gegenüber und vervollständigt seine Ausführungen.

»Das ist übrigens der wahrhaftige Tod, der den Auftrag dazu bekommen hat.«

Bernhardt kann nicht glauben, was er hört.

»Das ist doch alles ein Scherz!«

Ungläubig blickt er zu Jesus und dem Tod auf der Couch, auf der Suche nach Bestätigung. Doch als Antwort erhält er nur das stumme, synchrone Kopfschütteln von beiden, was zeigt, dass alles bitterer Ernst ist.

»Ich verstehe nicht, wie du mir das nicht sagen konntest! Es gibt noch so viele Dinge, die ich tun und erleben möchte«, beschwert sich Bernhardt.

»Du sagtest, du würdest nichts ändern wollen und einfach nur glücklich sterben«, versucht sich Maché kleinlaut zu rechtfertigen.

Wenn Blicke töten könnten, wäre dies der Moment, in dem Maché nicht nur im Geiste sterben würde, sondern auch in der Realität.

Bernhardt steht wütend auf und murmelt zornig vor sich hin:

»Das hat noch Konsequenzen. Ich brauche jetzt einen Drink.«

Maché ruft ihm besänftigend hinterher:

»Es tut mir leid, Häschen!«

Mit erhobenem Kopf verlässt Bernhardt den Raum und beendet zornig das Thema.

»Das Häschen ist gestorben!«

Nachdem alles geklärt ist und das Versprechen steht, faltet Jesus nachdenklich seine Hände.

»Wir brauchen einen Plan«, sagt er in die Runde und ist offen für Vorschläge.

Maché lässt sich ratlos zurückfallen.

»Ich kenne Maya gut genug, um zu wissen, dass es nicht einfach sein wird.«

»Es muss doch etwas geben, das sie besonders mag. Du kennst sie am besten«, fragt Jesus weiter.

Maché wird sich bewusst, wie wenig er eigentlich über seine Assistentin weiß, und kratzt sich verlegen am Hinterkopf.

»Ich wünschte, ich hätte mehr zugehört, wenn sie spricht. Vielleicht könntest du ihr schöne Blumen schenken«, schlägt er vor.

Jesus erinnert sich an das letzte Mal, als er Maya mit Blumen überraschen wollte und eine riesige Spinne heraussprang.

»Blumen haben beim letzten Mal nicht so gut funktioniert«, antwortet er und verwirft schnell die Idee.

Auch der Tod versucht einen Beitrag zu leisten:

»Vielleicht eine Vase?«

Jesus ignoriert den gutgemeinten Vorschlag und hat plötzlich eine eigene Idee. Begeistert springt er von der Couch auf.

»Ich weiß, wie wir es machen können!«

Aufgeregt geht er im Raum auf und ab, während sein Plan im Kopf Gestalt annimmt.

Voller Enthusiasmus offenbart er sein Vorhaben:

»Es wird eine Spezialoperation der Superlative sein, bei der jeder Schritt bis ins kleinste Detail geplant sein muss. Mit der Präzision eines Uhrwerks werden alle Teile perfekt ineinandergreifen. Dieser Plan wird das Meisterwerk aller Meisterwerke sein!«

Die beiden anderen sind wie angesteckt von der neu gefundenen Euphorie und hören gespannt zu. Mit ausgestreckten Armen ruft Jesus laut in den Raum:

»Gentlemen, ich präsentiere den Plan!«

Begeistert beginnt er im Raum Runden zu drehen, während er die beiden in seinen Plan einweiht:

»Aletheia und Justitia locken Maya unter dem Vorwand von Leben und Tod aus ihrer Wohnung. Sobald Maya draußen ist, wird Amor ihr eine Doppelladung Liebespfeile verpassen. Nicht, dass sie es nötig hätte, aber zur Sicherheit. Sie wird liebestrunken einen Pfad von Blütenblättern entlangwandeln, den Hermes für sie vorbereitet hat. Hades wird mit seinem Dreizack ein funkelndes Feuerwerk am Himmel entfachen, das sie in Staunen versetzt. Und dann, wie durch einen Zufall, tauche ich auf. Unsere Blicke werden sich treffen, und wir werden uns in die Arme fallen. Wir sind wieder zusammen, und unserem Glück steht nichts mehr im Weg.«

Mit einem siegessicheren Lächeln und den Händen stolz in die Hüfte gestemmt, beendet Jesus seinen Plan.

Der Tod, der auch gerne mitwirken möchte und noch keine Aufgabe übertragen bekommen hat, fragt engagiert:

»Was soll ich tun?«

Jesus legt ihm motivierend eine Hand auf die Schulter.

»Du tust das, was du am besten kannst - du bleibst im Hintergrund und beobachtest alles aufmerksam. Wenn du etwas Ungewöhnliches bemerkst, gibst du sofort mir oder Maché Bescheid.«

Der Tod, degradiert zu einer reinen Statistenrolle, lässt enttäuscht seine Schultern sinken. Er würde zu gerne mehr Verantwortung übernehmen und zeigen, was alles in ihm steckt.

Jesus, der die Niedergeschlagenheit des Todes erkennt, lächelt ihn aufmunternd an.

»Keine Sorge, dein Moment zu strahlen wird sicherlich noch kommen.«

Mit erhobenem Haupt und seinem Blick in die Ferne gerichtet, verkündet der Auserwählte feierlich:

»Es wird kein leichtes Spiel sein, meine Herren. Aber genau in diesem Moment werden wir über uns hinauswachsen und bereit sein, unserem Schicksal entgegenzutreten. Es ist der Moment, auf den wir alle so hart hingearbeitet haben, um letztendlich zu triumphieren.«

Jesus lächelt zufrieden, während die anderen beiden seinen Enthusiasmus für den zweifelhaften Plan nicht mehr teilen können.

Bernhardt, der am Türrahmen lehnt und ein Glas Cognac in der Hand hält, räuspert sich und sofort richten sich alle Blicke auf ihn.

»Männer und ihre Pläne«, schnaubt er verächtlich.

»Warum gehst du nicht einfach zu ihr, Schätzchen?«

Die anderen drei schauen sich kurz verdutzt an. Nach einer kurzen Überlegung gibt Jesus zögerlich zu:

»Ich denke, das könnte auch funktionieren, obwohl mir mein Plan besser gefallen hat.«

Kapitel 27

Jesus, Maché, Bernhardt und der Tod stehen hintereinander aufgereiht auf den Stufen vor Mayas Wohnung. Maché wirft einen Blick um die Ecke, um die Lage zu sondieren.

»Ok, die Luft ist rein - du bist dran«, sagt er zu Jesus und klopft ihm zuversichtlich auf die Schulter und zieht ihn am Arm nach vorne.

Zögerlich verlässt Jesus sein sicheres Versteck, während die anderen zurückbleiben und ihn mit ermutigenden Gesten anspornen. Mit langsamen Schritten und sichtlich nervös tritt er vor die Tür von Mayas Apartment.

Er hebt seine Hand, um anzuklopfen, hält jedoch im letzten Moment inne.

Unsicher blickt er zu den anderen, die gespannt um die Ecke alles mitbeobachten. Maché und Bernhardt ermutigen Jesus mit energischen Gesten, weiterzumachen.

Jesus macht sich bereit, erneut an die Tür zu klopfen, doch auch dieses Mal schafft er es nicht.

»Was ist, wenn sie mir nicht verzeiht?«, seufzt er laut auf und senkt entmutigt wieder seine Hand.

Der Tod, der gerade ein Déjà-vu erlebt, grummelt entnervt vor sich hin:

»Nicht schon wieder.«

Mit gesenktem Kopf tritt Jesus seinen Rückzug an und kehrt zu den anderen zurück.

»Was ist denn los?«, fragt Maché.

»Ich glaube, es war keine gute Idee herzukommen. Wir sollten lieber bei meinem Plan bleiben«, versucht sich Jesus herauszureden und will sich an ihnen vorbeidrängen.

Entschlossen packt Maché seinen Arm.

»Hier zu sein, ist der Plan!«

Die Verzweiflung steht Jesus ins Gesicht geschrieben.

»Ich weiß, aber ich schaffe es einfach nicht. Könntest du vielleicht...?«, sagt er zögerlich.

Maché, der anscheinend alles auf sich nehmen muss, entlässt einen tiefen Seufzer, um seinen Unmut darüber zum Ausdruck zu bringen.

»Also gut, ich mache es. Je schneller wir das hinter uns bringen, desto besser. Anscheinend habe ich sowieso keine andere Wahl«, sagt er resigniert.

Er schaut zu Bernhardt, der ihm ein bestätigendes Luftbussi zuschickt.

»Danke, du bist der Beste!«, sagt Jesus erleichtert und klopft ihm anerkennend auf die Schulter.

Jesus und Maché tauschen die Position am Treppenabsatz, und alles ist bereit für einen neuen Versuch.

Maché klopft an die Tür, die erst nach einer gefühlten Ewigkeit endlich geöffnet wird.

Maya, im Trainingsanzug und mit zerzaustem Haar, erscheint niedergeschlagen im Türrahmen. Ihre geröteten, von Tränen verquollenen Augen blicken lethargisch zu Maché.

»Oh, du bist es«, sagt sie etwas enttäuscht.

»Hallo Maya, ich war gerade in der Gegend und dachte, du könntest etwas Gesellschaft gebrauchen«, sagt Maché wie auswendig gelernt.

Als hätte sie jemand anderen als ihren Arbeitgeber erwartet, schaut Maya links und rechts den Gang entlang, kann jedoch bedauerlicherweise niemand anderen entdecken.

»Du kannst reinkommen«, antwortet sie kraftlos und verschwindet zurück in die Wohnung.

Bevor Maché ihr in die Wohnung folgt, zeigt er zwei Daumen nach oben, die von Jesus erfreut erwidert werden.

In der Wohnung herrscht absolutes Chaos und steht im klaren Widerspruch zu der sonst so gut organisierten und disziplinierten Person, die sie davor war.

Überall zeugen wild verteilte Pizzakartons und Eisbecher von ihrer schweren Trübsal. Niedergeschlagen lässt sie sich auf das Sofa fallen, das regelrecht von benutzten Taschentüchern überquillt.

Maché zerbricht es das Herz, sie inmitten des Unrats und Mülls so zu sehen.

»Wie geht es dir?«, fragt er mitfühlend.

Er kennt die Antwort jedoch selbst nur zu gut. Obwohl die Liebe so viel Gutes bringen kann, kann sie auch gleichzeitig der Quell von unsagbarem Schmerz sein.

»Mir geht es gut«, belügt sie sich selbst.

Dabei fischt sie ein altes Pizzastück hinter einem Polster hervor und beißt gedankenverloren hinein.

Maché unterdrückt seinen Ekel darüber und holt sich stattdessen einen Stuhl heran, der von einem Haufen alten Liebesfilmen übergeht.

Mit einem Scheppern befördert er beiläufig die Filme auf den Boden, setzt sich ihr gegenüber und beginnt zaghaft zu reden:

»Ich wollte mit dir über Jesus reden.«

Die bloße Erwähnung des Geliebten lässt gleich wieder Tränen in ihren geröteten Augen aufsteigen, und sie beginnt laut zu weinen.

Hastig versucht Maché sie zu beruhigen:

»Schon gut, schon gut. Wir finden bestimmt eine Lösung.«

Mit triefender Nase und dicken Tränen, die ihre Wange herunter rinnen, schluchzt sie verzweifelt vor sich hin:

»Er bedeutet mir so viel! Ich kann mir mein Leben ohne ihn nicht mehr vorstellen. Am liebsten würde ich sterben.«

Maché reicht ihr hilfsbereit ein frisches Taschentuch und ist voller Zuversicht.

»Jesus geht es sicher genauso wie dir. Abgesehen von dem Sterben.«

Maya schnäuzt sich ohrenbetäubend in das Taschentuch, und ein Funken Hoffnung regt sich in ihrer von Liebe geplagten Seele.

»Meinst du wirklich? Bedeute ich ihm wirklich so viel?«

Aus völliger Überzeugung und gleichzeitigem Wissen, dass es so ist, lächelt er sie an.

»Bestimmt, ich bin mir sicher. Du bedeutest ihm sogar mehr als die ganze Menschheit zusammen und darüber hinaus. Die Welt könnte untergehen, und es wäre ihm egal, solange er mit dir zusammen sein kann. Für dich würde er einfach alles tun.«

In Gedanken verloren an ihre Liebe reicht Maya das volle Taschentuch zurück an Maché, der es sofort angewidert auf den Boden fallen lässt.

Wieder neuen Mutes lächelt sie ihn an.

»Du hast bestimmt recht. Wir sind einfach füreinander geschaffen.«

Maché ist hin- und hergerissen zwischen seinen Gefühlen. Er würde ihr so gerne die ganze Wahrheit über ihren Seelenverwandten erzählen. Doch die sichere Gewissheit, dass das Liebesglück der beiden ohnehin nur von kurzer Dauer sein kann, ist zu traurig für ihn.

Zögerlich sucht er nach den richtigen Worten, um dennoch das Richtige zu tun.

»Apropos Jesus, ich glaube, es gibt etwas, das du über ihn wissen musst.«

Sie schaut ihn mit großen, gutherzigen Augen an.

Er möchte ihr alles über Jesus und den Plan erzählen, doch er bringt es einfach nicht übers Herz. Die Enttäuschung für sie wäre zu groß, und nicht zuletzt ist er an seinen Schwur an Jesus gebunden.

Resignierend lässt er das Thema auf sich beruhen.

»Vergiss es, es ist nicht so wichtig.«

Zu aufgewühlt, um ruhig sitzen zu bleiben, rutscht sie unbehaglich auf dem großen Sofa hin und her.

»Ich weiß nicht einmal, wo er ist oder was er macht. Er könnte Gott weiß wo sein, und ich würde es niemals erfahren.«

Maché lächelt ihr zuversichtlich zu.

»Ich bin mir sicher, er ist bereits auf der Suche nach dir. Er ist vielleicht schon näher, als du denkst.«

Voller aufblühender Hoffnung greift sie nach seiner Hand.

»Ich wünschte, du hättest Recht.«

In diesem Moment fliegt die Tür zur Wohnung auf und Jesus steht mit ausgebreiteten Armen im Zimmer. Er blickt sie an und ruft voller Dramatik:

»Ich bin hier, mein Ein und Alles!«

Maya kann ihren Augen kaum glauben und springt voller Freude auf. Mit Tränen der Glückseligkeit laufen die beiden aufeinander zu und fallen sich gegenseitig in die Arme.

Voller Erleichterung flüstert der Auserwählte ihr zu:

»Es tut mir leid. Ich verspreche, alles wird wieder gut werden.«

Maya schluchzt glücklich in seinen Armen auf.

»Hauptsache, wir sind wieder zusammen.«

Auch der Tod und Bernhardt sind inzwischen hereingekommen und sind Zeugen der wiedergefundenen Innigkeit.

Bei dem Anblick der zwei Verliebten, wie sie eng umschlungen dastehen und wieder in ihrer Liebe vereint sind, lassen Maché und Bernhardt erleichtert aufseufzen.

Auch der Tod muss sich eingestehen, dass er sich trotz aller ausgelösten Komplikationen für die beiden Wiedergefundenen freut. Er verspürt dabei eine gewisse Erleichterung und auch Sicherheit, dass sich vielleicht doch noch alles zum Guten wenden wird.

Zur Überraschung von allen Beteiligten kniet sich Jesus plötzlich vor Maya nieder. Mit einem strahlenden Lächeln stellt er die Frage aller Fragen:

»Willst du meine Frau werden?«

Er präsentiert einen Diamantring von atemberaubender Größe und Klarheit, sodass Bernhardt und Maché gleichzeitig überwältigt tief Luft holen müssen.

Maya kann kaum begreifen, was gerade geschieht. Sprachlos und berührt blickt sie zu den anderen.

Maché und Bernhardt, die ihre Fassung wiedergewonnen haben, sehen die Verlobung als keine gute Idee an und schütteln vehement den Kopf.

Der Tod beobachtet alles mit einer ausdruckslosen Miene, während sich vor seinem inneren Auge die Apokalypse aus seiner Vision abspielt.

Missmutig murmelt er vor sich hin:
»Es hätte alles so einfach sein können.«

»Ja, ich will!«, ruft Maya überglücklich.

Jesus erhebt sich voller Freude und steckt behutsam den Ring an ihren Finger.

»Vereint bis in alle Ewigkeit«, verkündet er feierlich.

Zur Besiegelung ihrer Verlobung küssen sie sich voller Zärtlichkeit und Liebe. Der Kuss dauert so lange, dass die anderen drei betreten und peinlich berührt herumschauen.

Nach einer gefühlten Ewigkeit des Schweigens, begleitet von Kussgeräuschen, findet der Liebesaustausch schließlich sein Ende, zur Erleichterung der anderen.

Bernhardt ist der Erste, der zu ihnen kommt, um ihnen zu gratulieren.

»Ich wünsche euch von ganzem Herzen nur das Beste«, sagt er und umarmt das frisch verlobte Paar herzlich.

Auch Maché überwindet seine anfängliche Skepsis und gratuliert ihnen zu ihrem gemeinsamen Glück.

»Alles Gute, und ich freue mich für euch. Ihr zwei seid wirklich ein tolles Paar.«

Der Tod streckt Maya förmlich zur Gratulation seine Hand entgegen.

»Gratuliere - glaube ich zumindest.«

Obwohl Maya den Tod nur als einen unbekannten, schweigsamen Begleiter von Maché und Jesus kennt, gibt sie ihm eine herzliche Umarmung, die mit sichtlicher Genugtuung entgegengenommen wird.

Nachdem sich der erste Trubel um die Verlobung gelegt hat, klatscht Jesus motiviert in die Hände und verkündet gut gelaunt in die Runde:

»Wir haben keine Zeit zu verlieren! Wir haben noch viel vor uns.«

Alle blicken fragend auf den Messias.

»Haben wir noch etwas vor?«, fragt Maya verwundert.

Sie kann natürlich nicht wissen, dass Jesus unter einem gewissen Zeitdruck steht.

Jesus schaut sich kontrollierend in der verschmutzten Wohnung um.

»Wir sind uns hoffentlich einig, dass die Hochzeit auf keinen Fall hier stattfinden kann. Das wirst du doch verstehen, mein Engel«, erklärt er.

Maya blickt ihn überrascht an.

»Glaubst du nicht, dass du etwas überhastet reagierst? Wir haben doch alle Zeit der Welt. Das Thema haben wir bereits auf der Insel besprochen.«

Doch Jesus lässt sich davon nicht abhalten.

»Aber mein Schatz, es ist mein größter Traum, und ich kann es nicht mehr erwarten. Jeder soll wissen, dass wir für immer zusammengehören!«

Auch Maché, Bernhardt und der Tod bekunden hastig ihre Zustimmung zur schnellen Hochzeit.

»Je schneller, desto besser. Es wäre schade um jeden Moment, an dem ihr nicht verheiratet seid«, sagt Maché überzeugt.

»Es gibt keinen besseren Zeitpunkt für eure Liebe, Schätzchen«, fügt Bernhardt hinzu.

Der Tod gibt sein Bestes, um zuzustimmen:

»Erledigt, ist erledigt.«

Angesichts dieser Unterstützung von allen Seiten kann Maya einfach nicht widersprechen. Mit einem freudigen Lächeln stimmt sie zu.

»In Ordnung, lass es uns tun. Was hast du dir vorgestellt?«

Jesus, der bereits eine klare Vorstellung von der Hochzeit im Kopf hat, reißt erfreut seine beiden Arme in die Höhe.

»Zurück nach Paris!«

Kapitel 28

Die kleine Gruppe von Hochzeitsgästen hat sich auf der Dachterrasse des Museums eingefunden. Inmitten dieser kleinen Oase steht das Brautpaar im goldenen Sonnenschein bereit, sich gegenseitig das ewige Versprechen zu geben.

Die Braut trägt ein blütenweißes Hochzeitskleid, das von schlichter Eleganz nur so erstrahlt.

Der Bräutigam erscheint in einem eleganten schwarzen Anzug, der in Würde und Ausstrahlung in nichts nachsteht.

Auch Maché und Bernhardt haben sich für diesen besonderen Anlass schön herausgeputzt. Nicht zuletzt haben die beiden die überraschende Auszeichnung erhalten, als Trauzeugen für Maya zu fungieren. Sie stehen in ihren rosa Anzügen, die sich zum Verwechseln ähnlich sehen, gewissenhaft hinter ihr.

Der Tod, ebenfalls in einem schwarzen Maßanzug gekleidet, übernimmt die verantwortungsvolle Aufgabe, als Trauzeuge für Jesus einzuspringen.

»Ich kann immer noch nicht glauben, dass wir das wirklich machen«, flüstert Maya aufgeregt zu Jesus.

»Wo hast du all diese Leute gefunden?«

Sie blickt hinter sich und sieht das grinsende Gesicht der Obdachlosen, die sich mit ihren Freunden das Ereignis auf keinen Fall entgehen lassen wollten.

Jesus lässt glücklich seinen Blick über die Anwesenden schweifen.

»Menschen, die mir im Leben wichtig sind.«

Claudé, der junge Protegé von Jesus und aufstrebende Regisseur, sowie erfolgreicher Absolvent eines Onlinekurses für Eheschließungen, hat die große Ehre erhalten, die Zeremonie durchzuführen. Mit erhobener Stimme beginnt er den festlichen Akt:

»Durch die Kraft des mir verliehenen Zertifikats von Wedding.com haben wir uns heute hier versammelt, um Jesus und Maya in den heiligen Bund der Ehe zu führen.«

Das junge Brautpaar reicht sich in tiefer Verbundenheit die Hände.

Claudé lässt seinen Blick über die Anwesenden schweifen und stellt mit feierlicher Andacht die Frage:

»Hat jemand Einwände gegen diese Verbindung vorzubringen? Wenn ja, so möge er jetzt sprechen oder für immer schweigen.«

Bei diesen Worten wechseln Maché und Bernhardt besorgte Blicke, und auch der Tod fühlt ein gewisses Unbehagen in sich aufsteigen. Aber die drei würden die Letzten sein, die den langersehnten Traum von Jesus platzen lassen wollen.

Feierlich besiegelt Claudé die Zeremonie:

»Hiermit ernenne ich euch zu Mann und Frau!«

Heftiger Applaus ertönt, und alle Anwesenden jubeln laut auf. Die Obdachlosen werfen rote Blütenblätter in die Luft, während weiße Tauben die kleine Oase umkreisen.

Wie durch Zufall erklingen in diesem Moment die Glocken von Notre-Dame und verkünden das Glück der Frischvermählten.

Jesus und Maya fallen sich innig in die Arme und küssen sich voller Liebe.

Unter einem erschienenen Regenbogen im harmonischen Schein der untergehenden Sonne besiegeln die beiden ihren gemeinsamen Bund fürs Leben.

Kapitel 29

Alle Festgäste versammeln sich nach der Trauung zu einem gemeinsamen Abendessen, um die Hochzeit ausgiebig zu feiern. Der prachtvolle Saal ist mit einer langen Tafel geschmückt, auf der unzählige Kerzen und schlichte Blumendekorationen arrangiert sind. Die frisch Vermählten sitzen in der Mitte, umgeben von ihren Gästen.

Jesus breitet seine Arme aus und allmählich kehrt Ruhe im Saal ein.

»Ich danke euch für euer Kommen, meine Freunde. Ich kann mir nichts Schöneres vorstellen, als diesen besonderen Tag mit euch zu verbringen. Es ist wahrlich ein Traum für mich, der in Erfüllung gegangen ist. Ich hätte niemals gedacht, dass ich in diesem Leben noch meine ewige Liebe finden werde.«

»Gottes Wege sind wirklich unergründlich!«, ruft die ehemals blinde Obdachlose laut und erntet damit Lachen von allen Seiten.

»Da hast du recht«, stimmt Jesus mit einem Lächeln zu.

Er schaut verliebt zu Maya neben sich.

»Obwohl Gottes Wege unergründlich sind, hat er uns zusammengeführt und bewiesen, dass Liebe keine Grenzen kennt. Ich könnte mir nichts Schöneres vorstellen.«

Jesus erhebt sein Glas, um anzustoßen.

»Lasst uns dankbar für diesen besonderen Moment sein und unsere Gläser erheben. Santé!«

»Santé!«, rufen alle laut zurück.

Nach einem ausgiebigen Schluck verkündet Jesus mit einem Klatschen den Beginn des Abendmahls.

»Genug der Worte, lasst uns beginnen!«

Als Antwort erhält er lautes und begeistertes Jubeln von den Gästen.

Die Türen des Saales öffnen sich gleichzeitig und eine Flut von Kellnern in schwarzen Anzügen strömt herein.

Unter dem lauten Jubel der Anwesenden bringen sie auf riesigen Tableaus die auserlesensten Delikatessen und Gaumenfreuden, die den Raum mit herrlichem Duft erfüllen.

Beim Anblick der Kellner, die hoch erhobenen Hauptes in einer Reihe gehen, muss der Tod amüsiert an aufmarschierende Pinguine denken. Nacheinander servieren sie pflichtbewusst die mitgebrachten Delikatessen und machen dann Platz für den nächsten in der Reihe.

»Haut rein!«, gibt Jesus den Startschuss für das Festmahl.

Das lassen sich die Festgäste nicht zweimal sagen und greifen beherzt zu. Ohne Rücksicht auf Etikette und Manieren beginnt der Gaumenschmaus der Superlative.

Wie eine ausgehungerte Meute werfen sie sich gierig auf die auserlesenen Köstlichkeiten und geben sich zügellos ihren Essgelüsten hin.

Es wird viel gelacht, geredet, ebenso viel getrunken und die Gäste verbringen wahrlich die beste Zeit auf Erden miteinander.

Jesus lässt mit Genugtuung und einem zufriedenen Lächeln seinen Blick über die Anwesenden wandern, die diesen besonderen Moment mit ihm teilen.

Er beobachtet seine Geliebte, wie sie laut lachend von dem geheilten Obdachlosen, unter dem Klatschen der anderen, übers Tanzparkett gewirbelt wird.

Bernhardt und Maché genießen ihre Zweisamkeit, und selbst der Tod scheint sich auf seine eigene Art zu amüsieren.

Er sitzt still, ein wenig abseits der anderen, und wippt sein Bein im Takt der Musik mit.

Mit einem tiefen Atemzug nimmt Jesus regelrecht die positive Energie in sich auf, die von Harmonie und Glückseligkeit nur so erfüllt ist.

Maya ist von dem vielen Tanzen bereits so erschöpft, dass sie unter dem Protest ihres Tanzpartners, der scheinbar über unerschöpfliche Energie verfügt, eine kurze Pause benötigt.

Die ehemals blinde Obdachlose winkt Maya zu sich, und sie nimmt dankbar das Angebot an. Außer Atem lässt sich Maya neben ihr in den Stuhl fallen.

Mit einem breiten Lächeln, das ihre nicht makellosen Zähne zum Vorschein bringt, tätschelt die Obdachlose freundschaftlich ihre Hand.

»Ich freue mich für euch beide, du und Jesus seid wirklich füreinander geschaffen.«

»Ich bin froh, dass er solche Freunde hat wie dich«, antwortet Maya und erwidert aufrichtig das Lächeln.

Die Obdachlose zuckt gelassen mit den Schultern, als wäre es das Natürlichste auf der Welt.

»Was soll ich sagen, ich war vom ersten Moment an von ihm begeistert. Es gibt nicht viele wie ihn. Glaub mir, ich kenne mich mit Menschen aus.«

Maya seufzt vor Glück und ist selbst überrascht, wie sich ihr Leben so schnell verändert hat.

»Ich weiß erst jetzt, was mir im Leben gefehlt hat. Noch vor Kurzem wusste ich nicht einmal, was es bedeutet zu lieben, geschweige denn in einer Beziehung zu sein. Im nächsten Moment bin ich verlobt und verheiratet und stehe an der Seite eines Mannes, mit dem ich den Rest meines Lebens verbringen werde.«

Die beiden Frauen blicken zu dem Auserwählten, der gerade mit den anderen Obdachlosen lachend herumalbert und wie so oft im Mittelpunkt steht.

»Ich kann es kaum erwarten, welche Überraschungen noch auf uns warten!«, lacht Maya scherzhaft.

Mit einem fast schon traurigen Blick nimmt die Obdachlose Mayas Hand und lächelt sie liebevoll an.

»Egal was auch in eurer Zukunft passieren mag, ich wünsche euch von ganzem Herzen nur das Beste. Auf meine Unterstützung könnt ihr auf jeden Fall zählen – egal was kommt!«

Überwältigt von den lieben und ehrlichen Worten, umarmt Maya die Obdachlose herzlich.

»Danke, das bedeutet mir sehr viel.«

»Du musst es ihr sagen! Wenn du es nicht machst, dann tue ich es«, sagt Bernhardt aufgebracht zu Maché.

Unter der falschen Annahme von Jesus herrscht zwischen den beiden keine friedliche Zweisamkeit, sondern angespannte Zwietracht.

»Ich weiß, aber ich habe Jesus versprochen, nichts zu sagen. Sie wird es sicher verkraften«, antwortet Maché, sichtlich in seinen Gefühlen hin- und hergerissen.

»Falls auch nur noch ein Funken von menschlichem Mitgefühl in dir steckt, dann musst du es ihr sagen. Schon schlimm genug, dass du es mir nicht gesagt hast.«

Bernhardt verschränkt beleidigt seine Arme zur Bestätigung. Maché lässt niedergeschlagen den Kopf hängen und seufzt laut auf.

»Ich wünschte bloß, ich müsste es nicht tun.«

Während sich Maché weiterhin mit Bernhardt und nicht zuletzt mit seinem eigenen Gewissen auseinandersetzt, bemerkt der Tod abseits von alldem nichts.

Er ist selbst tief in seiner eigenen trüben Gedankenwelt versunken, die von Zweifel und Chaos dominiert wird.

In entgegengesetzter Annahme von Jesus wippt er sein Bein nicht aus guter Laune zum Takt der Musik mit, sondern zu dem chaotischen, quälenden Pochen, das seinem schlechten Gewissen entspringt. Sein linkes Auge beginnt durch die Anspannung nervös zu zucken.

Er muss seinen Auftrag endlich erfüllen, so verlangt es seine Pflicht und Ehre als Hüter des Jenseits. Doch er hat es satt, immer nur der ausführende Handlanger zu sein.

Haben Jesus und er es nicht auch verdient, ihr Leben selbst zu bestimmen und zu entscheiden, was richtig für sie ist?

Zwischen Mitgefühl für den Sohn Gottes und Pflichtbewusstsein hin und hergerissen, dreht sich alles wild in seinem Kopf herum, und er steht kurz vor einem totalen Nervenzusammenbruch. Sein linkes Auge beginnt nervös zu zucken.

Andere Persönlichkeiten seines Selbst beginnen sich zu manifestieren und fangen an, im Durcheinander wild auf ihn einzureden.

Ein kleiner Tod, der auf seiner Schulter erschienen ist, faucht ihm boshaft ins Ohr:

»Du bist ein Versager, der nicht einmal die kleinsten Dinge schafft!«

Eine andere Version von ihm lugt hinter einem Wasserkrug hervor und feuert die nächste Beschuldigung auf ihn ab:

»Auf dich ist niemals Verlass!«

Sofort kommt eine weitere Anklage zischend unter dem Tisch hervor:

»Tu, was du willst, aber entscheide dich endlich!«

Der Tod kann gar nicht so schnell schauen, da kommt schon die nächste Erniedrigung von seinem Selbst, das hinter einem Vorhang hervortritt.

»Ein schlechteres Vorbild für deine Töchter kann es nicht geben!«

»Du bist ein Niemand!«, ruft ein kleiner Tod wütend vom Kronleuchter herab.

Immer weitere Persönlichkeiten erscheinen an den verschiedensten Plätzen im Raum und feuern ihre Kritik auf den hilflosen Tod ab.

Wie unaufhörliche Einschläge prasseln die Klagen und Anschuldigungen immer weiter auf ihn herab. Es ist endgültig zu viel für ihn, und verzweifelt greift er sich an den Kopf, um die Stimmen endlich verstummen zu lassen.

Panisch ruft er von seinem Stuhl auf:

»Haltet alle eure Klappe! Jesus wird sterben, und damit Schluss!«

Alle Anwesenden blicken schockiert auf den Tod, der ihnen verdutzt entgegenblickt. Schuldbewusst und gleichzeitig verärgert, dass er das Geheimnis laut ausgesprochen hat, murmelt er enttäuscht vor sich hin:

»Das war ja klar. Warum muss mir so etwas immer passieren?«

Jesus zeigt anklagend auf den Tod.

»Du hast versprochen zu schweigen!«

Maché, der in Wirklichkeit froh darüber ist, dass er es Maya nicht erzählen musste, stellt sich bestärkend hinter den Hüter des Jenseits.

»Sie hat ein Recht darauf, es zu erfahren«, sagt er fest entschlossen und legt bekräftigend seine Hand auf die Schulter des niedergeschlagenen Todes vor sich.

Der noch kurz zuvor wütende Blick von Jesus weicht einer tiefen Enttäuschung und einem zutiefst traurigen Eingeständnis, dass er jetzt keine andere Wahl hat, als alles zu beichten.

Maya kommt besorgt auf Jesus zu.

»Wovon reden die beiden? Was heißt, du musst sterben?«

Jesus nimmt ihre Hand, schafft es jedoch nicht, ihr ins Gesicht zu blicken. Zu groß sind seine Schuldgefühle, als dass er antworten könnte.

Sie blickt ihn voller Verzweiflung an, nicht imstande, es wahrzuhaben und doch gleichzeitig wissend, dass es der Wahrheit entspricht.

»Du musst nicht sterben. Sag mir bitte, dass das nicht wahr ist!«, fleht sie ihn an.

Jesus möchte ihr alles sagen, aber seine Kehle ist wie zugeschnürt, und er ist nicht in der Lage, auch nur ein einziges Wort hervorzubringen.

»Sag doch etwas!«, schreit sie ihn an und beginnt mit tränenden Augen auf ihn einzuschlagen.

»Sag, dass das eine Lüge ist!«

Jesus, der die Hiebe willenlos über sich ergehen lässt, würde ihr nur zu gerne sagen, dass alles nur eine große Lüge ist, doch zu seinem Leid kann er das nicht.

»Es stimmt«, sagt er stattdessen mit schwacher Stimme. Maya, die es nicht akzeptieren kann und auch nicht will, weicht verstört einige Schritte von ihm zurück.

»Nein, das glaube ich nicht!«

»Nur so kann ich dich und alle anderen retten. Ich wünschte, es gäbe einen anderen Weg«, versucht er verzweifelt zu erklären.

Beschwichtigend macht er einen Schritt auf sie zu. Doch sie weicht weiter von ihm zurück. Es ist, als ob sie den Menschen vor sich nicht mehr kennen würde.

»Wie kannst du mir das antun? Unsere gemeinsame Liebe, unser Versprechen, das ganze Leben miteinander zu verbringen - es ist alles nur eine verdammte Lüge!«

»Die Gefühle zwischen uns sind echt - wir sind echt«, beteuert Jesus mit tränenden Augen.

Doch es ist zu spät. Er spürt, wie sie ihm immer weiter entgleitet, hinab in die Tiefe von Wehmut und Enttäuschung, die nur ein gebrochenes Herz mit sich bringen kann.

»Bitte vergib mir«, fleht er sie verzweifelt an.

Doch der Verrat an ihr und ihrer gemeinsamen Liebe ist für sie zu schmerzhaft, als dass sie ihm das verzeihen könnte.

Wütend schreit sie ihm ins Gesicht:

»Ich will dich nie mehr sehen!«

Von ihren Gefühlen übermannt, läuft sie weinend aus dem Saal heraus, gefolgt von Bernhardt, der ihr besorgt hinterhereilt.

Jesus bleibt mit hängendem Kopf zurück, inmitten der sprachlosen Gäste. Maché ist der Erste, der auf ihn zukommt.

»Es tut mir leid«, sagt er ein wenig schuldbewusst.

Jesus lächelt wehmütig und voller Verständnis für die missliche Lage seines menschlichen Begleiters.

»Es ist nicht deine Schuld, mein Freund.«

Im nächsten Moment verhärtet sich seine Miene. Voller Zorn blickt er auf den Tod, der noch immer auf seinem Platz dahinschmachtet.

»Es ist einzig und allein seine Schuld!«

Die strafenden Blicke von Jesus bohren sich wie glühende Metallspitzen in das ohnehin schon schlechte Gewissen des Todes.

Enttäuscht über sich selbst und das Leid, das er verursacht hat, sackt er noch weiter in sich zusammen.

»Es tut mir leid«, sagt er kleinlaut.

Mit einem tiefen Seufzer fügt er selbstanklagend hinzu:

»Ich wünschte, ich wäre nicht immer so emotional!«

Doch jetzt ist es Jesus, der nicht verzeihen kann. Anstatt den Tod von seinem Fehler zu erlösen, wendet er sich enttäuscht von ihm ab. Ohne ihn auch nur mit einem Blick zu würdigen, lässt er ihn seine ganze Kälte spüren.

»Verschwinde aus meinen Augen. Du bist hier nicht mehr erwünscht.«

Maché schaut entsetzt auf Jesus und dann auf den bemitleidenswerten Tod, der wie versteinert dasitzt.

Erst nach einem kurzen Schockmoment erhebt sich der Hüter des Jenseits schwerfällig. Als letzter Hoffnungsschimmer blickt er hilfesuchend zu Maché, doch auch dieser ist von der gesamten Situation gänzlich überfordert und weiß nicht, wie er helfen kann.

Der Tod lässt enttäuscht seine Schultern hängen. Im nächsten Moment manifestiert sich vor ihm ein goldenes Portal, in das er ohne ein weiteres Wort zu verlieren verschwindet, und nur noch den leeren Stuhl zurücklässt.

Kapitel 30

Maya befindet sich mit Bernhardt in ihrem Hotelzimmer in Paris. Er hat ihr gerade die ganze Wahrheit über Jesus erzählt und welches Schicksal droht, falls sich ihr frisch Angetrauter nicht für die Menschheit opfert.

Mit verschmiertem Make-up, das dicke schwarze Tränen des Kummers auf ihrem weißen Brautkleid hinterlässt, schluchzt sie laut vor sich hin:

»Ich kann das Ganze nicht glauben. Bis jetzt dachte ich, Gott sei nur ein altes Märchen, damit sich die Menschen mit ihrem miserablen Leben nicht ganz so schlecht fühlen.«

Bernhardt winkt ab und ist selbst noch fassungslos.

»Schätzchen, ich habe es auch nicht glauben wollen!«

Immer mehr spürt sie, wie Übelkeit in ihr aufsteigt.

»Alles dreht sich um mich«, sagt sie überfordert.

Im nächsten Moment überkommt es sie und sie springt hastig auf. Bernhardt muss mit gewissem Ekel mitanhören, wie sie sich ausgiebig im Badezimmer übergibt.

»Alles in Ordnung?«, ruft er besorgt vom Sofa ins Badezimmer.

Maya kehrt sichtlich erleichtert wieder ins Zimmer zurück.

»Mir ist bloß in letzter Zeit ein wenig übel, alles bestens«, sagt sie beschwichtigend.

Mit einer besorgten Ahnung zieht er skeptisch eine Augenbraue hoch.

»Ich hoffe, wir haben hier kein Problem.«

Maché ist währenddessen in ganz Paris unterwegs auf der Suche nach dem verlorenen Sohn Gottes, der wie der Tod ebenfalls spurlos verschwunden ist.

Dabei sucht er jeden erdenklichen Ort auf, an dem sich der Ausreißer befinden könnte. Er durchstreift den Park bei dem kleinen Springbrunnen, wo er mit Maya stundenlang im Kreis gelaufen ist, das Café, wo sie in den Genuss von den Riesencafés kamen, und den Club, wo sie sich zum ersten Mal kennengelernt haben. Aber egal wo er auch hinkommt, seine Suche bleibt vergebens.

Selbst Claudé, Traupfarrer und engster Schützling von Jesus, hat ihn seit dem letzten Abendmahl nicht mehr zu Gesicht bekommen.

Maché fällt nur noch eine letzte Möglichkeit ein, wo er sich befinden könnte, und macht sich mit schnellen Schritten auf den Weg.

Kapitel 31

Der Tod sitzt kraftlos auf seinem großen Sofa zu Hause und ist völlig am Boden zerstört. Die drei Schicksalsschwestern haben ihn in ihre Mitte genommen und hören verständnisvoll seinem Leiden zu.

Selbst seine Töchter haben sich vorübergehend von ihrem Pfad der Verwüstung zurückgezogen und lauschen dem Klagelied andächtig vom Boden aus.

»Es ist, als würde mich das Unglück verfolgen. Die erfolgreiche Erfüllung meines Auftrags scheint noch weiter entfernt zu sein als je zuvor. Die letzte Chance auf Erfolg ist endgültig dahin.«

In einem seltenen Redeschwall lässt er seinen ganzen Kummer herausströmen.

»Und zu allem Überfluss habe ich etwas getan, von dem ich dachte, ich wäre niemals dazu fähig. Ich habe das Geheimnis von Jesus preisgegeben. Zugegeben, es war ungewollt, aber solche Fehler dürfen einfach nicht passieren!«

Die Niederlage eingestehend, senkt er deprimiert den Kopf.

»Gott hat gewonnen.«

Gloria, die rothaarige Schönheit, streicht bedauernd durch sein Haar.

»Du wirst bestimmt das Richtige tun. Vertraue auf dich selbst und den großen Plan«, sagt sie unterstützend.

»Wir glauben an dich. Wer, wenn nicht du?«, fügt Alexa mit aufrichtigem Lächeln hinzu.

Auch die erste Schwester, Lea, beugt sich zum Tod und streicht ihm liebevoll über die Wange.

»Egal, welche Entscheidung du auch treffen wirst, es wird die Richtige sein«, sagt sie voller Vertrauen in ihn.

Die unterstützenden Worte seiner drei Lieben sind wie Balsam für seine Seele.

Doch nur kurz nach einem flüchtigen Moment der Zufriedenheit lässt seine Skepsis gegenüber einem möglichen glücklichen Leben ihn wieder auf den harten Boden der Realität stürzen.

Misstrauisch verengt der Tod seine Augen.

»Was geht hier vor?«

Die drei Schwestern spielen überrascht.

»Es ist nichts los. Wir wollen dir nur Mut machen«, sagt Gloria und dreht nervös ihre roten Locken.

»Ist es nicht erlaubt, einfach an dich zu glauben?«, rechtfertigt sich Alexa.

»Egal, was auch geschieht, die Hauptsache ist, dass du eine Entscheidung triffst und danach handelst«, sagt Lea ermutigend und lächelt den Tod wehmütig an.

Der Tod schöpft neuen Mut und strafft seine Haltung.

»Ihr habt recht, ich werde es zu Ende bringen.«

Mit nach vorne gerichtetem Blick und erhobenem Haupt erhebt er sich selbstsicher vom Sofa. Mit entschlossenen Schritten durchquert er das Zimmer, begleitet von den Ermutigungen der drei Schwestern.

»Hol ihn dir!«, befeuert ihn Alexa.

»Viel Glück!«, motiviert Gloria ihn, während Lea die Entschlossenheit des Todes mit einem einfachen, aber umso wertschätzenderen Kopfnicken würdigt.

Voller Stolz und Selbstvertrauen geht der Tod seiner Bestimmung entgegen. Ohne ein weiteres Wort zu verlieren, verschwindet er hinter der Tür zum Schlafzimmer.

Die drei Schwestern blicken sich besorgt an.

»Glaubst du, er wird seinen Weg finden?«, fragt Alexa die älteste Schwester.

»Manche Dinge stehen selbst für uns nur in den Sternen«, antwortet Lea unsicher.

Kaum hat sich die Tür hinter dem Tod geschlossen, lässt er niedergeschlagen seine Schultern hängen, und sein zuvor stolz strahlendes Gesicht fällt in sich zusammen.

Trübselig murmelt er vor sich hin:

»Es ist alles nur ein großer Betrug. Ich wünschte, es gäbe einen anderen Weg.«

Sein Blick fällt auf einen langen Speer, der auf dem Bett neben einem schwarzen Anzug drapiert wurde, zusammen mit einer Nachricht von den drei Schwestern.

»Für den Fall der Fälle. Küsse!«

Daneben sitzt seine langjährige Gefährtin Fieps, die ihn mit ihren roten Knopfaugen traurig ansieht. Sie würde zu gerne seinen Kummer auf sich nehmen und ihm Linderung verschaffen, aber leider ist sie dazu nicht in der Lage.

Alles, was ihr bleibt, ist ein leises, verständnisvolles Piepsen.

Mit einem Blick der Verzweiflung und dem sicheren Wissen, dass es nur auf eine Art enden kann, betrachtet der Tod grimmig sein Spiegelbild. Dieses nickt ihm voller Entschlossenheit zu.

»Es muss getan werden, was getan werden muss.«

Kapitel 32

Jesus sitzt mit der Obdachlosen im Park neben dem kleinen Rinnsal am Boden und ist völlig am Boden zerstört.

»Wie soll es jemals gut werden, wenn mein Schicksal bereits von Geburt an besiegelt ist? Es ist, als ob mein Leben eine ewige Sackgasse ist, aus der es kein Entkommen gibt. Ich bin es leid, wie ein kleines Kind behandelt zu werden und das bis in alle Ewigkeit!«, beschwert er sich.

Die Obdachlose seufzt wissend neben ihm.

»Ich denke, wir alle haben unsere Rollen im Leben zu spielen, egal ob als Mutter oder Kind.«

»Es klingt so, als würdest du aus Erfahrung sprechen?«, fragt Jesus, dem der traurige Blick der Obdachlosen nicht entgangen ist.

Die Obdachlose lächelt ihn wehmütig an.

»Nur als Elternteil weiß man, welche Freuden und Glück ein Kind bedeutet, aber auch wie viel Kummer, Sorgen und Verantwortung damit einhergehen. Egal wie man es macht, man macht es falsch.«

»Ich wünschte mir nur, dass Maya und ich noch einen kostbaren Moment der bedingungslosen Liebe teilen könnten, bevor alles zu Ende geht.«

»Nach all deinen unzähligen Opfern hättest du es mehr als verdient«, spricht die Obdachlose ihm gut zu.

Mit langsamen Bewegungen beginnt sie ihre wenigen Habseligkeiten zusammenzupacken.

»Du gehst schon?«, fragt er enttäuscht.

»Sollte wirklich alles bald zu Ende gehen, muss ich noch einige Dinge richtigstellen. Ich werde in Gedanken bei dir sein.«

Sie erhebt sich langsam und ist bereit für den Aufbruch. Bevor sie geht, dreht sie sich noch einmal zu Jesus um und gibt ihm einen abschließenden Rat mit auf den Weg:

»Ich weiß, dass deine Zeit begrenzt ist und dass du vor schwierigen Entscheidungen stehst. Aber denke daran, dass die Liebe immer einen Weg findet. Halte an der Hoffnung fest und vertraue darauf, dass das Universum für dich sorgen wird. Vertraue in den Plan, auch wenn er für dich nicht immer klar ersichtlich ist. Alles wird sich fügen, wie es bestimmt ist, und du wirst den Frieden finden, den du so lange schon ersehnst. Denk immer daran, die Liebe ist die stärkste Kraft im Universum. Du wirst bestimmt die richtige Entscheidung treffen. Ich bin überzeugt davon!«

Jesus nickt bei diesen Worten, die für ihn so fern und unerreichbar scheinen.

Die Obdachlose verabschiedet sich mit einem traurigen und herzlichen Lächeln zugleich.

»Lebe wohl, mein Kind.«

Ohne ein weiteres Wort zu verlieren, wendet sie sich ab und macht sich auf ihren Weg.

Jesus lässt trübselig seinen Kopf hängen und murmelt niedergeschlagen mehr zu sich selbst als zur Obdachlosen:

»Bis in alle Ewigkeit.«

Enttäuscht und alleingelassen, verfällt Jesus in ein herzzerreißendes Schluchzen. Tränen der absoluten Ausweglosigkeit spülen dabei die letzten Reste der übrig gebliebenen Hoffnung aus ihm heraus.

Kapitel 33

Die Abendröte hat die Stadt bereits in ihr warmes Licht getaucht und kündigt die kommende Nacht an. Mit jedem Schritt, den Maché im Park voranschreitet, weicht das Licht dem Schatten, und langsam nimmt die Dunkelheit ihren Platz in der Welt ein.

Dann ist es endlich soweit und er entdeckt Jesus unterhalb der kleinen Brücke.

»Hallo Jesus«, begrüßt er ihn. »Wir haben uns schon alle Sorgen um dich gemacht.«

Ohne aufzublicken fragt der Auserwählte ohne Umschweife:

»Bist du gekommen, damit ich meine Pflicht erfülle?«

»Ich weiß nicht genau, warum ich gekommen bin«, antwortet Maché unsicher.

»Ich möchte einfach nur, dass alles wieder gut wird. Es muss doch eine andere Möglichkeit geben, um alles aufzuhalten. Es gibt immer noch eine letzte Hoffnung.«

Jesus blickt ihn voller Wehmut an.

»Gott wird die Menschheit nicht selbst vernichten. Die Würfel sind schon lange gefallen, und seitdem nehmen die Dinge ihren Lauf. Jedes Tun oder Handeln führt immer zum selben Ergebnis. Aber wenn man nichts macht, passiert auch nichts.«

»Aber es muss doch etwas getan werden. Wo ist sonst der Sinn in dem Ganzen? Es darf einfach nicht so enden!«, sagt Maché verzweifelt.

Jesus hebt seinen Kopf und blickt sein Gegenüber ernst an.

»Jeder versucht etwas aus sich zu machen und Dinge zu erschaffen, um den vermeintlichen Sinn im Leben zu finden. Sich aus der Masse hervorzuheben und die Welt nach den eigenen Vorstellungen zu formen, ist das höchste Ansinnen, um die Einzigartigkeit seines Selbst zu behaupten. Dabei werden auf ihrem Weg die Menschen, die dieses Spiel nicht mitspielen, belächelt und ausgestoßen. Traurige Einzelschicksale, die nicht fähig sind, in der Gesellschaft zu bestehen - so wie ich«, sagt Jesus und lacht verbittert auf.

»Geblendet von ihrer eigenen Brillanz und fest überzeugt von der vermeintlichen einzigen Wahrheit, bemerken die Menschen nicht einmal, dass sie selbst Teil der großen Masse geworden sind, aus der sie sich ihr ganzes Leben lang hervorstechen wollten.«

Jesus lächelt Maché traurig an.

»Dabei habt ihr bereits alles. Egal ob Himmel oder Hölle auf Erden, ihr seid der Liebe Gottes gewiss. Was immer ihr auch macht oder welchem Ansinnen ihr trachtet, ihr könnt auf die unendliche Liebe Gottes vertrauen – ihr seid das Wichtigste.«

»Ich bin mir sicher, Gott liebt dich genauso und noch viel mehr«, versucht Maché ihn zu beschwichtigen.

Jesus lässt enttäuscht seinen Kopf hängen.

»Wenn Gott mich wirklich lieben würde, könnte ich in Frieden leben. Aber der Plan steht seit Anbeginn fest, und ich bin nur ein unbedeutender Protagonist, gefangen im großen Spiel des Lebens und des ewigen Todes.«

Doch Maché kann dies nicht akzeptieren und appelliert weiter an die Gefühle seines Gegenübers.

»Was ist mit Maya und all den Menschen, die auf dich zählen? Was ist aus deiner Liebe geworden?«

Jesus antwortet mit einem starr nach vorn gerichteten Blick:

»Die Liebe hat alles nur noch schlimmer gemacht. Selbst sie hat mich verlassen.«

Der Gedanke an seine große und einzig wahre Liebe fügt ihm unsagbar qualvolle Schmerzen zu, die er nicht länger ertragen kann.

»Es war ein Fehler«, bereut er seine Gefühle.

Von einem Augenblick auf den anderen erlischt die Liebe in ihm, und eine dunkle Leere breitet sich in ihm aus. Mit der Liebe erlischt auch die letzte Hoffnung, und das einst ewige Licht seiner Seele verdunkelt sich für immer. Jesus driftet ab, sein Blick kalt und abwesend, während er immer tiefer in die düstere Seite seines Selbst versinkt und sämtliche Emotionen hinter sich lässt.

»Es ist, wie es ist«, sagt er monoton.

Maché kann es nicht akzeptieren, zu viel steht auf dem Spiel, als dass er es einfach hinnehmen könnte. Er fühlt sich von Jesus zutiefst enttäuscht, nachdem er ihm sein vollstes Vertrauen geschenkt hat.

Mit tränenden Augen brüllt er den Erlöser an:

»Das kann ich nicht zulassen! Zu viel hängt davon ab! Die Menschheit darf nicht so enden.«

Jesus hebt seinen Kopf und blickt seinen Freund tief in die Augen.

»Du musst tun, was du tun musst. Ich für meinen Teil bleibe hier und mache absolut gar nichts.«

Jesus schenkt ihm ein letztes trauriges Lächeln, bevor sein Blick sich wieder in seiner düsteren Gedankenwelt verliert.

»Das heißt, das war es? All der Kummer und die Sorge, nur um es so enden zu lassen?«, sagt Maché, am Boden zerstört.

»Leb wohl, mein Freund«, antwortet Jesus, ohne aufzublicken.

Die finalen und unumstößlichen Worte bringen endgültig die letzte Hoffnung, auf ein glückliches Ende, zum versiegen. An dessen Stelle, breitet sich eine nüchterne Welle der Resignation in Maché aus.

»Ich wünschte, ich könnte dasselbe zu dir sagen«, sagt er und wendet sich voller Enttäuschung ab.

Ohne nochmals nach hinten zu blicken, lässt Maché den vermeintlichen Erlöser in seinem Trübsal alleine zurück.

Unüblich für die warme Jahreszeit zieht ein kalter Wind auf, und dunkle Wolken verdecken die letzten einfallenden Sonnenstrahlen.

Welke Rosenblüten wehen über den kleinen Pfad vor Maché, und erst jetzt bemerkt er die abgestorbenen Rosenbüsche am Rand, die noch vor Kurzem in voller Blütenpracht erstrahlten.

Er streicht leicht über eine letzte übrig gebliebene Blüte, die sofort bei der ersten Berührung zu Staub zerfällt. Entzogen von jeglichem Leben rieseln die letzten Überreste auf den Boden nieder.

Der beklemmende Ruf eines Raben lässt ihn nervös aufblicken. Unzählige schwarze Vögel haben sich in den Ästen der Bäume versammelt und sitzen still da. Ihre schwarzen, kalten Augen scheinen dabei jede seiner Bewegungen zu verfolgen.

Er spürt, wie ihre starren Blicke immer weiter in ihn vordringen und sogar die tiefsten Geheimnisse seiner Seele offenbaren.

Er ist nicht bereit, sein Leben und das seiner Familie aufzugeben. Zu sehr hat er sich an das Leben gewöhnt, als dass er es jetzt schon loslassen könnte.

Es ist, als ob Jesus schon vorher gewusst hätte, was nun zu tun ist, bevor es ihm selbst bewusst wurde.

Mit zugeschnürter Kehle und voller Unbehagen über seine bevorstehende Pflicht macht sich Maché auf den Weg zu den anderen.

Kapitel 34

Maché betritt das Hotelzimmer, in dem Maya und Bernhardt bereits angespannt auf ihn warten. Doch der traurige Blick des Zurückgekehrten lässt ihre Hoffnung sofort schwinden. Zögerlich und niedergeschlagen teilt er den anderen seine Erkenntnisse mit:

»Es tut mir leid, aber ich fürchte, Jesus ist nicht mehr derselbe.«

Bei diesen Worten vergräbt Maya schluchzend ihr Gesicht in ihren Händen, während Bernhardt sie mitfühlend umarmt und ihr tröstende Worte zuspricht:

»Mach dir keine Sorgen, wir werden das schon schaffen.«

Doch der Zuspruch schafft es nicht, zu ihr durchzudringen. Zu groß ist ihr Schmerz und die aussichtslose Lage, als dass sie seinen Worten Glauben schenken könnte.

»Als wäre ohnehin nicht schon alles schlimm genug, jetzt auch noch das!«, klagt sie laut über ihr Leid.

Bernhardt deutet mit einer Kopfbewegung zu Maché, dass sie ein Gespräch unter vier Augen führen sollten.

Die beiden stehen in dem kleinen Zimmer, ein wenig abseits. Maché betrachtet die am Boden zerstörte Maya und seufzt mitfühlend:

»Arme Maya, die Liebe ist nicht einfach.«

Bernhardt hebt vielsagend die Augenbrauen.

»Die Liebe ist nicht das Einzige. Sie hat etwas von ihrem Inselausflug mit Jesus mitgebracht.«

»Ist sie krank? Hat sie sich einen Virus eingefangen?«, fragt Maché besorgt.

Flüsternd enthüllt Bernhardt das Geheimnis:
»Kein Virus, aber ein Baby.«
Sein Gegenüber reißt überrascht den Mund auf.
»Nein!«
»Doch!«
»Nein!«, kommt es ein letztes Mal ungläubig zurück.
Bernhardt hält stumm den Schwangerschaftstest als Beweis hoch.
Maché blickt entsetzt auf Maya, die erbarmungsvoll weint.
»Das ist wunderbar und furchtbar zugleich!«, ruft er schockiert.
»Ich kann euch hören!«, schluchzt Maya von der Couch herüber.
Maché geht zu ihr, beugt sich herunter und nimmt ihre Hände. Voller Zuversicht spricht er ihr Mut zu:
»Wir schaffen das schon. Die Welt ist noch nicht untergegangen.«
Sie blickt ihn mit tränenunterlaufenen Augen an, aus denen jegliche Hoffnung entwichen ist.
»Wie soll es jemals gut werden können?«
Maché erkennt, dass es nur noch eine Möglichkeit gibt, wie ihnen noch geholfen werden kann. Es bleibt ihm keine andere Wahl, als den Tod um Unterstützung zu bitten, damit er seinen Auftrag ein für alle Mal zu Ende bringt.
Der Hüter des Jenseits ist nun die letzte Hoffnung für die Menschheit und insbesondere für das ungeborene Kind von Maya und dem Auserwählten.

Maché steht alleine im Badezimmer und schaut entschlossen in den Spiegel.
»Tod, wo auch immer du bist, wir brauchen deine Hilfe. Wenn es jemanden gibt, der uns jetzt noch helfen kann, dann bist du es«, versucht er den Hüter des Jenseits herbeizurufen.

Doch alles, was er im Spiegel sieht, ist sein eigener verzweifelter Anblick, der ihm trostlos entgegenstarrt.

Enttäuscht senkt er den Kopf.

»Das wäre wohl zu einfach gewesen«, murmelt er niedergeschlagen.

In seinen Gedanken versunken dreht er sich um und läuft direkt in den Tod hinein, der hinter ihm erschienen ist.

Ohne Umschweife fragt der Tod erwartungsvoll:

»Gibt es Neuigkeiten? Konntest du Jesus finden?«

Maché war noch nie so erleichtert, den Tod zu sehen, und umarmt ihn überschwänglich. Der Tod lässt die unerwartete Begrüßung mit gewisser Genugtuung über sich ergehen.

Nachdem sich Maché wieder gefasst hat, beginnt er zu reden:

»Ich mache mir große Sorgen um Jesus. Er hat sich auf eine negative Art und Weise verändert. Es ist, als ob er zu jemand anderem geworden wäre. Es scheint, als hätte er jegliche Menschlichkeit verloren und noch schlimmer ist, dass er sich nicht mehr für die Menschheit opfern will.«

Besorgt über diese Neuigkeiten, dass sich seine Befürchtungen doch bewahrheiten, murmelt der Tod aufgeregt vor sich hin:

»Dann ist die Zeit gekommen, und die Prophezeiung beginnt sich zu erfüllen.«

»Selbst Maya gegenüber war er nicht gut gesinnt, die übrigens sein Kind in sich trägt«, bringt Maché den Hüter des Jenseits auf den neuesten Stand der Dinge.

Der Tod reißt überrascht die Augen auf, nur um kurz darauf wieder in besorgten Gedanken zu versinken.

»Die Blutlinie wird weitergegeben, und trotzdem droht die Apokalypse. Das ergibt alles keinen Sinn!«, zweifelt er die große Ordnung an.

Maché schaut ihn voller Überzeugung an, mit der Gewissheit, dass es jetzt nur noch eine Möglichkeit gibt:

»Du musst es zu Ende bringen, für unser aller Schicksal.«
Mit gesenktem Blick fügt er kleinlaut hinzu:
»Und ich weiß, wo er sich befindet.«

Der Tod, der die Bürde des Verrats in Machés Augen erkennt, legt tröstend seine Hand auf dessen Schulter.

»Es muss getan werden, was getan werden muss«, sagt er traurig, obwohl es ihm genauso schwerfällt wie seinem menschlichen Gegenüber.

Kapitel 35

Der Tod befindet sich mit den anderen Problemfällen bei der Gruppentherapie von Professor Freud. Die anderen Götter beobachten den Tod, wie er nervös im Kreis läuft und unverständlich vor sich hinmurmelt.

Professor Freud rückt seine Brille zurecht und fordert den Tod behutsam auf:

»Was bedrückt dich, mein Junge? Lass uns an deinen Gedanken teilhaben.«

Der Tod bleibt stehen und hält sich mit beiden Händen den Kopf, als ob dies helfen könnte, um nicht in tausend Stücke zu zerbersten.

In einem Schwall bricht es schlagartig aus ihm heraus: »Ich bringe es einfach nicht übers Herz! Weder ich noch Jesus haben das verdient. Wie kann das Richtige sich so falsch anfühlen!?«

Voller Verzweiflung und mit einem flehenden Blick zu den anderen offenbart er seine weiteren Sorgen:

»Selbst wenn ich ihm gegenüberstehe, besitzt er die Kräfte des einzigartigen Erlösers, denen ich alleine nicht gewachsen bin. Wenn mir jetzt noch jemand helfen kann, dann seid ihr es. Nur mit vereinter Hilfe können wir die Menschheit noch retten.«

Doch die Begeisterung, dem Tod bei der Opferung des Heilands zu helfen, hält sich mehr als in Grenzen. Unbehaglich rücken die Götter in ihren Sesseln hin und her und vermeiden dabei mit angestrengter Absicht jeglichen Blickkontakt zu ihm.

Hades, der nicht nur zuletzt Jesus, sondern auch den Tod zu seinen Freunden zählt, kann sich als Erster überwinden.

Er lächelt den Tod mitfühlend an, bevor er zögerlich antwortet:

»Es tut mir leid, aber ich glaube, du bist in dieser Angelegenheit auf dich alleine gestellt.«

Der Hüter des Jenseits lässt enttäuscht seinen Kopf hängen. Aber was hatte er auch erwartet? Diese Bürde wurde allein ihm auferlegt. Der Tod atmet tief ein und akzeptiert das Unausweichliche. Mit entschlossenem Blick grummelt er vor sich hin:

»So sei es.«

Kurzerhand verschwindet er von seinem Platz in einem goldenen Portal und lässt die anderen Götter mit ihrem schlechten Gewissen zurück.

Kapitel 36

Der Tod geht durch den Park auf der Suche nach dem Sohn Gottes, um das Unvermeidbare zu beenden. In seiner Hand trägt er das Werkzeug, in Form des Speers, mit dessen Hilfe er die Prophezeiung aufhalten wird.

Der sonst von Leben sprühende Park, ist zu einer trostlosen Welt verkommen. Die Bäume haben ihre Blätter verloren und das einst grüne Gras, ist zu einem fahlen Grau verblasst. Es ist als ob selbst die Farben von diesem Ort verbannt worden wären.

Nur die Raben wachen über die zurückgebliebene Einöde des einst wundervollen Gartens, aus dem jegliches Leben entwichen ist.

Der Tod erblickt auf der Lichtung Jesus, wie er im Schneidersitz und mit geschlossen Augen dasitzt. Entschlossen ruft der Tod aus einiger Entfernung zu ihm.

»Die Zeit ist gekommen!«

Mit monotoner Stimme und geschlossenen Augen antwortet Jesus, ohne eine Miene zu verziehen:

»Ich sehe, dass Maché getan hat, was er tun musste. Es ist nur ein weiterer Verrat von vielen, der keinen Unterschied mehr macht. Die Entscheidung ist bereits vor langer Zeit gefallen.«

»Lass es uns zu Ende bringen - es ist unsere beider Pflicht!«, ruft der Tod entschlossen zurück.

Zu seiner Überraschung scheint Jesus zu lächeln, jedoch auf eine wahnsinnige Art und Weise, die nichts Gutes verheißt.

Mit einer tiefen, bedrohlichen Stimme, die aus einer anderen Welt zu stammen scheint, brüllt Jesus laut auf:

»Es ist, wie es ist!«

Seine einst von Güte und Liebe strahlenden Augen haben sich zu gleißenden Lichtern des Hasses und des Chaos verwandelt. Ausdruckslos und kalt funkeln sie in Richtung des Todes und lassen keinen Zweifel an seiner Unentschlossenheit.

Der Tod blickt mit gebrochenem Herzen zu Jesus, den er nicht mehr widererkennt. Der Erlöser ist zu einer Kreatur des Bösen verkommen, und das einst ewige, gütige Licht in ihm ist zu einem dunklen Schatten geworden, dessen Zerstörung keine Grenzen kennt.

Mit dröhnender Stimme ruft Jesus in den Himmel:

»Die Prophezeiung wird erfüllt, und ich bin ihr Werkzeug - ich bringe den Ausgleich!«

Zur Bestätigung seiner Worte schießt ein gewaltiger Feuerball aus seinen Händen und rast auf den überraschten Tod zu.

Durch die heftige Explosion wird der Tod wie ein Geschoss nach hinten geschleudert und hinterlässt eine lange Furche am Boden, bevor er schließlich zum Erliegen kommt.

Jesus blickt mit leuchtenden Augen und Genugtuung auf die Schneise der Zerstörung, die er hinterlassen hat. Doch seine Miene verzieht sich in Argwohn, als er seinen Kontrahenten sieht, der sich unbeschadet aus den Rauchschwaden erhebt.

Der Tod stößt entschlossen den Speer neben sich in den Boden und murmelt grimmig vor sich hin:

»Es wird heute enden, egal wie.«

Nun ist es an der Zeit für den Tod, seinen nächsten Zug auf dem Schlachtfeld auszuführen. Mit der Geschwindigkeit eines aufblitzenden Schattens im Licht, stürmt er auf seinen Gegner zu.

Jesus schießt wütend einen Feuerball nach dem anderen auf den angreifenden Tod, doch dieser weicht geschickt jedem Angriff aus.

Die verheerenden Geschosse schlagen stattdessen in den umliegenden Park ein und verwandeln die gesamte Umgebung in ein loderndes Inferno.

Explosionen reißen ganze Stücke der angrenzenden Gebäude heraus, die nur noch als Trümmer und Asche zurückbleiben.

Das entfachte Feuer breitet sich wie eine wildgewordene Bestie von einem Gebäude zum nächsten aus und gewinnt dabei unaufhaltsam an Kraft.

Die Menschen in den Straßen rennen um ihr Leben und fliehen panisch von dem Schauplatz, wo gerade das Schicksal der gesamten Menschheit entschieden wird.

Der Tod schafft es, in die Reichweite von Jesus zu kommen, und stößt erbarmungslos mit dem Speer zu.

Doch Jesus, selbst kein Anfänger in den Kampfkünsten, weicht mit schnellen und geschickten Schritten aus.

Fast schon gelangweilt von den schnellen Attacken des Todes, ballt er seine Faust und holt zum Gegenschlag aus.

Mit der Rückseite seiner Hand trifft er den Hüter des Jenseits so hart, dass dieser weit nach hinten geschleudert wird.

Durch die enorme Wucht des Aufpralls werden die verbliebenen Bäume im Park umgeknickt wie dünne Streichhölzer.

Der Tod rammt den Speer in den Boden, um seine Landung abzubremsen, und kommt wieder aufrecht zum Stehen.

Die beiden tauschen einen unerbittlichen Blick aus, bevor sie gleichzeitig aufeinander zustürmen. Der Aufprall der beiden mächtigen Wesen ist so gewaltig, dass eine explosionsartige Schockwelle sich ausbreitet und alle Fenster der umliegenden Gebäude zerbersten lässt.

Die ersten Videos von diesem epischen Kampf der Götter tauchen in den sozialen Medien auf und verbreiten sich wie ein Lauffeuer über die ganze Welt.
Maya, Maché und Bernhardt starren ebenfalls gebannt auf den Bildschirm in ihrem Hotelzimmer, während draußen am Horizont die Stadt im Chaos versinkt.

Jesus lässt eine schnelle Schlagabfolge auf den Tod niederprasseln, sodass dessen Körper wild unter den Schlägen zusammenzuckt. Der Hüter des Jenseits schiebt den Speer zwischen seine Hände und taucht unter dessen Schlag hindurch, um ihm selbst mit seiner geballten Faust einen Hieb zu versetzen.
Doch auch diesmal gelingt es ihm nicht, die Verteidigung von Jesus zu durchbrechen. Mit einem donnernden Schlag wird er erneut weit nach hinten durch die Luft geschleudert.
Der am Boden liegende Tod hebt seinen Kopf und sieht im nächsten Moment nur noch den gewaltigen Feuerball, der ihn mit voller Wucht trifft.
Der Hüter des Jenseits, bereits deutlich mitgenommen, erhebt sich schwerfällig vom Boden. Sein einst schöner Anzug ist zu einem zerrissenen Fetzen verkommen, genauso wie er selbst, nur noch ein alter Schatten seiner selbst.
Jesus ist zu mächtig, und seine unermesslichen Kräfte übersteigen selbst die des Todes.
Der Bringer der Apokalypse schwebt mit ausgebreiteten Armen in die Höhe, umgeben von einer pulsierenden Kugel aus Feuer.

»Das Leiden hat ein Ende!«, ruft er mit einer tiefen, verzerrten Stimme.

Zur Bestätigung seiner Worte schießt eine weitere Feuerfontäne auf den Tod zu.

Mit letzter Mühe und schwer angeschlagen stemmt sich der Tod gegen die eintreffende Welle der Vernichtung.

Doch der Kampf hat bereits zu stark an seinen Kräften gezehrt und er kann der furchtbaren Kraft nicht länger standhalten.

Während das Feuer immer weiter seine Spuren an seiner unsterblichen Hülle hinterlässt, bricht der Tod auf seine Knie zusammen, ohne dass er der Apokalypse noch etwas entgegenhalten könnte.

In diesem Moment erscheinen um ihn herum goldene Portale, aus denen seine Freunde aus der Gruppentherapie heraustreten. Mit hoch erhobenen Häuptern sind sie fest entschlossen, ihrem Gefährten bei seiner schweren Pflicht beizustehen.

Wieder neue Kraft schöpfend und nicht zuletzt neue Hoffnung, erhebt sich der Tod entschlossen vom Boden.

Doch außer einem kurzen dankbaren Blick für seine Freunde bleibt keine Zeit für ausführliche Begrüßungen.

Justitia, die maskuline Göttin der Gerechtigkeit, stürmt mit lautem Kampfgebrüll und stampfenden Schritten auf Jesus zu, gefolgt von Hades und der grazilen Aletheia. Hermes und das Amor-Baby starten ihre Attacken aus der Luft.

Jesus streicht verächtlich durch die Luft und eine Mauer aus Flammen entsteht um ihn herum.

Justitia lässt ihr schweres Schwert auf den Boden krachen, und die gewaltige Schockwelle schneidet eine Schneise durch die Flammen. Aletheia springt mit erhobenem Schwert über ihren Rücken hinweg, bereit Jesus niederzustrecken.

Doch dieser taucht geschmeidig unter ihr hindurch, packt sie von hinten und schleudert sie erbarmungslos von sich weg.

Justitia nutzt die kurze Ablenkung und schmettert ihr Schwert mit voller Wucht auf ihr Gegenüber herab. Doch zu ihrem Unglauben pariert Jesus den Hieb mit seinem bloßen Unterarm, der die Klinge in unzählige Stücke zerbersten lässt.

Die Göttin der Gerechtigkeit kann kaum so schnell schauen, da wird sie bereits von einem gewaltigen Schlag nach hinten befördert.

Hermes greift Jesus wiederholt aus der Luft an, doch seine Schläge werden jedes Mal von Jesus abgeblockt, während er blitzschnell den Pfeilen des Amor-Babys ausweicht.

Auch die Energiestöße, die Hades unermüdlich von seinem Dreizack abschießt, können Jesus nichts anhaben, dessen Macht alles Bekannte übersteigt.

Genervt, als ob es sich um kleine Insekten handelt, streicht Jesus durch die Luft und entfacht eine gewaltige Feuerwelle, die die Götter in alle Richtungen zurückschleudert.

Erschöpft und schon merklich angeschlagen erheben sie sich wieder vom Boden.

Die Freunde aus der Gruppentherapie blicken sich mutlos über das Schlachtfeld hinweg an. Doch der entschlossene Blick des Todes, das Ganze zu Ende zu bringen, schenkt den anderen neuen Mut.

Sie wären nicht die mächtigen Götter, die sie sind, wenn sie jetzt aufgeben würden.

Zuversichtlich nickt der Hüter des Jenseits seinen Freunden zu, und jeder weiß, dass nun nur noch ihre vereinten Kräfte helfen können.

Hermes, der Götterbote, und das Amor-Baby sind die ersten, die sich entschlossen in die Lüfte erheben und durch das Inferno auf Jesus zufliegen.

Justitia, nur noch bewaffnet mit ihren blanken Fäusten der Gerechtigkeit, läuft stampfend neben der grazilen Aletheia, dicht gefolgt von Hades mit seinem Dreizack.

Gemeinsam mit dem Tod attackieren sie die Kreatur des Bösen von allen Seiten für einen alles entscheidenden Angriff.

Jesus ist es leid, von diesen unwürdigen Gegnern herausgefordert zu werden. Er sammelt seine Energie und entlässt sie in einer gewaltigen Explosion, gegen die niemand etwas entgegenhalten könnte.

Die Götter werden durch die enorme Wucht weit nach hinten geschleudert und von den Flammen der Apokalypse eingehüllt.

Der Tod kann nur verzweifelt miterleben, wie seine Vision zur Realität wird.

Die heiligen Flammen zehren immer mehr an den unsterblichen Hüllen der Götter, deren Bewegungen immer langsamer werden. Er muss mitansehen, wie ein Freund nach dem anderen den apokalyptischen Flammen zum Opfer fällt.

Ihre Bewegungen erstarren immer weiter, bis nur noch reglose Statuen aus schwarzem Stein inmitten des Feuersturms übrigbleiben.

Der Tod ist der Letzte, der den Flammen noch widerstehen kann. Obwohl alles aussichtslos und verloren scheint, ist er noch nicht bereit aufzugeben.

Mit zusammengebissenen Zähnen und der Entschlossenheit eines Ertrinkenden klammert er sich an den letzten Strohhalm der Hoffnung - seine Pflicht.

Er mobilisiert seine letzten verbleibenden Kräfte für einen alles entscheidenden Angriff und mit noch nie dagewesener Geschwindigkeit stürzt sich der Tod auf Jesus zu, den Speer eng an seinen Körper gedrückt.

Jesus kann nur im letzten Moment der tödlichen Speerspitze ausweichen. Immer weiter wird er durch die entschlossenen Angriffe des Todes zurückgedrängt, und es gelingt ihm nur mit großer Mühe, die fließenden Bewegungen abzuwehren.

Der Hüter des Jenseits, geleitet von Zuversicht und Entschlossenheit, dreht sich um seine eigene Achse und lässt den Speer blitzartig hervorschnellen.

Mit einem leichten Hauch kratzt die Klinge über die Wange des Sohnes Gottes. Überrascht und voller Unglauben taumelt Jesus nach hinten. Er streicht über seine Wange und betrachtet fassungslos einen Blutstropfen auf seinem Finger.

Mit einem gewaltigen Schrei der Wut entflammt Jesus zu einer menschlichen Fackel, deren Kraft durch das absolute Chaos genährt wird und nur noch vollkommene Vernichtung kennt.

All die Verzweiflung und Enttäuschung entladen sich in einer einzigen gewaltigen Explosion, mit ihm als ihrem Mittelpunkt. Er ist der Vollstrecker, der die Prophezeiung von der Apokalypse zur Realität werden lässt.

Der Tod wird von der mächtigen Feuerwelle erfasst und durch die enorme Druckwelle weit nach hinten geschleudert, wo er benommen liegen bleibt.

Wie ein tödlicher Ring zieht die vernichtende Explosion ihren Kreis und reißt dabei die letzten verbliebenen Überreste von Leben mit sich.

Maya, Maché und Bernhardt blicken angsterfüllt aus dem Fenster, wo die gewaltige Feuerwelle ungebremst auf sie zurast. Die drei umarmen sich gegenseitig, eng aneinander geschmiegt.

Mit leiser Stimme versucht Maché noch letzte Zuversicht zuzusprechen.

»Habt keine Angst, es ist nur ein Übergang. Auf der anderen Seite erwartet uns der Himmel.«

Eng umklammert schließen sie ihre Augen, bereit, das irdische Leben hinter sich zu lassen. Alles beginnt zu vibrieren, und ein heftiges Dröhnen kündigt das nahende Ende an.

In diesem Moment erscheint im Raum eine goldene Kuppel und noch bevor die Drei richtig reagieren können, werden sie von Händen gepackt und hineingezogen.

Kapitel 37

Es ist alles verloren, und das letzte Aufbegehren gegen das Unausweichliche ist gescheitert. Doch die Opfer seiner Freunde sollen nicht umsonst gewesen sein, und mit seiner letzten Kraft stemmt sich der Tod gegen das wütende Feuer.

Schritt für Schritt kämpft er sich durch den Sturm des Infernos, dessen Flammen sich immer weiter in seine unsterbliche Hülle brennen.

Erschöpft und am Ende seiner Kräfte sackt er vor dem Heiland auf ein Knie zusammen. Mit letzter Mühe hebt er den Speer in seiner Hand und ruft über den tosenden Sturm hinweg:

»Alles muss einmal enden!«

Jesus packt den Tod am Hals, der nichts mehr entgegensetzen kann, und antwortet mit dröhnender Stimme:

»So sei es - Dein Wille geschehe!«

Er ballt seine Faust, bereit für den alles beendenden Schlag.

In diesem Moment materialisiert sich die goldene Kuppel inmitten des brennenden Infernos, und die drei Schicksalsschwestern erscheinen darin.

Wie eine wundervolle Blüte öffnen sie ihre schützenden Arme, und Maya kommt behütet in der Mitte von Maché und Bernhardt zum Vorschein.

Voller Entsetzen blicken die drei Sterblichen auf das Schlachtfeld vor ihnen.

In dem unheilbringenden Sturm des Infernos treffen sich die Blicke von Jesus und Maya, und in diesem Moment scheint die Zeit stillzustehen.

Das Dröhnen des Sturms verklingt zu einem leisen Rauschen, bis nur noch absolute Stille herrscht. Das lodernde Feuer um Jesus erlischt, während der Tod langsam aus seinem Griff entgleitet. Es ist ein Moment, in dem all die Trauer, das Leid und die Verzweiflung, aber auch Reue, Verständnis und vor allem Liebe zwischen den beiden fließen.

Ein Schwall von Gefühlen, die mehr aussagen, als tausend Worte es je vermögen könnten, komprimiert zu einem einzigen Moment der absoluten Klarheit.

Maya scheint für Jesus von innen heraus regelrecht zu erstrahlen, wie es nur eine werdende Mutter vermag.

Die beiden tauschen ein vielsagendes Lächeln aus, das besagt, dass alles gut ist, so wie es ist. Mit der Gewissheit der Absolution seiner Liebe ist Jesus endlich bereit, seine Bestimmung zu erfüllen.

Mit einem Blick, der erneut von Güte und Barmherzigkeit erfüllt ist, fordert er den Tod mit sanfter Stimme auf:

»Die Zeit ist gekommen. Beende es, zum Wohl der gesamten Menschheit.«

Der Tod blickt zu den drei Schicksalsschwestern mit den drei menschlichen Seelen in ihrer Obhut. Obwohl er diesen Moment immer verdrängt hat, ist er doch unausweichlich gekommen. Der Sohn Gottes muss sterben, damit die Menschheit weiterexistieren kann.

Doch einmal in seinem Leben entschließt sich der Hüter des Jenseits, das zu tun, was er für richtig hält, ungeachtet der Konsequenzen.

Er bringt es einfach nicht übers Herz, Jesus ins Jenseits zu befördern. Noch nie zuvor war er sich einer Sache so sicher wie jetzt.

Mit ruhiger Stimme verkündet er selbstbewusst seine Entscheidung:

»Ich werde es nicht tun.«

Jesus hebt bedächtig den Kopf des Todes und lächelt ihm verständnisvoll an.

»Es ist in Ordnung, so wie es ist.«

Er blickt sehnsüchtig ein letztes Mal zu Maya, die alles für ihn bedeutet.

Ohne Vorwarnung lässt er sich mit ausgebreiteten Armen nach vorne in den Speer des Todes fallen.

Mitfühlend schaut der ungewollte Vollstrecker auf den Erlöser, der langsam in seine Arme hinabsinkt.

»Ich wünschte, es hätte einen anderen Weg gegeben«, sagt der Tod traurig.

Voller Genugtuung über den letzten Beweis der Freundschaft des Todes, lächelt ihn der Auserwählte an.

»Wir sind dort, wo wir alle sein sollten. Danke, mein Freund, dass du an mich geglaubt hast.«

Der Sohn Gottes ist voller Zufriedenheit, am Ende doch noch das Richtige getan zu haben. Nach all der Zeit findet er endlich seine lang ersehnte Ruhe und Erlösung im Leben.

Im Einklang mit sich selbst und der Welt schließt er friedlich seine Augen, bereit, das Irdische hinter sich zu lassen.

Ein gleißendes Licht erstrahlt, mit der Kraft von Millionen von Sternen, dass sich der Tod schützend seine Hand vor die Augen halten muss.

Die ausströmende Energie ist so gewaltig, dass die steinernen Hüllen der gefallenen Götter einfach hinweggeblasen werden und sie zu neuem Leben erwachen.

Zur Verwunderung des Todes ist Jesus in seinen Armen verschwunden. Stattdessen erstrahlt um ihn herum der gesamte Park in nie dagewesener Schönheit.

Alle umliegenden Gebäude der Stadt stehen ebenso unversehrt da und erscheinen im alten Glanz, als hätte die Apokalypse nie stattgefunden.

Schweren Herzens über den Verlust von Jesus kommt der Hüter des Jenseits zu Maya, die sich schluchzend in den tröstenden Händen von Maché und Bernhardt befindet.

»Es tut mir leid«, spricht der Tod seine Anteilnahme aus.

Erst jetzt bemerkt sie den Tod vor sich. Ihre trauernden, tränenunterlaufenden Augen scheinen regelrecht durch ihn hindurchzublicken, bevor sie sich im nächsten Moment voller Erleichterung weiten.

»Er lebt!«, ruft sie außer sich vor Freude.

Der Tod fühlt sich zwar ein wenig unbehaglich angesichts der allgemein herrschenden Situation, aber zugleich fühlt er sich geschmeichelt über die Anteilnahme dieser freundlichen Person.

Im nächsten Moment wird er von ihr unsanft zur Seite gestoßen, und sie rennt wie von Sinnen los.

Erst jetzt bemerkt der Tod, wieder einmal als Letzter, dass Jesus hinter ihm im Park erschienen ist.

Unter dem Jubel der Götter und Menschen fallen sich die beiden Verliebten überschwänglich in die Arme. Liebevoll stehen sie eng umarmt aneinander geschmiegt und sind endlich wieder eins, so wie es ihnen vom Schicksal vorbestimmt ist.

Mit Tränen der Freude kann sie ihr Glück kaum glauben.

»Wie ist das möglich? Ich dachte, du wärst für immer verloren.«

Jesus strahlt sie glücklich an.

»Ich hatte ein langes, klärendes Gespräch mit Gott. Obwohl es noch ein paar Streitpunkte gibt, haben wir einander verziehen. Als Belohnung darf ich ein Leben als einfacher Mensch auf Erden verbringen.«

Voller Liebe und eng umschlungen küssen sich die beiden Wiedergefundenen.

Maché, Bernhardt, die Götterfreunde und nicht zuletzt der Tod sind bei dem Anblick der beiden ganz hingerissen, wie die zwei Seelenverwandten voller Frieden, Harmonie und Liebe miteinander verschmolzen dastehen.

Zufrieden zieht der Hüter des Jenseits sein Resümee.
»Eindeutig Hundewelpen.«

Die drei Schicksalsschwestern kommen an seine Seite und nehmen ihren Liebsten in die Mitte. Lea nickt ihm anerkennend zu.
»Du hast die richtige Entscheidung getroffen. Nicht zuletzt für deine eigene Freiheit und Seelenfrieden.«
Gloria stimmt ihrer Schwester begeistert zu.
»Du warst einfach großartig!«
»Alles lief nach Plan. Es hätte nicht besser laufen können«, fügt Alexa gut gelaunt hinzu.
Der Tod blickt verdutzt, um gleich darauf skeptisch nachzufragen:
»Welcher Plan?«
Lea lacht amüsiert und beginnt aufzuzählen:
»Der Plan, dass Jesus sich aus freiem Willen für die Menschheit opfert. Der Plan, der dein Seelenheil wiederherstellt und nicht zuletzt der Plan, dass alles einen Sinn hat, so wie es ist. Nicht zu vergessen der Plan, dass wir einfach großartig sind.«
Der Tod grummelt missmutig vor sich hin.
»Ihr wusstet davon?«
»Keiner weiß alles«, winkt Gloria ab.
»Wir wissen nur das Wichtigste«, ergänzt Alexa erfreut.
Lea wirft ihre Hände in die Höhe und ruft laut aus:
»Girl Power!«

Die drei Schwestern geben sich begeistert ein High-Five in der Luft und feiern sich selbst.

Obwohl der Tod die freie Entscheidung getroffen hat, den Erlöser nicht zu töten, sondern seiner Überzeugung gefolgt ist, fühlt er sich dennoch wieder benutzt und unbedeutend.

Egal, wie er es auch macht, es wird ihm immer die eigene Unzulänglichkeit vor Augen geführt.

Vielleicht besteht der Sinn des Lebens nicht darin, Glückseligkeit zu erreichen, sondern im Gegenteil, man muss erst vollkommen unter dem hereinbrechenden Schmerz und der Verzweiflung zerbrechen, um sich danach wieder erneut daraus zu erheben.

Erst die kombinierte Kraft aus Leiden und Liebe spendet die Hoffnung, weiterzuleben. Der Tod seufzt anerkennend auf, angesichts des widersprüchlichen, großen Ganzen.

»Touché.«

Kapitel 38

Zur großen Feier des Tages, dass sich letztendlich doch noch alles zum Guten gewendet hat, treffen sich alle zu einem festlichen Bankett. Jesus und Maya sitzen, flankiert von ihren Freunden, in der Mitte einer prächtig geschmückten Tafel.

Sie sind alle gekommen: Die Menschen, Maché, Bernhardt, die Obdachlosen aus dem Park, Claudé, der junge Schützling von Jesus, sowie alle göttlichen Freunde aus der Gruppentherapie, einschließlich Professor Freud, der sich keinesfalls die illustre Runde entgehen lassen wollte.

Selbstverständlich darf auch der Hüter des Jenseits nicht fehlen, der sich still am Rand der Tafel niedergelassen hat, während sich seine drei Gefährtinnen bereits bestens mit den anderen amüsieren.

Jesus erhebt das Wort und Stille breitet sich im Saal aus.

»Ich danke euch allen für euer Kommen! Nachdem das letzte Mal, zugegebenermaßen, nicht so gut verlaufen ist, freue ich mich umso mehr, dass wir uns heute hier alle gemeinsam versammeln können.«

Die Gäste stimmen laut jubelnd zu.

»Jeder von euch hat mir geholfen, meinen Weg und nicht zuletzt meine Liebe wiederzufinden. Auch wenn es eine Reise voller Turbulenzen war, könnte ich mir im Nachhinein nichts Besseres vorstellen.«

Jesus blickt nach oben und breitet seine Arme aus.

»Danke auch an dich, dass du meinen sehnlichsten Wunsch erfüllt hast, mit meiner Liebe zusammen sein zu können.«

Endlich wieder im Einklang mit sich selbst und Gott, schaut er zu seiner ewigen Liebe neben sich.

»Du bist meine Welt. Danke, dass es dich gibt.«

Mit strahlenden Augen voller Freude erwidert sie von ganzem Herzen:

»Und du bist die ganze Welt für mich. Oder besser gesagt, du bist die ganze Welt für uns.«

Mit einem glücklichen Lächeln streichelt sie über ihren Bauch, wo ihr gemeinsames Kind der Liebe schlummert.

Unter dem heftigen Applaus der Gäste, küssen sich die zwei voller Innigkeit.

Es folgt ein überschwängliches Fest, bei dem viel gelacht, geplaudert und noch mehr auf das Leben angestoßen wird.

Die ehemals blinde Obdachlose kommt zu Jesus und Maya, die Hand in Hand die gute Stimmung im Festsaal genießen.

»Es ist schön, euch so vereint zu sehen! Es freut mich, dass ihr es trotz allen Widrigkeiten, schlussendlich geschafft habt zusammenzukommen«, ruft sie schon von Weitem dem glücklichen Paar zu.

»Danke, wir können unser Glück noch kaum fassen«, erwidert Maya mit einem Lächeln, das zwischen ehrlichem Erstaunen und Freude schwankt, weil am Ende sich doch noch alles zum Guten gewendet hat.

Jesus nimmt die Hand der Obdachlosen in seine.

»Ich möchte mich bei dir bedanken.«

»Mir? Was habe ich damit zu tun?«, fragt die Obdachlose skeptisch nach.

»Du hattest Recht«, antwortet Jesus.

»Ich habe immer recht! Was meinst du genau?«, erwidert die Obdachlose mit einem schelmischen Lächeln und wischt das Kompliment von Jesus einfach zur Seite.

»Du hast mir Zuspruch gegeben, als ich keine Hoffnung mehr hatte. Auch wenn ich das Vertrauen in alles verloren hatte, hat das Universum niemals das Vertrauen in mich verloren.«

Jesus streckt seine Arme in die Höhe und ruft mit strahlendem Gesicht:

»Du hattest Recht - Liebe ist die stärkste Kraft im Universum!«

»Vergiss das bloß nicht!«, sagt die Obdachlose mit rügendem Tonfall und erhobenem Zeigefinger.

Jesus nimmt ihre Hand, und sein Ausdruck wird ernst.

»Ich hoffe, du konntest ebenfalls deine Angelegenheiten mit deinem Kind klären?«

»Obwohl wir teilweise noch verschiedener Meinung sind, konnten wir unsere Streitigkeiten beiseitelegen. So weit ist alles wieder gut«, sagt die Obdachlose zufrieden.

»So wie bei mir!«, freut sich Jesus sichtlich erleichtert darüber.

Die Obdachlose tätschelt sanft seine Wange.

»Anscheinend sind wir uns ähnlicher, als du denkst«, sagt die Obdachlose mit einem warmherzigen Lächeln.

Nach einem kurzen andächtigen Moment wendet sie sich Maya zu.

»Ich wünsche dir und deinem Kind nur das Beste. Du wirst sicher eine wunderbare Mutter sein. Ich habe vollstes Vertrauen in dich – von Mutter zu Mutter.«

»Danke, das bedeutet mir sehr viel«, sagt Maya mit einem aufrichtigen Lächeln und gibt der Obdachlosen eine herzliche Umarmung.

Mit einem Augenzwinkern und einem verschmitzten Lächeln fügt die Obdachlose mit einem Blick auf Jesus hinzu: »Möge euer Kind nicht so stur sein wie sein Vater.«

Nach einem kurzen, herzhaften Lachen wird die Obdachlose wieder ernst.

»Ich schätze, die Zeit ist gekommen für den Abschied.«

»Du gehst schon?«, fragt Jesus enttäuscht.

»Es liegen noch viele Wege vor mir, die bestritten werden müssen. «

Die Obdachlose gibt Maya und Jesus eine herzliche Umarmung, die ihre ganze Zuneigung für die beiden widerspiegelt.

»Lebt wohl, meine Lieben«, sagt sie und fügt mit einem Augenzwinkern hinzu:

»Und denkt daran, die aufregendsten Dinge im Leben stehen euch noch bevor!«

Beim Vorbeigehen klopft sie Jesus fest auf die Schulter, sodass er schmerzerfüllt zusammenzuckt.

»Mach es gut, mein Junge. Du machst das schon«, sagt die Obdachlose mit Gewissheit.

Jesus schenkt ihr ein dankbares Lächeln.

»Leb wohl, egal, wohin dich auch deine Wege führen.«

Jesus und Maya blicken der Obdachlosen hinterher, wie sie den langen Gang mit erhobenem Haupt entlangschreitet.

»Eine außergewöhnliche Frau«, sagt Maya bewundernd.

»Ich habe regelrechte Muttergefühle für sie«, seufzt Jesus wehmütig.

Während sich Jesus und Maya wieder dem Fest und ihren Gästen widmen, geht die Obdachlose zielstrebig ihren Weg. Mit einer lässigen Handbewegung setzt sie ihre Sonnenbrille auf, holt eine dicke Zigarre aus ihrer Brusttasche und lächelt schelmisch vor sich hin.

»Ich liebe es, wenn ein Plan funktioniert.«

Frei wie ein Vogel, der vom Wind weitergetragen wird, verschwindet die Obdachlose und ist seitdem nicht mehr aufgetaucht.

Alle auf dem Fest verbringen eine wunderbare Zeit miteinander, ohne dass es diesmal zu unerwünschten Zwischenfällen kommt.

Jesus beobachtet mit Genugtuung, wie sich alle Gäste gut amüsieren. Nur Maché und der Tod scheinen nicht recht in Stimmung zu sein.

»Warum die bekümmerte Miene? Heute ist ein Freudentag und kein Tag zum Trübsal blasen!«, sagt Jesus zu den beiden.

Maché kratzt sich verlegen am Hinterkopf und weiß nicht so recht, wie er beginnen soll.

»Es tut mir leid!«, platzt es plötzlich aus dem Tod heraus.

Das schlechte Gewissen wiegt zu schwer auf seinen Schultern, als dass er es noch länger zurückhalten könnte.

»Mir tut es auch leid!«, sagt Maché gleich hinterher.

Jesus schaut die beiden verwundert an.

»Aber warum denn?«

Maché zögert, bevor er beschämt antwortet:

»Du sagtest einmal, das Schlimmste an der ganzen Geschichte ist der Verrat, und ich habe verraten, wo du dich aufhältst.«

Der Tod nickt bestätigend und fügt mit ehrlichem Bedauern hinzu:

»Und ich habe dein Geheimnis gegenüber Maya verraten.«

Jesus lacht laut auf, und diesmal sind es der Tod und Maché, die verwundert dreinblicken.

»Macht euch darüber keine Sorgen - jeder hat jeden verraten! Du hast mich bei Maya verraten, Maché hat mich bei dir verraten, ich habe euch beide verraten, als ich sagte, dass ich mich um alles kümmere. Selbst Maya hat mich verraten, als sie mich alleine zurückgelassen hat. Und auch ich habe unsere gemeinsame Liebe verraten, als ich mich der dunklen Seite zugewandt habe. Also alles bestens!«, sagt Jesus unbeschwert.

Mit einer liebevollen Geste wirft er seiner Angebeteten über die Distanz hinweg einen Handkuss zu, den sie voller Liebe erwidert.

An die Worte der Obdachlosen denkend, klopft er den beiden beherzt auf den Rücken, sodass sie schmerzlich zusammenzucken.

»Wie eine Freundin von mir einmal sagte: Wir alle haben unsere Rolle im Leben zu spielen. Oder anders gesagt: Egal wie man es macht, macht man es falsch.«

Mit einem schelmischen Grinsen holt er eine Flasche Ambrosia unter dem Tisch hervor.

»Die konnte ich noch herausschmuggeln. Wäre schade um den guten Tropfen gewesen.«

Er nimmt drei Gläser und füllt sie bis zum Rand voll. Mit erhobenem Glas ruft er laut in die Runde:

»Das Vergangene ist vergangen, und das, was zählt, ist das Hier und Jetzt!«

Die drei stoßen überschwänglich an und leeren ihre Gläser in einem Zug. Ihre Pupillen weiten sich, und sie tauchen ein in eine Welt der Freude und Sorglosigkeit.

Auf dem Pfad des Regenbogens beginnt ein ausschweifendes Fest, das seinesgleichen sucht.

Es ist das erste von vielen darauffolgenden und legt den Grundstein für eine lange anhaltende Tradition.

Kapitel 39

Es folgt eine Zeit der Sorgenlosigkeit, in der das Liebespaar vollkommen aufgeht. Einer der glücklichsten Momente für sie ist die Geburt ihrer ersten Tochter, der ihr Leben für immer verändern wird.

Maya befindet sich gerade im Kreißsaal, kurz davor, das neue Leben in die Welt zu bringen, während Jesus aufgeregt an ihrer Seite mitfiebert und ihr Mut zuspricht:

»Du schaffst das! Das Wunder der Natur ist gleich vollbracht – ein- und ausatmen.«

Dabei macht er vorbildlich die zuvor eingeübten Atemtechniken vor, die sie bei den gemeinsamen Vorbereitungen gelernt haben.

Sie quetscht seine Hand so fest, dass sich sein Lächeln zu einer Grimasse aus Schmerz und Freude gleichermaßen verwandelt. Voller Schmerz schreit sie ihm wütend ins Gesicht:

»Erzähl mir jetzt nichts über Wunder!«

Im nächsten Augenblick ertönt das erlösende Geschrei ihrer gemeinsamen Liebe.

Voller Bewunderung und nie dagewesener Freude blickt Maya auf ihre Tochter, die sich in ihre Arme gekuschelt hat.

»Sie ist einfach einzigartig«, sagt die junge Mutter ganz begeistert.

Jesus gibt ihr einen zärtlichen Kuss auf die Stirn, unendlich dankbar dafür, dass sie ihm das größte Geschenk seines Lebens gemacht hat.

Mit Tränen in den Augen streichelt er zärtlich über ihre Wange.

»Genauso einzigartig wie du. Sie ist einfach perfekt!«, sagt er liebevoll.

Als hätte das Baby die Worte verstanden, macht es zur Freude der Eltern ein kleines Bäuerchen.

Es dauert nicht lange, bis bald darauf ein Sohn und eine weitere Tochter das Familienglück vollkommen machen.

Für das junge Elternpaar ist es eine Zeit voller Glück und Harmonie, zumindest meistens. Jesus erweist sich als äußerst engagierter Vater und denkt an alles, selbst an das Undenkbare.

Manchmal jedoch übertreibt er es etwas, und es kommt zu gewissen Spannungen, wenn er sich wieder einmal als zu übereifrig erweist.

So wie das eine Mal, als er zur Freude der Kinder keine Mühe scheute und die gesamte Wohnung in ein kleines Inselparadies verwandelte.

Seine hochgeschätzte Ehefrau kommt nach Hause und kann ihren Augen nicht trauen. Jesus steht mit einem breiten Lächeln und zwei Cocktails in der Hand mitten in der Wohnung, die komplett mit Sand aufgefüllt ist.

Er hat sogar an ein kleines Meer gedacht und das gesamte Badezimmer unter Wasser gesetzt, dessen Ausläufer bereits die halbe Wohnung erfasst haben, in denen die Kinder ausgelassen herumplanschen.

Mit einem breiten Lächeln begrüßt er seine Allerliebste überschwänglich:

»Willkommen auf der Insel! Ich habe uns das Paradies nach Hause geholt!«

Doch aus Freude wird schnell Kummer, denn Maya findet die Überraschung gar nicht so gut wie geplant. Sie entlädt ihren kompletten Frust in einer gewaltigen Explosion, die einem Vulkanausbruch klein dagegen wirken lässt.

Doch jedes Mal, nach einer bewältigten Prüfung des Lebens, wird ihre Liebe füreinander umso größer.

Und sollte einmal alles nicht helfen, können sie sich stets auf Maché und Bernhardt verlassen, die immer ein offenes Ohr für die Probleme ihrer Freunde haben.

Dann laufen die beiden im Kreis mit ihren Telefonen in der Hand und stehen ihnen bestärkend zur Seite.

»Du hast nichts Falsches gemacht«, beschwichtigt Maché Jesus.

»Du hast vollkommen richtig reagiert«, redet Bernhardt Maya gut zu.

»So sind einfach Frauen«, versucht Maché sein Gegenüber aufzubauen.

»Männer - man kann nicht ohne sie, geschweige denn mit ihnen«, sagt Bernhardt überzeugt zu Maya am anderen Ende der Leitung.

Das Ganze kann stundenlang so weitergehen, bis die Wogen zwischen den beiden wieder geglättet sind.

Doch es wäre kein geteiltes Leid, wenn der Funke nicht überspringen würde.

»Kannst du glauben, was Jesus schon wieder angestellt hat?!«, stellt Bernhardt rhetorisch fest.

»Maya sollte nicht so überreagieren«, ist sich Maché seiner Sache sicher.

Augenblicklich scheint sich die Spannung im Raum merklich zu verdichten, und ihre Augen verengen sich zu dünnen Strichen. Sie sind bereit, mit entschlossenen Blicken einen unerbittlichen Samurai-Kampf im Geiste auszufechten.

»Hörnchen!«, sagt Bernhardt herausfordernd.

Doch dieses Mal ist Maché vorbereitet. Seine Kraft schöpfend aus dem Wissen, dass es manchmal besser ist, nichts zu tun und einfach nachzugeben, hebt er entwaffnet seine Hände. Nicht zuletzt weiß er nur allzu gut, dass Bernhardt ohnehin als Sieger aus diesem Duell hervorgehen würde und umgeht geschickt das Thema.

»Du hast Recht, Häschen. Wie wäre es mit Twister?«

Bernhardt, der natürlich Machés Taktik durchschaut hat und sich der Weisheit des Nachgebens noch bewusster ist, allein schon aus Selbstschutz heraus, lässt Güte walten.

Mit einem Schulterzucken antwortet er gleichgültig:

»Warum nicht. Ich habe ohnehin nichts Besseres vor.«

Abgesehen von den manchmal kleineren oder größeren Problemen des Alltags genießen sie es einfach, miteinander am Leben zu sein.

Kapitel 40

Mit dem Geschenk der Sterblichkeit gesegnet, kommt auch die Verantwortung für die einhergehende Realität. Abgeschnitten von den unendlichen Ressourcen eines Gottes, wird nun auch das Finanzielle zu einem Thema.

Jesus und Maya sitzen mit ihren Kindern beim täglichen Abendessen, als plötzlich das Licht ausgeht.

»Muss wohl an der Sicherung liegen - kein Problem«, sagt Jesus und steht auf, um nachzusehen.

Nach einer erfolglosen Suche kommen sie schließlich dahinter, dass nur ihre Wohnung im Dunkeln liegt, während die Nachbarschaft in hellem Licht erstrahlt. Schnell finden sie heraus, dass unbezahlte Stromrechnungen der Grund für die unerwartete Verdunklung sind.

»Wie konntest du nur die Rechnungen nicht bezahlen?«, sagt Maya verärgert im kühlen Schein der Handytaschenlampe.

»Rechnungen?«, fragt Jesus verdutzt.

»Die Zettel, die von der Post geschickt werden, um die erbrachten Dienstleistungen mit Geld zu begleichen. Hast du davon schon einmal gehört?«, sagt Maya im sarkastischen Tonfall.

»Ach, du meinst diese hier«, sagt Jesus und holt mit einem schuldbewussten Lächeln einen ganzen Stapel alter, unbezahlter Rechnungen aus einer Schublade, die alle mit bunten Zeichnungen der Kinder beschmiert sind.

»Ich fasse es nicht, wie du das nicht wissen kannst. In welcher Welt lebst du eigentlich!«, sagt Maya außer sich.

»Ich wusste nicht, dass Geld so eine wichtige Rolle im Leben spielt. Bis jetzt war es einfach immer da. Ich brauchte es und voilà, es war erledigt«, verteidigt sich Jesus.

Maya blickt Jesus wutentbrannt an, und eine lange Welle des Zorns bricht über ihn herein.

Doch auch wenn er sie manchmal zur Weißglut treibt, so kann er immer wieder ihr inneres Feuer besänftigen. Er wäre nicht der Sohn Gottes, wenn er nicht aus jeder Situation etwas Positives abgewinnen könnte.

Während sie die Kinder ins Bett bringt, hat er Kerzen in der gesamten Wohnung aufgestellt und ein gemütliches Lager auf dem Boden vorbereitet.

Wieder versöhnt sitzen sie bei romantischem Kerzenschein mit einem Glas Wein und genießen endlich wieder die innige Zweisamkeit und Ruhe.

Für Jesus ist es zwar nicht wichtig im Überfluss zu leben, aber es liegt ihm dennoch am Herzen, seiner Familie alles zu ermöglichen, damit sie sich frei entfalten können.

Es spielt für ihn keine Rolle, welche Arbeit er verrichtet, denn er tut dies aus dem besten Grund auf der Welt – für seine Allerliebsten.

In einem Callcenter ruft er unzählige Personen an, um die neuesten Angebote anzupreisen. Doch schon nach wenigen Sätzen verlieren Jesus und sein Gesprächspartner sich in stundenlangen Telefonaten.

Durch Jesus' offene und mitfühlende Art scheuen die Unbekannten auf der anderen Seite nicht davor zurück, all ihren Kummer und ihre Sorgen mit ihm zu teilen.

Jesus steht ihnen mit guten Ratschlägen zur Seite und bringt ihnen mit einfühlsamen Worten Seelenfrieden und und innere Ausgewogenheit.

Doch da nicht die Anzahl der wieder glücklichen Menschen zählt, sondern die Anzahl der verkauften Produkte, wird Jesus schon bald wieder hinauskomplementiert.

Ein anderes Mal verdient sich Jesus seinen Lebensunterhalt bei der Müllabfuhr. Doch auch hier kann er es nicht allen recht machen, und hinter dem Müllwagen bilden sich lange Staus in den engen Straßen von Paris, weil Jesus sich wieder einmal mit den Anwohnern verplaudert hat.

Bei der Post findet Jesus seine Erfüllung darin, Menschen Pakete und Briefe aus aller Welt zu überbringen. Doch nachdem zu viele Frauen und auch Männer wollten, dass Jesus zweimal klingelt, war das nicht nur zeitlich, sondern vor allem moralisch für ihn nicht vereinbar. Er musste schließlich auch diesen Job notgedrungen wieder aufgeben.

Maya und Jesus sitzen wieder einmal bei Kerzenschein am Esstisch ihrer kleinen Wohnung und versuchen eine Lösung für die unbezahlten Rechnungen zu finden.

»Du wirst bestimmt die richtige Lösung finden. Es ist nur eine Frage der Zeit, und bis dahin kommen wir mit meinem Einkommen aus«, ermutigt sie ihn.

»Danke für deine Unterstützung, aber das ist meine Pflicht«, sagt Jesus mit einem erschöpften Lächeln.

»In welchem Jahrhundert lebst du eigentlich? Das spielt doch keine Rolle, solange wir uns haben. Gemeinsam schaffen wir alles!«, ist sie zuversichtlich.

»Du hast wie immer recht, meine Allerliebste«, sagt Jesus dankbar.

Mit der Gewissheit des starken Rückhaltes und Sicherheit von seiner Liebsten, beginnt er sich wieder seiner Stärken zu besinnen.

Er schreibt Tag und Nacht an einem Buch, inspiriert von seinem eigenen Leben, Erfahrungen und Hoffnungen.

Jedes Wort, das er festhält, bringt ihn seinem Traum einer besseren Welt immer näher.

Er träumt davon, dass Armut und soziale Ungleichheiten aufgehoben werden und jedem Menschen die Möglichkeit gegeben wird, sich frei zu entfalten.

Finanzsysteme werden der gesamten Menschheit helfen, anstatt nur wenige zu bereichern. Er sieht eine Welt vor sich, in der die endlichen Ressourcen der Erde immer wieder aufs Neue verwendet werden, um die stetig prosperierende Menschheit auf ewig zu versorgen.

Eine direkte Demokratie, bei der die Stimme jedes Einzelnen gleich viel wiegt, macht korrupte Parteien und Eigeninteressen obsolet.

Der Menschheit wird es immer bewusster, dass ein Miteinander immer stärker macht, als es jemals ein Gegeneinander im Stande dazu wäre.

Die nächste Evolution der Menschen wird nicht ein zweiter Daumen fürs Handy sein, oder dass sie wie die Säugetiere zurück ins Meer wandern, um mit ihren Flossen die endlosen Weiten zu erforschen.

Es wird auch kein drittes Auge aus der Stirn klaffen, um zu verhindern, dass man ungewollt irgendwo hineinrennt, während der Blick auf das Display gerichtet ist.

Es wird keine körperliche Evolution sein, sondern eine des Geistes und des Verstandes.

Obwohl sein Buch vielleicht nicht die breite Anerkennung und den Erfolg erlangt, den er sich erhofft hat, ist es dennoch ein persönlicher Triumph für Jesus.

Es erfüllt ihn mit Dankbarkeit und Demut zu sehen, dass seine Worte und Gedanken, die er in seinem Buch niedergeschrieben hat, eine positive Auswirkung auf das Leben seines Umfeldes haben.

Mit der Zeit findet Jesus eine wachsende Anhängerschaft auf der ganzen Welt, die von seiner Botschaft und seinem Traum einer besseren Welt inspiriert ist.

Diese treuen Gefolgsleute teilen seine Vision und stehen fest an seiner Seite. Sie glauben daran, dass es möglich ist, Armut und soziale Ungleichheiten zu überwinden, die endlichen Ressourcen der Erde nachhaltig zu nutzen und eine Gesellschaft des Miteinanders aufzubauen.

Zusammen träumen sie von einer Zukunft, in der die Menschheit in Harmonie mit der Natur lebt und in der jeder Mensch die Möglichkeit hat, sein volles Potenzial zu entfalten. Sie sind davon überzeugt, dass eine positive Veränderung möglich ist und dass sie als Gemeinschaft einen Unterschied machen können.

Die Jahre vergehen, und die Kinder von Maya und Jesus wachsen heran und sind der ganze Stolz des Paares. Mit der Zufriedenheit im Leben wächst auch ihre Liebe zueinander immer mehr.

Doch Jesus lernt auch, was es bedeutet, sich um seine Nachkommen zu sorgen, genau wie es ihm die Obdachlose geschildert hat.

Manchmal bemerkt er, dass er zu dem Vater wird, der er nie sein wollte. Doch nicht aus Missgunst, sondern aus der Sorge heraus, nur das Beste für seine Kinder zu wollen.

Als ihre älteste Tochter die Schule abbrechen will, weil sie sich langweilt, ist Jesus der Erste, der ihr das nicht erlauben möchte.

Wenn sein Sohn spät in der Nacht nach Hause kommt und Jesus voller Sorge auf ihn wartet, hält er ihm eine Standpauke über Verantwortung und Vertrauen.

Ein anderes Mal, als auch die jüngste Tochter, das Nesthäkchen, den liebevollen Schoß ihres Vaters verlassen will, um zu ihrem älteren Freund zu ziehen, ist Jesus einfach noch nicht bereit dafür.

Es entfacht ein heftiger Streit über Loslassen, Selbstbestimmung und Freiheit.

All diese Ereignisse lassen Jesus an seinen eigenen Konflikt mit Gott denken. Obwohl er es nie offen zugeben würde, versteht er nun endlich, was es bedeutet, ein Elternteil zu sein.

Schließlich ist er bereit, seine Fehler zuzugeben und seinen Kindern die Freiheit zu geben, die Dinge so zu machen, wie sie es für richtig halten.

Auch wenn dies manchmal im absoluten Chaos endet, weiß er nur zu gut, dass sie ihre eigenen Erfahrungen im Leben machen müssen.

Obwohl es manchmal Überwindung gekostet hat, erweist es sich als richtig, ihren Kindern die Freiheit zur Selbstbestimmung zu geben.

Die erste Tochter, die frühzeitig ihre Schulausbildung abgebrochen hat, entwickelt eine neue App und gründet ihr eigenes erfolgreiches Softwareunternehmen.

Der Sohn, der mehr Zeit in Clubs als zuhause verbracht hat, eröffnet die neueste und exklusivste Location in Paris, wo gute Stimmung garantiert ist. Ab und an gibt sich Jesus als Spezialgast die Ehre und bringt mit seinem Vibes die gesamte Tanzfläche zum Beben.

Auch die jüngste Tochter findet Erfüllung an der Seite ihres Lebenspartners. Zur Freude von Jesus und Maya wird sie schon bald Mutter und beglückt sie mit ihrem ersten Enkelkind.

Besonders stolz ist Jesus auch auf seinen Schützling Claudé. Bei der Premiere seines ersten Films als Regisseur ist er zwar nur einer von vielen, die im Stehen applaudieren, aber sicherlich der Lauteste und Enthusiastischste.

In all dieser Zeit stehen sich Maya und Jesus gegenseitig zur Seite und ergänzen sich bestmöglich.

Wenn er etwa von seinen tiefen Emotionen gefangen ist, ist sie mit ihren praktischen Ansätzen im Leben das ausgleichende Gemüt für seinen Seelenfrieden.

Andererseits, wenn sich in ihr Leben zu viel Routine eingeschlichen hat, ist er es, der ihr wieder mit seiner Spontanität und Lockerheit hilft, dem Trott des Alltags zu entfliehen.

Je länger sie ihr Leben miteinander teilen, desto klarer wird ihnen die wahre Bedeutung ihrer gemeinsamen Liebe bewusst. Durch Freuden und Leid verbunden, sind sie immer füreinander da und bieten sich die Unterstützung, die sie brauchen.

Der gegenseitige Respekt und das Vertrauen in den anderen lassen ihre Liebe und ihren Zusammenhalt noch stärker wachsen, als sie es sich je vorgestellt hätten.

Die Kinder haben das wohlbehütete Zuhause bereits verlassen und gehen ihre eigenen Wege in der Welt. Es beginnt ein neuer Abschnitt im Leben des Paares, der von gemeinsamer Zweisamkeit erfüllt ist.

Sie verbringen Stunden damit, im Park spazieren zu gehen oder einfach in stiller Eintracht nebeneinander in der Wiese zu liegen und die vorbeiziehenden Wolken am Himmel zu beobachten.

Sie gehen gemeinsam ins Kino und genießen anschließend einen riesen Eis-Kaffee, während sie in ausgedehnten Gesprächen über Gott und die Welt versinken.

Sie bereisen zusammen die ganze Welt und entdecken dabei verschiedene Kulturen, lernen interessante Menschen kennen und genießen es einfach am Leben zu sein.

Natürlich darf auch ein regelmäßiger Besuch auf ihrer kleinen Insel nicht fehlen, wo ihr gemeinsames Glück erstmals Früchte trug.

Maya zieht es sogar vor, in Abgeschiedenheit von den Luxusresorts in ihrer selbstgemachten Holzhütte am Strand ihre Zeit zu verbringen. Dort schwimmen sie frei wie Gott sie schuf mit den Delfinen in der blauen Lagune und genießen den Himmel auf Erden.

Doch egal, wie weit es die beiden von Paris verschlagen hat, kehren sie immer rechtzeitig zurück, um am alljährlichen Fest mit ihren Freunden teilzunehmen.

Es ist der einzige Tag im Jahr, an dem sich Götter und Menschen zusammenfinden, um gemeinsam auf Erden zu feiern.

Kapitel 41

Maya und Jesus sind mittlerweile alt und grau geworden, und der menschliche Körper fordert seinen Tribut. Doch sie unterstützen einander, wo immer sie können, und verlieren dabei niemals ihren Humor.

Als Maya einmal ihren Fuß brach und sie auf einen Rollstuhl angewiesen war, legte sich Jesus aus Solidarität ebenfalls einen Rollstuhl zu.

Gemeinsam fuhren sie durch die Stadt und lieferten sich das ein oder andere Wettrennen. Die Fußgänger sprangen fluchtartig zur Seite, wenn sie wieder einmal rücksichtslos die Champs-Élysées hinunterrauschten.

Wenn Jesus wiederum von einem seiner Rheuma-Anfälle geplagt wurde, war Maya diejenige, die ihm fürsorglich Bandagen für seine geschundenen Gelenke anlegte.

Dabei übertrieb sie es gerne manchmal, und Jesus sah dann aus wie eine Mumie, die aus dem alten Ägypten entstiegen ist.

Und wenn einer von ihnen auf Kur gehen musste, kam der andere selbstverständlich mit und sie genossen heimlich mitgebrachte Köstlichkeiten – zum Unmut der gesamten Belegschaft.

Doch die Zeit bleibt nicht stehen, und immer mehr Freunde von ihnen lassen die Sterbliche Welt hinter sich, bis eines Tages auch für Maya und Jesus der unausweichliche Moment gekommen ist.

Maya liegt alt und schwach im Bett, umringt von ihrer Familie. Jesus hält betrübt ihre Hand, während sich ihre Kinder und Enkelkinder andächtig um das Bett versammelt haben.

»Du solltest weiterleben, nicht ich. Das habe ich mir so nicht gewünscht«, sagt Jesus mit tränenunterlaufenen Augen.

Maya streicht ihm liebevoll über die Wange, so wie sie es schon unzählige Male davor gemacht hat.

»Es können nicht alle Wünsche erfüllt werden. Hauptsache, es wurden die Wichtigsten erfüllt. Wir haben unseren Traum gelebt.«

Sie blickt lächelnd in die Gesichter ihrer Kinder und Enkelkinder, und Tränen steigen in ihr hoch. Doch sie weint nicht aus Trauer, denn sie weiß, dass es nun an der Zeit ist, weiterzugehen. Es sind Tränen der Liebe und Dankbarkeit für das erfüllte Leben, das sie führen durfte.

Mit einem letzten Rat wendet sie sich an ihre Kinder:

»Egal, welchen Weg ihr einschlagt, folgt euren Herzen, vertraut euch selbst, und alles wird gut werden. Ich liebe euch alle so sehr!«

Ihre Worte dringen tief in die Herzen der Anwesenden, und sie fühlen sich von ihrer Mutter und Großmutter zutiefst berührt. Es ist ein Moment der Verbundenheit und des Abschieds, in dem die vollste Liebe von Maya noch einmal deutlich spürbar wird.

In dem Wissen, dass sie in den Herzen ihrer Kinder und Enkelkinder für immer weiterleben wird, ist sie nun bereit loszulassen.

Ihr Ehemann und ihre Kinder schließen sie voller Liebe in die Arme und erweisen ihr die letzte Ehre. Es ist ein Moment des Abschieds, aber auch ein Moment der Dankbarkeit für das gemeinsame Erlebte.

Mit einem letzten Atemzug schließt Maya zufrieden ihre Augen und verlässt diese Welt in Frieden.

Sie nimmt die Erinnerungen an ihre Familie und Glück, dass sie erfahren durfte mit. Es ist ein Gefühl der Geborgenheit, das sie begleitet, während sie sich auf den Weg in eine neue Existenz macht.

Für diejenigen, die zurückbleiben, bleibt die Gewissheit, dass Maya geliebt und unvergessen sein wird.

Ihre Liebe und Weisheit werden weiterhin in den Herzen ihrer Familie leben und sie auf ihrem eigenen Weg begleiten.

Der Kreis des Lebens schließt sich, während Maya in die Ewigkeit eingebettet wird.

Für Jesus beginnt eine Zeit der Einsamkeit und Leere. Er leidet darunter, nicht mehr mit seiner Liebe zusammen sein zu können, und jede Freude, die er erlebt, wird durch den Schleier der Wehmut überdeckt.

Auch das alljährliche Fest ist nicht mehr so wie früher, und er ist der einzige aus der alten Runde, der noch daran teilhaben kann.

Auch wenn die Götter ihr Bestes tun, um ihm eine schöne Zeit zu bereiten, fühlt er sich dennoch fehl am Platz als einziger Sterblicher inmitten der Unsterblichen.

Kapitel 42

Es ist ein sonniger Tag in Paris, und das warme Licht durchflutet die kleine Wohnung von Jesus. Ein Gefühl der Glückseligkeit und inneren Zufriedenheit erfüllt ihn an diesem Morgen, und er erwacht nicht in der üblichen gleichgültigen Monotonie.

Mit langsamen Bewegungen zieht er sich an und beschließt, einen Spaziergang durch seine geliebte Stadt zu unternehmen.

Seine Gedanken sind versunken, während er mit bedächtigen Schritten den Gehweg entlanggeht und um ihn herum das hektische Treiben der Stadt herrscht.

Seine Schritte führen ihn auf magische Weise zu den verschiedenen Orten, an denen er und seine Geliebte ihre kostbare Zeit miteinander verbracht haben.

Er kommt an dem Theater vorbei, in dem Maché sein Seminar abgehalten hat, und an dem sich ihre Blicke zum ersten Mal trafen.

In diesem Moment der Erinnerung fühlt Jesus eine Welle der Nostalgie und Liebe in seinem Herzen aufsteigen. Die Erinnerung an ihre Begegnung und die gemeinsamen Erfahrungen erfüllen ihn mit einem tiefen Gefühl der Verbundenheit und Freude.

Er setzt seinen Spaziergang fort und besucht weitere Orte, die für ihre gemeinsame Geschichte bedeutend waren. Jeder Schritt erweckt die Erinnerungen zum Leben und lässt ihn in die Vergangenheit eintauchen, während er gleichzeitig die Gegenwart in vollen Zügen genießt.

Er besucht das Planetarium mit seiner Dachterrasse, wo sie sich das gegenseitige Ja-Wort gaben und den Bund fürs Leben eingegangen sind.

Jesus lauscht andächtig dem Summen der Bienen, die weiterhin unermüdlich ihrer Arbeit nachgehen und ihren Sinn im Leben erfüllen.

Es ist ein Tag der Reflexion, des Dankes und der Liebe, an dem Jesus die kostbaren Erinnerungen an seine Liebste und ihre gemeinsamen Momente in sich trägt.

Paris, die Stadt der Liebe, wird für ihn immer ein Ort sein, der ihre Geschichte widerspiegelt und sie in seinen Gedanken lebendig hält.

Sein Weg führt ihn weiter in den angrenzenden Park mit dem kleinen Café, wo sie stundenlang in Gespräche vertieft waren und sich in den Augen des anderen verloren haben.

Er lächelt bei dem Gedanken an ihr gemeinsames Abenteuer auf der einsamen Insel. Obwohl es mit einem Streit endete, war die Zeit erfüllt von Zuneigung und Liebe füreinander.

Während er entlang der prachtvollen, langgezogenen Häuserallee entlangschlendert, denkt er an seine Kinder und Claudé, die ihn mit unermesslichem Stolz erfüllen, und selbstbewusst ihre eigenen Wege im Leben bestreiten.

Der Spaziergang von Jesus bringt ihn schlussendlich in den Park, wo seine außergewöhnliche Reise mit dem Tod ihren Anfang nahm.

Schon alt und grau geworden, sitzt er alleine auf einer Holzbank und beobachtet das rege Treiben vor sich.

Ein junger Vater, angetrieben von den lauten Zurufen seiner beiden Kinder, versucht vergebens einen Drachen steigen zu lassen. Obwohl er schon vollkommen außer Atem ist, spornt ihn die Freude der Kinder immer weiter an, bis er es schließlich schafft, dass sich der Drachen in die Lüfte erhebt.

Jesus beobachtet ein frisch verliebtes Pärchen, das im Gras liegt und in idyllischer Zweisamkeit die weißen Wolken am Himmel betrachtet.

Andere schlendern gemütlich den Weg entlang und vertiefen sich in Gespräche, während einige einfach nur Kraft aus der umgebenden Natur schöpfen.

All diese Momente und noch viele weitere hat er selbst am eigenen Leib erleben dürfen.

Er lächelt zufrieden vor sich hin, im sicheren Wissen, dass der ewige Kreislauf des Lebens niemals versiegen wird.

Obwohl die letzten Jahre ohne Maya für ihn kaum zu ertragen waren, bereut er auch diese Erfahrung nicht. Nun versteht er endlich, welches Leid seine Seelenverwandte in den vorherigen Leben ertragen musste.

Und obwohl der Verlust seiner Geliebten ihn Tag für Tag schmerzt, ist dies zugleich der Beweis für eine noch größere Quelle - ihre gemeinsame Liebe.

Nicht zuletzt bedeutet es zu verstehen, was es heißt, am Leben zu sein, mit all den dazugehörigen Höhen und Tiefen. Gerade deswegen ist Jesus dankbar für die ihm geschenkte Zeit auf Erden, die er mit all ihren wundervollen Bewohnern teilen darf.

Mit Genugtuung und im Reinen mit sich selbst, genießt er mit geschlossenen Augen die wärmenden Sonnenstrahlen.

Jesus blickt auf und sieht den Tod, der neben der Parkbank erschienen ist.

»Ich habe bereits auf dich gewartet«, sagt Jesus mit einem Lächeln.

In seinen Händen hält der Hüter des Jenseits zwei Eistüten und hält sie ihm entgegen.

»Eis?«

Jesus lächelt wohlwollend und nimmt es dankbar entgegen.

»Das ist jetzt genau das Richtige.«

Wortlos setzt sich der Tod neben ihn, und sie genießen schweigend ihr Eis und beobachten das Treiben der Menschen vor sich.

»Hat es sich gelohnt?«, fragt der Tod nach einer Weile.

Jesus blickt sein Gegenüber an und antwortet voller Überzeugung:

»Ich würde es auf jeden Fall noch einmal genauso machen. Auch wenn nicht alles perfekt war, hat es mich doch zu dem gemacht, der ich bin. Ich möchte es um nichts in der Welt verändern.«

Der Tod vernimmt seine Antwort mit Genugtuung und nickt sichtlich zufrieden.

Nach einem andächtigen Moment des Friedens durchbricht der Hüter des Jenseits erneut die Stille.

»Bereit?«

Jesus blickt ihn mit einem breiten Lächeln an.

»Ich war niemals mehr bereit!«

Als ob die Bürde des Alters von seinen Schultern genommen wäre, erhebt er sich in einer nie dagewesenen Leichtigkeit.

Die Menschen im Park verschwimmen zu unsichtbaren Silhouetten, während er auf die weiße Tür im Hintergrund zugeht, die inmitten der Lichtung erschienen ist.

Durch die offene Tür sieht er Maya in ihrer jungen Gestalt, wie sie mit einem herzlichen Lächeln inmitten des Gartens Eden auf ihn wartet.

Ohne einen Blick auf seine sterbliche Hülle zurückzuwerfen, die friedlich auf der Parkbank zusammengesunken liegt und über der ein prachtvoller Regenbogen erscheint, ist sein Blick nur auf seine wahre Liebe nach vorne gerichtet.

»Ich komme nach Hause.«

Begleitet von erklingenden Engelschören, die den wiedergefundenen Sohn im Himmelreich willkommen heißen, schreitet er mit seinem jugendlichen Antlitz durch die weiße Tür.

Jesus und Maya fallen in eine enge, innige Umarmung, die ihre gesamte Verbundenheit und Vertrautheit ausdrückt.

In einem aufgleisenden, hellen Licht verschmelzen die beiden Liebenden zu einer einzigen Seele, um bis in alle Ewigkeit miteinander eins zu sein.

Zufrieden murmelt der Tod vor sich hin:

»Es war mir eine Ehre, mein Freund.«

Zu seiner eigenen Verwunderung läuft zum ersten Mal in seiner gesamten Existenz eine einzelne Träne der Glückseligkeit über seine Wange herunter.

Kapitel 43

Der Tod sitzt still in seinem großen Armstuhl, mit Fieps im Schoß, und blickt gedankenversunken durch die lichtdurchfluteten Fenster auf Paris vor ihm.

All das Leiden, um erneut von vorne anzufangen.

All die verwirrenden, widersprüchlichen Emotionen.

Die abwechselnde Freude und Kummer, die einen keine Ruhe lassen und die einen das Leben als Ganzes ertragen lassen müssen.

Bei dem Gedanken erzittert der Tod in seinem Stuhl, und ein kalter Schauer läuft ihm über den Rücken, sodass Fieps besorgt aufschaut.

Der Tod seufzt erleichtert auf, denn zum Glück hat er all das hinter sich lassen können. Er nimmt das Leben, wie es kommt, und ja, er hat sogar selbst etwas wie Sinn und Frieden für sich gefunden.

Er akzeptiert, dass er einfach der ist, der er ist, mit all seinen guten und schlechten Eigenschaften.

Nicht zuletzt war es seine Entscheidung aus dem Herzen, die es Jesus ermöglichte, seiner wahren Bestimmung zu folgen.

Er freut sich für das Kind Gottes, dass er schlussendlich doch noch sein Leben leben konnte, so wie er es immer wollte.

Während der Tod und Fieps weiterhin in ihrer gemütlichen Umgebung verweilen, erfüllt von Frieden und Akzeptanz, geht das Leben in Paris unaufhörlich weiter.

Menschen begegnen sich, lieben und verlieren sich, während neue Geschichten entstehen und alte Erinnerungen weiterleben.

Die Stadt der Liebe hütet weiterhin die Geheimnisse und Schicksale ihrer Bewohner, während das Universum seine ewige Balance aufrechterhält.

Und irgendwo in den unendlichen Weiten des Kosmos strahlt ein Stern etwas heller, um das Licht der Liebe und des Lebens zu verkünden – ein Zeichen, dass selbst die Dunkelheit dem Glanz der Hoffnung weichen muss.

Zufrieden streichelt der Tod Fieps über das weiche Fell und entlässt einen Seufzer der Genugtuung.

Es ist wahrlich nicht immer so, wie es sein sollte, aber es ist bestimmt so, wie es sein soll.

Am Ende sind es die Liebe und der Tod in Paris, die das Leben einen einzigartigen und kostbaren Sinn verleihen.

Mein Dank geht an...

Zuerst möchte ich meinen aufrichtigen Dank an meine Familie richten, insbesondere an meine Frau Olivia und meine Tochter Amelie. Ihr seid mein persönlicher Mittelpunkt im gesamten Universum und darüber hinaus.

Euer unerschütterlicher Glaube an mich und eure bedingungslose Unterstützung haben mich durch die Höhen und Tiefen dieses Schreibprozesses getragen. Ihr seid meine größte Inspiration und meine größte Stütze.

Ein besonderer Dank gilt auch meinen Freunden, die immer an meiner Seite waren und mich ermutigt haben, meinen Traum zu verfolgen.

Vielen Dank an Patrick Dorner, der mir bereits beim ersten Teil mit seinem geschärften Blick beim Korrektorat zur Seite gestanden ist.

Ich möchte meinen herzlichen Dank an Ángel Borda richten, für unseren konstruktiven Austausch und seine optimistische Sichtweise auf die Dinge, die sich in dieser chaotischen Zeit abspielen.

Auch meinen treuen Lesern möchte ich meinen tiefsten Dank aussprechen. Eure Unterstützung und euer Interesse an meinen Geschichten bedeuten mir unglaublich viel.

Ich hoffe aufrichtig, dass dieses Buch euch vielleicht dazu ermutigt, eure eigene Reise zu Freiheit, Liebe und Selbstbestimmung mit Entschlossenheit zu bestreiten.

Ohne euch gäbe es keinen Grund, diese Worte niederzuschreiben.

Nicht zuletzt hoffe ich, dass euch die Geschichte genauso viel Freude bereitet, wie es mir Freude bereitet hat, sie zu schreiben.

In Verbundenheit,

Gregor Haas

Der Autor

Gregor Haas, geboren im Jahr 1979 in der wunderschönen Stadt Wien, ist ein echtes Multitalent. Nach seinem erfolgreichen Abschluss an der HTL entschied er sich, in die aufregende Welt der Filmproduktion einzutauchen.
Mit seiner Leidenschaft für Filme und einer gehörigen Portion Abenteuerlust begab er sich auf eine unvergessliche Reise durch die Branche.
Gregor Haas' Karriere ist geprägt von beeindruckenden Erfahrungen und vielseitigen Tätigkeiten. Er sammelte wertvolle Kenntnisse und Fähigkeiten, unter anderem als Kameramann, Cutter und selbstständiger Produzent, bei namhaften Studios in Ländern wie Thailand und Singapur.

Gregor Haas' Karriere ist ein Mosaik aus Talent, Hingabe und einer tiefen Leidenschaft für das Erzählen von außergewöhnlichen Geschichten.
Seine vielseitigen Fähigkeiten und sein Streben nach Qualität lassen auf weitere beeindruckende Werke hoffen, die das Publikum in andere Welten eintauchen lässt.

Sinn und Unsinn im Leben!
Wie alles begann...

GREGOR
HAAS

Der Tod in Wien

Der Tod stellt den Sinn seines Lebens infrage. Er fristet sein ewig gleichbleibendes Dasein und waltet seines eintönigen Amtes. Er trauert alten Zeiten nach, während die Gegenwart ihn mehr und mehr in die Depression und ins Burnout treibt.

In seiner Wiener Amtsstube unterlaufen dem Tod immer mehr Fehler, und die drei wunderschönen, aber grauenhaften Schicksalsschwestern wollen seinen Platz im Jenseits einnehmen. Der Tod muss sich zusammenreißen, denn durch seinen Ausfall droht der freie Wille der Menschheit zu fallen.

Der egozentrische Motivationscoach Maché, der sein Leben selbst kaum im Griff hat, soll helfen. Sie besiegeln einen Deal, der nicht nur sie selbst, sondern die ganze Welt verändern kann…

Eine letzte Bitte noch...

Liebe Leserinnen und Leser,

vielen Dank, dass ihr mein Buch bis zum Ende begleitet habt. Es war mir eine große Freude, diese Geschichte mit euch zu teilen. Wenn ihr das Buch genossen habt und ein paar Minuten Zeit habt, wäre ich über eine Online-Bewertung sehr dankbar.

Eure Bewertungen sind von unschätzbarem Wert, da sie anderen potenziellen Lesern helfen, sich ein Bild von meinem Buch zu machen. Eure ehrlichen Meinungen sind ein wichtiger Leitfaden für andere Leser, die auf der Suche nach neuen spannenden Geschichten sind.

Ihr könnt eure Bewertung auf verschiedenen Plattformen wie Amazon, Goodreads oder anderen Online-Buchhandlungen hinterlassen.

Egal, ob es nur ein paar kurze Zeilen sind oder eine ausführliche Rezension, jede einzelne Bewertung ist für mich von großer Bedeutung.

Nochmals vielen Dank für eure Unterstützung und dafür, dass ihr Teil meiner Autorenreise seid.

Herzliche Grüße,

Printed in Poland
by Amazon Fulfillment
Poland Sp. z o.o., Wrocław